小戸森さんちはこの坂道の上

櫻いいよ

角川文庫
23665

Contents

Kotomori'shouse is
at the top of this hill.

illustration : keisin

1 蟬とやってきた同居希望者

Kotomori's house is at the top of this hill.

不倫とは、世間では迫害されるほどの罪であるらしい。

だから、不倫の末に生まれたわたしは、罪の証《あかし》で、穢《けが》らわしい存在で、かわいそうな子どものようだ。

それを理解したのは小学三年生のときだった。学校生活の疑問点が解けて納得したのを覚えている。その後、小学四年生のときにわたしは母親と離れて祖母の暮らす町に引っ越すことになった。が、環境がかわったところで事実がかわるわけではない。つまり、不倫に対するまわりの認識はかわらなかったし、わたしを取り巻く環境もかわらなかった。どこに行くにも家の前にある坂道をのぼりおりしなくてはいけなくなっただけ。

すっかりやさぐれたわたしの前に現れたのは、太陽の光を吸収して光り輝いているようなひとだった。

「乃々香《ののか》はオレがいるからひとりじゃないよ」

そう言って、近所に住む三歳年上の清志郎《きよしろう》は、ひとりでいるわたしの手を引いて坂道真っ赤な夕日が空を染めていて、黄色とオレンジと赤に色づいた雲が清志郎の背後に浮かんでいた。
わたしが日陰の存在だとしたら、彼は日向《ひなた》の国の王子さまだった。もちろん、冷めた
小学生だったわたしが本気でそんなことを思っていたわけじゃない。けれど、間違いな
く彼はひとを照らすひとだった。
わたしがひとりでいると、清志郎はいつも声をかけてきた。面白い漫画を教えてくれ
て、楽しいゲームに誘ってくれた。様々なことに興味を持つ彼は、それらすべてをわた
しと共有しようとしてくれた。
学校が、田舎が、ひとが、嫌いだったあのころのわたしにとって、清志郎だけが特別
だった。清志郎は〝わたし〟を見てくれたから。まわりのひとが言う〝わたし〟ではな
く、目の前の〝わたし〟を。
「乃々香、知ってるか。世界は広いんだよ」
茶の間の真ん中でひとりバナナを食べていたわたしに、庭にいた清志郎が言った。空
に向けて両手を広げていた。
「だから、オレ以外にも乃々香のそばにいるやつはいると思うよ」
「……そうかなあ。でも、どっちでもいいかなあ」
「やる気がないなあ、乃々香は。小学生なのに元気がないぞ」
小学生がみんな元気だと思われるのは困る。でも、清志郎の言うように、クラスメイ

トは無駄に元気でうるさい。傷みはじめたゆるゆるのバナナで口をいっぱいにしながら、小学生というのはやっぱりつまらないしいやだなと思った。

「わたし、はやくおとなになりたいな」

三歳年上の清志郎は、わたしよりもずっとおとなに見えた。だから清志郎はいつも笑っていて楽しそうなんだろう。自由だし、いつでもどこにでも、好きなときに好きなところに行く。おとなの言うことを無視もする。

「なんで？　もったいないこと言うなあ」

「だって、なんか、自由じゃん。お母さんもおばあちゃんも、わたしみたいに学校も行かなくていいし、嫌いなひととは関わらないこともできるんでしょ」

よく祖母は「あの新しい女の子はクビ！　顔も見たくない！」と言っていた。お母さんだってよく「なんで好きでもない相手とご飯なんか行かなきゃいけないのよ時間の無駄」って文句を言っている。

そんなふうに、わたしもいやなひととは関わらないでいいおとなになりたい。

学校みたいに絶対一緒にいなくちゃいけなくて、仲良くしなくちゃいけなくて、むりやり閉じ込められる場所に行かないでいいおとなになりたい。

「そう言われると、そうかもなあ」

ふむふむと清志郎が顎《あご》に手を当てて頷《うなず》いた。

「でもオレは、乃々香がおとなになってもそばにいてやるからな」

「ほんとに？」

「乃々香がオレを嫌っても、関わり続けてやるよ」

清志郎を嫌いになるなんて、当時のわたしには想像もできなかった。けれど、もし嫌いになって離れたくなっても、清志郎はしつこそうだな、とも思った。うれしいような、うっとうしいような、不思議な気持ちで笑ってしまう。

「乃々香は乃々香の好きなように、おとなになればいいよ」

太陽の光を浴びてキラキラと輝く清志郎が、満面の笑みをわたしに向けた。そして、

「好きにしていいし、無理することはない。けど、乃々香はひとりじゃないから諦《あきら》めんなよ。そうすれば、もっと自由だ。いつだってどこにでも行ける。そのためにも、誰でも入れるように、心は開いておけよ」

なにが言いたいのかはよくわからなかった。

心を開くとか、ちょっとキザっぽい。

けれどなんとなく「うん」と返事をすると、清志郎は満足そうに頷いた。

清志郎がそばにいてくれると言ったから、そして実際そばにいてくれたから、わたしは少しだけ、ひとのことを好きになれたんじゃないかと思う。清志郎がいなければ、きっとわたしは中学でも友だちと呼べるような子を作ることはできなかっただろう。

わたしにとって、清志郎はわたしの生活の一部だった。

隣にいるのが自然で、当たり前で、日常だった。

そんな彼は、三年後、晴れやかな顔をして――わたしから離れた。

「これから海外行ってくるな！」

「……は？　旅行？」

「いや、高校やめたから、当分海外で暮らすんだよ」

昨日も顔を合わせたけれど、そんな話は聞いていない。すでに高校をやめていたなんて、いつから計画していたのか。当分とはどのくらいなのか。

ぽかーんとしていると、清志郎は「じゃあな」とわたしの肩をぽんと叩《たた》く。

「乃々香はもうかわいそうじゃないから、大丈夫だろ？」

そう言って、大きなリュックサックを背負って晴れやかな顔でどこかに行った。

清志郎は、わたしのことをずっと〝かわいそうな子〟だと思って親切にしてくれていたのだと、そのときに知った。

わたしは、同情されているだけなのだと知らずに、初恋を捧《ささ》げていたのだ。

当時中学一年生で、恋だの愛だの恋人などというものに色気づいたわたしの手元には、彼に渡すつもりだったチョコレートがあった。おまけに手作りだった。

冷たい風が吹き付ける中、失恋したことに気づくまで、わたしは茫然《ぼうぜん》と突っ立っていた。清志郎の背中が見えなくなっても。

そして、

「タチが悪い！」

母親が父親や彼氏のことを言うときに使う言葉を叫んだ。

+　+　+

ポーン、と間抜けなチャイム音が響く。

聞き慣れない音で瞼《まぶた》が開き、まだ見慣れない天井を見つめ舌打ちをする。チャイムで目覚めたことに加えて、いやな夢を見たから余計に気分が悪い。なんだって十六年ほど前のムカつく男を今さら夢で見なくてはいけないのか。

「この土地のせいか」

しかめっ面で横になったままそばのカーテンを引く。窓の外には暑そうな青空が広がっていて、窓ガラスが蟬の鳴き声で震えているような気さえする。枕元のスマホを手にして時間を確認すれば、十二時前だった。

フリーのデザイナーとして働き出してから休日はあってないようなものだけれど、昨日の土曜日に仕事をあらかた片付けたので、日曜日の今日は昼過ぎまで惰眠をむさぼるつもりだった。そのために昨日は朝方まで映画を観て夜更かしした。

なのに、なんでチャイムなんかが鳴るんだ。

布団をかぶって居留守を使おうと目をつむる。が、再びポーンとチャイムが鳴る。

引っ越してきて十日ほど経つが、これまでこの家に来客はなかった。坂道の上にはわたしの家しかないためお節介をするお隣さんはいないし、仲のいいご近所さんもいない。おそらく宅配業者だろう。玄関先に別途取り付けた宅配ボックスがあるので、そのうち帰るはずだ。眉間《みけん》に皺《しわ》を寄せて、もう鳴りませんように、と祈る。

チャイムを鳴らされるのは好きじゃない。自分の家に誰かが来るのは、昔から苦手だ。わたしのテリトリーを侵されるような気がする。

が、今度はポーンポーンポーンポーンと三回立て続けに鳴らされた。

「……っ、ああ、もう！」

がばっとタオルケットを蹴《け》り上げて起きる。大きめのTシャツにレギンス姿のまま、どすどすと外まで聞こえるように階段を踏み鳴らして向かった。そのあいだもチャイムが二回鳴る。誰か知らないがせっかちすぎる。

「……はい」

ショートカットの髪の毛をガシガシとかきむしりながら、苛立《いらだ》ちを隠さずに玄関の引き戸を開ける。その瞬間、耳をつんざくけたたましい蟬の鳴き声が襲ってきた。弾《はじ》けたような音の衝撃に聴覚がおかしくなって、思考回路がめちゃくちゃに破壊される。そして、暑い。一瞬にして肌が焦げるような熱を感じた。

「よ、乃々香」

顔をしかめるわたしに、目の前にいた誰かが声をかける。

弾むような話し方は、聞き覚えがない声なのに懐かしくなる。逆光で、相手の姿をはっきり見ることができるまで数秒かかった。最初に変なイラストがプリントされた白のTシャツ、そして動きやすそうなデニムとスニーカー。最後に、くるくるの髪の毛。

「……きよ、しろう？」

目に染みるほど眩《まぶ》しい太陽の光を背負った男——清志郎は、わたしに名前を呼ばれて光に負けないほどの明るい無邪気な笑顔を向けた。

わたしよりも三歳年上なので、すでに三十歳を過ぎている。なのに彼は、十六歳のころとなにひとつかわらない笑みを浮かべていた。

「な、なに、なんで」

「いやあ、久々にこの坂のぼったよ。相変わらずすごい勾配《こうばい》だよな」

「そうじゃなくて、え、なにしに」

「喉《のど》渇いたなあ」

話がまったくかみ合わない、というか彼は言いたいことだけを口にしている。そして「疲れただろ？」と視線を下に向けて誰かに話しかけた。

そこでやっと、清志郎の足元に小学校低学年くらいの男女がいることに気づく。おかっぱ頭の男の子はおどおどした様子で、上目遣いにわたしを見ている。ツインテールの女の子は大きな瞳《ひとみ》をまっすぐにわたしに向けていた。

自分がどういう反応をかえせばいいのかわからなくて目を瞬《しばたた》かせていると、

「今日からよろしく！」

と清志郎は意味のわからないことを言った。それにつられるように、ふたりの子どもが「よろしくお願いします」と頭を下げる。

蝉がはやし立てるように鳴いた。

＋　＋　＋

祖母から「一年ほど家を空けるから、あんた家の管理してくれない？」と電話があったのは二ヶ月ほど前の、五月の連休明けだった。

「やだよ、おばあちゃんち不便なんだもん」

「名古屋《なごや》みたいな便利なところに住んで都会人ぶってても、あんたはこの不便な土地出身の田舎もんなんだから、諦《あきら》めな」

諦めるとはなんなのか。

口の悪い祖母に顔を顰《しか》めて自分でも聞き取れないくらいの舌打ちをすると、八十一歳だというのに耳のいい祖母が「舌打ちなんかするもんじゃないよ！　みっともない！」と声を荒らげる。

「だって、そんな急に言われたって、わたしにもいろいろ事情があるんだから」

「ニートで、結婚もしてない恋人もいないあんたになんの事情があんのよ」

「何度も言ってるけど、わたしはニートじゃないの。ちゃんと働いて国民健康保険も年金も住民税も納めてるの。家で仕事してるだけの、立派なおとななの」

二年前に会社を辞めてフリーのデザイナーになってから、祖母はいつもわたしをニート扱いする。会社に行かず家で仕事をする、というのが祖母には理解できないらしい。自分だって会社勤めをしていなかったくせに。

「もう三十だっていうのに色気のないことばっかり言って。あんたの母親は逆に恋多き人生を歩んでるし、極端な親子だね」

「わたしはお母さんとは違って堅実な人生を歩んでるだけ。ひとりでどこででも働ける力を身につけてるのよ」

「じゃあこっちに住んでもいいじゃないか」

「いや、そうじゃなくて……」

と否定しつつも、たしかにそのとおりだな、と思う。というか完全に誘導された。環境——今家にあるPCとネット環境——さえ整えれば、どこでもできる仕事なのは間違いない。打ち合わせも最近はビデオ通話がほとんどなので、クライアント先に出向くことも減った。稀《まれ》に呼び出されることはあるが、引っ越したら無理強いはされないだろう。つまり、外出しないで済む大義名分ができる、ということだ。

それは、できるだけひとと会いたくない出不精のわたしにとって、おいしい。

「今あんたが住んでる家だって母親の持ち家を留守のあいだ使ってるだけだろ」

「それはそうだけど」

「あんたが出ていったって家がなくなるわけじゃないんだし、気分転換だと思って一年くらいこっちで過ごしなさい、わかったね」

そう言って祖母は一方的に通話を切った。

相変わらず強引で、ひとの話をまったく聞かない。おそらくこの会話で、わたしの引っ越しは決定事項になっただろう。祖母はそういうひとだ。

ぐいーっと体を反らせイスの背もたれに体重をかけて、部屋をぐるりと見回す。

母親が購入したこのマンションの一室は、2LDKと独り暮らしには充分な広さがある。母親が顔を出すのは年に一回あるかないかで、一泊か二泊だけ。つまり、ほぼわたしの家と言っていいだろう。家賃と共益費は払っていないが光熱費は払ってるし。

ここは、十一年ものあいだ暮らした、自分にとって快適なわたしの城だ。絶対に田舎の祖母の家になんて引っ越したくない。

……かといって、あの祖母を説き伏せるのは至難の業だ。想像するだけで面倒くさい。おまけにこちらが言い負かされる未来しか見えない。

額に手を当てて目を瞑《つむ》り考える。さて、どうするか。

なにをどうしたってこの状況が覆ることはない気がする。ならば、ムダな抵抗はせずに身を任せるのが一番楽なんじゃないだろうか。

「まあ、一年間だけなら、たしかに気分転換にはよさそうかな」

口にして自分を納得させることにした。

祖母の家は、名古屋からかれこれ二時間ほどかかる福井にある。福井駅からさらに数十分電車で揺られ、駅からバスに乗らなければならない。バス停から家までは急な勾配の坂道があり、どこに行くにもしんどい不便な立地にあった。

二階の窓からは緑と空が多い景色が広がっていた。そして、かすかに海が見えた。静かな町だった。けれど、ひとびとのウワサがやたらとうるさい町でもあった。

わたしはそこで、小学四年から高校三年まで、祖母とふたりで暮らした。

母親は、仕事のためそれまで住んでいた東京に残り、祖父はすでに亡くなっていて、父親は生まれたときからそばにいなかった。そして、当時まだ六十歳ほどの祖母もスナックの経営で夕方からは家におらず、休みの日は趣味を楽しむためにしょっちゅう出かけていたため、ひとりだった思い出がほとんどだ。

さびしくなかった、と言えば嘘になるが、それほど苦痛には思っていなかった。祖母は口うるさいところがあるが、わたしを大事に育ててくれたし、年に数回しか会わない母親も、その短い時間でたっぷりの愛情を注いでくれた。母親の稼ぎが充分あったおかげで生活はもちろん学費にも困ったことはない。なにより、母親も祖母も、わたしのためにこの選択をしたのだと理解していたからだ。

わたしは、それなりに幸せな日々を過ごしてきたと、迷いなく言える。一般的な家庭環境ではなく、祖母も母親も保護者として多少問題点はあっただろう。それでも、わたしは決して不幸ではなかった。

だから、まわりのうるさいあの町が、無責任にひとの家庭に口出ししてくるひとしかいないあの土地が、わたしは好きじゃなかった。

「……何年帰ってないんだっけ」

大学で独り暮らしをはじめてからは、ほとんど帰っていない。特に祖母が三年前に店をたたんでからは自由気ままに旅行に出かけるので、なかなか予定が合わなかった。五年以上祖母に会っていないかも。

「祖母孝行もしないとだしね」

たしか数年前に家の修繕ついでにお風呂《ふろ》やトイレ、台所もリノベーションしたと言っていた。ふむ、と頷《うなず》いて体を起こし、早速ネットで引っ越し業者を探しはじめる。

昔出入りしてたサビ猫はどうしているだろうか、と思ったところで数年前に亡くなったと祖母が言っていたのを思い出す。そのサビ猫を連れてきたのは清志郎だったっけ。わたしに恋心を教えてくれた、そしてその気持ちを悪意なく打ち壊してくれたタチの悪い男は、今はどこでなにをしているのだろうか。

家の前にある長くて勾配《こうばい》のキツい坂道を思い出すと、彼――清志郎のあたたかな笑みが脳裏に蘇《よみがえ》った。

それから、二ヶ月後の七月中旬、今から十日ほど前にわたしは祖母の家に引っ越してきた。母親はわたしの引っ越しに「物好きね」と不思議そうではあったが反対はしなかった。マンションはそのままにしてもらえたのもありがたい。

祖母はわたしがやってくる数日前に旅行へ出掛けしまい、すでに姿はなかった。「一度目的のない旅をしてみたかったのよ」と気分よさそうに話していた二週間ほど前の電話が最後で、今はどこでなにをしているのかさっぱりわからない。

それはいい。それはべつにかまわない。いつものことだ。

『おかけになった電話は、電波の届かないところにあるか、電源が入っていないため――』

「電話は繋《つな》がる状態でいてよ！」

思わずスマホに向かって叫ぶ。

「そんな大声出すなよ、子どもたちが驚くだろ」

背後から清志郎ののんびりとした声が聞こえてきて歯ぎしりをしながら振り返る。庭に面した茶の間で寛《くつろ》いでいる彼の隣にはふたりの少年少女がいて、明らかにわたしにびびっていた。

「そのうちばあちゃんからは連絡あるだろ。あ、そろそろオレらの引っ越しトラック来る時間だな。どの部屋使えばいい？」

「いやいやいや、ちょっと、ちょっと待って」

落ち着け落ち着けと自分に言い聞かせる。

「だいじょうぶだって、ばあちゃんが『この家で暮らしていいって』言ってくれたんだから。安心しろよ、乃々香」

どうやら、今日から清志郎と子どもふたりもこの家で暮らすらしい。

——そんな話聞いていない！

そんなわたしの心の叫びも空《むな》しく、家の前にトラックがやってきた音が聞こえてきて、

「こんちわー！　うさぎマークの引っ越し社ですー」と元気な声が響く。

「今行きまーす！　んじゃ、乃々香、家で仕事してんだろ。オレらのことは気にしないでいいからさ。あ、あと乃々香、まともなもん食ってないだろ」

「……それは今、関係ないでしょ」

「乃々香は昔から食に対して無頓着《むとんちゃく》だからなあ……」

そう言って清志郎は玄関に向かった。

荷物まで来てしまったので、とにかく運び入れる場所が必要だと一階にある八畳の二部屋を提供した。襖《ふすま》で仕切ることのできるいちばん奥の和室だ。二階のわたしの部屋から最も遠いところでもある。

騒がしくなった一階から離れて自室に戻り、再び祖母に電話をかける。もちろんまだ電話は繋がらない。

「どこにいるのよ、もう！」

もどかしさに叫び、ベッドに倒れ込む。

はあーっと枕にため息を吐きだして気持ちを落ち着かせると、ブチ柄の小太りな猫——

——ブチがそばに飛び乗ってきた。祖母が世話をしていたらしく、家に住み着いている。

清志郎が痩《や》せこけてぐったりしていたサビ柄の子猫を拾ってきたとき、猫嫌いの祖母は顔を顰《しか》めていたがすっかり猫好きになったようだ。庭にも数匹の猫が出入りしているが、ブチは家からほとんど出ない。っていうか猫を最初に拾ってきたのは清志郎なのに、なぜわたしや祖母が世話をしていたのだろうか。彼が甲斐甲斐《かいがい》しく面倒を見ていたのは、サビが元気になるまでのあいだだけだった。

「……まさか、清志郎が結婚してたなんて」

そんなことを呟《つぶや》いてしまった自分に気づいて、「清志郎が結婚できるとはね！」と無駄に大きい声で言葉をつけ足した。

清志郎のざっくり説明によると、妻とは別れたらしいけれど。ふたりの子どもとこれからどうしようかと悩んでいるときに、祖母に「じゃああたしの家に住めばいいよ」と言われたようだ。昔から清志郎と祖母は仲が良かったが、ずっと連絡を取り合うような仲だったのは知らなかった。

っていうか、一ヶ月前に決まっていたならなぜそれをわたしに伝えないのか。

清志郎もどうしてこの町に帰ることを決めたんだろう。彼の実家はわたしが高校生になったころに福井県内のもう少し便利な土地に引っ越した。実家に帰れない事情があったのかもしれないが、せめてその近くに住んだほうが便利なはずだ。

清志郎は、わたしがこの家に住んでいることを祖母に既に聞いていた。

なのになぜ、引っ越してきたのか。それでもいい、と思ったのだろうか。

わたしは、会いたくなかったのに。

――『乃々香はもうかわいそうじゃないから、大丈夫だろ？』

そばにいると言ったくせに、拾ってきた猫が元気になったらもうあとは好きにしろとほったらかしたように、清志郎はわたしを突き放した。

そのことを、彼はなんとも思っていない。わたしがどう感じたかも、気にしていない。だから、こんなふうに軽い気持ちでわたしと住むことを受け入れることができるのだ。

「仕事しよ……」

馬鹿馬鹿しい過去の感傷に浸るなんて無駄でしかない。

仕事関係にはすでに引っ越しを伝えてしまったので、早々にこの家を出るわけにもいかないのだ。ならば、この生活をストレスフリーで過ごせる方法を考えなければいけない。そのためにも、あとで清志郎と話さなければ。今はとりあえず仕事をしようと頭を切り替えベッドから体を起こし、PCデスクの前に移動する。そしてヘッドフォンをつけて音楽を流し、一階から聞こえる喧噪《けんそう》を遮断して仕事に集中した。

現実逃避にする仕事はなかなかはかどり、まだ締め切りには余裕がある案件をふたつも片付けてしまった。満足感に浸っていると、「うわ、すっずしー！」と大きな声が聞こえて体が跳ねる。階段のほうを見ると、清志郎がひょっこりと顔を出していた。

「勝手に部屋の中覗《のぞ》かないでよ」

「ドア開けっぱなしにしてんのは乃々香じゃん」

そうだけど、だからって覗いていい理由にはならないだろうが。

わたしが小学六年生の時に増築された二階部分は階段をのぼってすぐに六畳の部屋があり、その奥には襖《ふすま》で仕切られる八畳の部屋がある。わたしの部屋しかない贅沢《ぜいたく》な二階だ。階段と部屋のあいだにドアはあるけれど、閉めることはほとんどなかった。今もそのクセが抜けない。

「この家はかわってないなーって思ったけど、この部屋はさすがにかわったなー」

清志郎が部屋に入ってきてきょろきょろと見回す。

昔、清志郎はよくこの家にやってきた。持ち前の社交性と人懐っこい笑顔で祖母ともあっという間に仲良くなり、泊まったこともある。

「乃々香もおとなになったんだなぁ。まぁ乃々香なら大丈夫だとは思ってたけど」

「清志郎から心配や安心なんかされたくないんだけど」

「うわぁ、冷たいなー。昔あんなにオレに懐いてくれてたのにー」

そっけないわたしの返事に、清志郎はショックを受けたような反応をする。うざい。懐いてた、と言うところもうざい。

「で、なに？　用があって来たんじゃないの？」

「そうそう、ちょっと早めだけど、そろそろ夕食にしないか？」

もうそんな時間か、と時計を確認すると、五時を過ぎていた。そういえばお昼も食べてないな。合間にちょこちょこと栄養食を摘《つま》んでいたけど。

「もしかして清志郎が作ってくれるの？」

「まさか」

「じゃあ誰が作るのよ。わたしはやだよ。それに家に食材ない」

スーパーまでは徒歩で十五分もかかるうえに坂道のせいで自転車もキツい。しかも今は真夏だ。結果、元々料理をすることに興味がないわたしは保存食代わりのスープやら乾麺《かんめん》やらをネットで買いだめして、引っ越してからはそればかりを食べている。冷蔵庫はネットで買った飲み物と冷凍食品しかない状態だ。

今日もだけれど、この先の食生活はどうするつもりなのか。

「大丈夫大丈夫。オレに任せろ」

自信満々に胸を叩《たた》く彼に、嫌な予感を抱いた。清志郎がこう言うときは、大抵ろくなことがない。昔、夏休みの自由研究に悩んでいたときも「大丈夫」と言って冷蔵庫から卵を取り出し羽化させようと提案してくれた。もちろん、数日後に異臭が充満して（そのあいだも清志郎は大丈夫だと言い続けた）祖母に怒られた。わたしだけが。

なにをするつもりなのか、と聞こうとすると、清志郎は部屋の窓から景色を眺め、

「ここはかわらないな」と懐かしむ。

「十六年ぶりなのになあ。でも安心するな、ここは」

「……清志郎、いつ、日本に帰ってきたの」

「え？　ああ、七年前かな？　いや八年だっけ？　南米のほうでずっとうろうろしてたんだけど、親父がヤバイって聞いて帰国したんだよ」

えっ、と目を丸くすると、清志郎は「あー大丈夫大丈夫。癌だったんだけど、幸い手術と抗がん剤治療で今のところ転移もなく元気だから」と胸を張った。

「よかった。でも、高校中退して海外行った息子とは縁を切ってたのかと思った」

「縁起でもねぇこと言うなよ。まあ、あのときは事後報告だったからめちゃくちゃ文句言われたけどな！　ははっ！」

清志郎の家族は礼儀正しくてやさしくて落ち着いたひとばかりなのに、なぜ清志郎みたいな異端児がうまれたのだろうか。

税理士だか弁護士だかの父親に、お菓子作りが趣味の母親、そしてふたりの成績優秀な歳の離れた兄。清志郎はそんな家族に愛されていた末っ子だった。

絵に描いたような幸せな家庭で育ったから、彼はわたしのことを〝かわいそう〟だと思ったのだろう。わたし自身、清志郎の家族に会ったときは、こんなにもあたたかな家庭が実在するのかと驚いたっけ。

「そういや言ってなかったけど、さっきの、男のほうが歩空《ふく》で小四、女のほうが寧緒《ねお》で小二。オレの子ども。かわいいだろ？」

でへへ、とだらしない顔をしながら、清志郎はそばにあったひとりがけのソファに腰を下ろした。

小学二年と小学四年といえば、八歳と十歳か。まさか清志郎にそんな大きな子どもがいるなんて。清志郎はわたしより三歳年上なので、今は三十二歳だ。ということは、二十二歳のときには父親になっていた計算になる。

そこではたと気づく。

「海外で結婚したの？」

「いや、結婚したのは四年前」

それはつまり、どういうことだ。頭にクエスチョンマークを浮かべていると、

「実はさ、オレと血は繫《つな》がってないんだよ。奥さんの連れ子だったから」

と清志郎が力なく笑って説明をつけ加えた。

「でも、気にしないでいいから。乃々香は普段通りでいいよ」

「……そう、言われても」

そんなことができるだろうか。

普段通りってどうすればいいんだ。清志郎の家族の事情を抜きにしても、わたしはどう振る舞えばいいのかわからないのに。家主ではないが家主代理のようなものだし、同じ家に住むと言ってもこの家は広い。でも台所や風呂《ふろ》やトイレは共同なので、それなりに距離は近い。それらをどう管理すればいいのだろう。で、この事実だ。

やばい、面倒くさい。いやだ、面倒くさい。

でも、どうにかしなければいけない。

一度考え出すと止まらなくなり悶々《もんもん》としはじめる。と、清志郎が「くは」と笑った。

「深く考えなくていいよ。乃々香は気にせず過ごして。オレがそばにいるんだから、オレがなんとかするよ」

そう言ってそばにやってきて、わたしの肩をぽんっと叩く。

オレがいるんだから。まわりなんか気にするな。乃々香は乃々香のままでいいんだから、気にせず過ごしていればいい。

昔から彼に何度も言われた。見た目には平然と堂々と振る舞っていたわたしが、実はいつもぐるぐるいろんなことを考えていることを、清志郎だけが気づいてくれた。

この歳でまた言われるとは思わなかった。そして、その台詞《せりふ》で自分が安心するとも思っていなかった。

……いや、たぶん安心したらダメなんだけど。

「んじゃ！　ご飯でも食おう！」

パンと手を叩いて、清志郎は明るい笑みを顔に貼りつける。

今は、清志郎の言うように気にしないように努めよう。

清志郎は隠し事をせずに、あっけらかんとなんでも話すタイプだ。そんな彼が、子どもたちについては〝奥さんの連れ子〟としか言わなかった。それ以上のことを話すつもりがないからに違いない。

そこにほんの僅《わず》かにさびしさみたいなものを感じるのは、幼馴染《おさななじみ》だからだ。

しみじみとそんなことを考えながら階段を降りるとどこかからバイクの音が聞こえてきて、近くで止まった。そのあとすぐに、ポーン、と今日二回目のチャイムが鳴る。

「お、きたきた」

それを知っていたかのように清志郎が玄関に向かった。

どういうことだと清志郎のあとを追いかけると、玄関の引き戸が開かれた。わたしの意思と関係なく、外と家がつながる。

「よ、お邪魔します」

まだ日差しのきつい中、玄関の先には汗を浮かべたひとりの男性がいた。

黒髪のさっぱりとした清潔感のある髪型に、黒色のTシャツ、そして同じく黒色のテーパードパンツ姿の彼は、見るからに会社員の雰囲気がある。黒縁メガネをかけているせいか、若干神経質そうにも感じた。身長は、清志郎よりもやや高い。そして、彼の手元には、スーパーの袋が下げられている。

「おー久々！　まあ連絡は取ってたけど」

「お前は本当に急だよな」

「持つべきは親友だな。あ、乃々香、これからご飯は漸《ぜん》が担当してくれるから！」

親しげに男性と喋《しゃべ》ったあと、清志郎は男性の肩を叩いてわたしに言った。

……いや、誰だ。っていうかこれから？　これからって言った？　どういうこと。

「はじめまして、佐藤《さとう》漸です」

呆然《ぼうぜん》とするわたしにぺこりと頭を下げた彼は、清志郎と違って落ち着いた心地のよい声をしていた。慌ててわたしも「はじめまして、小戸森《こともり》乃々香です」と挨拶《あいさつ》をする。で。この状況はどういうこと？

疑問を浮かべたわたしに気づいて、漸さんがビニール袋を軽く持ち上げる。

「清志郎に頼まれたんで。料理作る人がいないから助けてくれって」

いつの間にそんなことをしたのか。

反射的に清志郎を睨《にら》むと、彼は「高校時代の友だち！」と説明を付け加えた。そんなことはどうでもいい。

清志郎は「さあさあ」と彼を招き台所に連れて行く。

「あ、乃々香さん、嫌いなものとかアレルギーとかあります？」

「え、あ、わたしはないです、けど」

足を止めた漸さんは、くるりと振り返りわたしに訊《き》いた。

彼の一重の冷たそうな目元に背筋が伸びる。威圧感がない柔らかくて丁寧な口調だけれど、なぜか警戒してしまう。まっすぐに目を見て話すひとだからだろうか。

「オレもないし、子どもたちにアレルギーもないよー。な？」

茶の間から台所を覗《のぞ》きこんでいるふたりの子どもに清志郎が声をかける。ふたりはこくこくと頷《うなず》き、期待を込めた眼差《まなざ》しを漸さんとやらに向けている。

「んじゃ、予定通りハンバーグでいいか」

ハンバーグ、という言葉に子どもたちの目が輝いた。

「乃々香さんは気にせず、仕事とか休憩とかして待っててください」

なにが起こっているのかわからずぼーっと突っ立っていると、にこりと微笑まれた。

笑っているのに邪魔だと言われたような気がして「あ、はい」と素直に答えておずおずと出ていく。となりの清志郎は「楽しみだなあ」とうきうきしている。

「いや、ちょっと待って！　どういうことよ！」

はっとして清志郎の腕を摑《つか》み睨む。テキパキした漸さんの動きに吞《の》まれていた。

「なにが？」

「なにが？　じゃないでしょ。なに勝手に他人を家に招いてんの。やめてよ」

茶の間の前を通り過ぎて縁側に彼を引き寄せて話の続きをする。

「なんで？」

「なんで、じゃないでしょ。誰よ、あのひと」

「だから、漸。あいつ昔からすげー料理うまいんだよ。オレも乃々香も料理苦手だって相談したら、いいよって。乃々香は昔から料理に興味なかっただろ」

「そうだけど……そうだけど！」

昔から空腹を満たすことができればなんだっていいと思っているので、独り暮らしのあいだも、そして今も、自炊と呼べるようなものはしていない。

だからってなぜ勝手にそんなことをするのか。

「わたしは、わたしの家の中に他人がいるのは嫌いなの」

「他人じゃないだろ。オレの友だちだし、もう知り合いになったじゃん」

清志郎のように言葉を交わせば知り合いという感覚はわたしにはない。清志郎やその子どもふたりですら、わたしにとっては他人だ。突然三人が同じ家に住むことになっただけでも戸惑っているというのに、まったくの他人がやってくるなんてキャパオーバーだ。

わたしになにも言わず勝手に連れてこないでほしい。かといって、今さら追い出すわけにもいかないことはわかっている。すでに彼――漸さんは料理をはじめているし、彼は清志郎に頼まれて来ただけだ。

「今日はもう仕方がないけど……さっき〝これから〟って言ってなかった？　これからも来るとか、そういう意味じゃない、よね？」

恐る恐る訊くと、清志郎は「そうだけど？」と目を瞬《しばたた》かせて首を傾げた。

「オレも乃々香もご飯作れないとなると、スーパーの出来合いとかコンビニ弁当とかレトルトとかになるじゃん。子どもにそれはやっぱりよくないだろ。それに――」

清志郎がじいっとわたしの顔を見つめる。そして、手を伸ばしてきた。

「乃々香も、ろくなもん食べてないだろ」

彼の手が、わたしの頬に触れる。汗が滲《にじ》んだ彼の手のひらが、ぺっとりと肌に吸い付く。さっきまで涼しい部屋にいたからか、冷えていた体に清志郎の体温が伝わってきて、力が抜ける。床に座り込んでしまいそうになる。

「昔から乃々香は放っておくとなにも食べなかったり、食べてもお菓子ばっかりだったりするだろ。昔はばあちゃんのご飯があったけどさ」

うまく口が動かない。それを清志郎は図星だからだと受け取ったのか「力のつくもの食べねえと」と言ってわたしの顔を覗きこみ白い歯を見せる。

「大きくなれねえぞ」

清志郎にとって、わたしは未《いま》だに子どもなのだろう。もう二十九歳で、三十二歳の清志郎とは同年代だと言ってもいい。それでも、わたしは彼にとって妹のような存在なのだと実感する。そのことを、どうして悔しく思うのか。

「じゃ、オレ、汗かいたから着替えてくるわ」

黙っているわたしを置いて、清志郎は縁側を進み自室に向かった。

……ほんとに、なんて勝手な……！

「お兄ちゃん、ハンバーグだって」

「寧緒ちゃんの好きなご飯だね」

「久しぶりだからうれしいー。明日《あした》はお兄ちゃんの好きなパスタだといいなあ」

茶の間では、晩ご飯が待ち遠しいのかやたらとテンションが高めのふたりの子どもたちがこしょこしょと話していた。ふたりはわたしが見ていることに気づくと、恥ずかしそうに口をつぐむ。

わたしと同じようにふたりも突然他人と暮らすことになって戸惑い不安を抱いているだろう。ならば、おとなのわたしが子どもたちに歩み寄るべきだ。

「もう少しエアコンの温度下げようか？」とか「冷たい飲み物いる？」とか。

そうわかっていても、声を発することができない。

とにかくふたりのそばにいないほうがお互いのためにいいだろうと、背を向けた。おとなだからって、みんながみんなおとなとして振る舞えるわけではないのだ。苦手なものは苦手だ。無理なものは無理。避けたいことは避ける。わたしはそうやって生きてきた。

階段に脚をかけると、清志郎が戻ってくる足音が聞こえてくる。わたしじゃないひとが床を踏む音。台所で水を流す音、火をかけるときのカチカチという音、茶の間で話をする子どもの声。

「騒がしいな……」

昨日まで聞こえなかった音が家の中に響く。ここは本当にわたしが昔暮らした静かな家なのかわからなくなる。

それから小一時間ほどで、ちゃぶ台には晩ご飯が並んだ。

ハンバーグの上にはほどよく溶けたチーズがのっていて、にんじんのグラッセとブロッコリーの素揚げされたものとマッシュポテトが添えられている。そして、卵とタマネギの洋風スープにプチトマト添えのサラダとライス。

家の中に四人分の料理が並ぶなんて、はじめてのことだ。

……でもなんで、四人分なのだろう。今、この家にいるのは五人だというのに。

「おー、さすが漸！　うまそう！」

「ハンバーグだ……！」

「いただきまーす」

両手を合わせた歩空くんと寧緒ちゃんは箸《はし》を摑むとすぐにハンバーグに突き刺して、出てくる肉汁に「うわあああああああ」と感嘆の声を上げた。清志郎もハンバーグを口に含むと頰を緩ませて、歩空くんに「おいしいなあ」と話しかけている。寧緒ちゃんはにんじんのグラッセを甘い甘いと喜んでいた。

七時前の空は、まだ夜にはなっていない。茶の間のガラス戸の向こうには、夕焼け空が広がってた。こんな時間に夕食を食べることは滅多にない。それに、誰かが作った料理をあたたかいうちに食べるのも珍しい。昔は祖母が用意してくれたご飯をお腹が空《す》いてからレンチンしていた。面倒くさくて冷えたまま食べたこともある。独り暮らしをはじめてからは冷凍食品やコンビニの弁当で、自分で作るにしてもレトルトばかり。

目の前のものとは、全然違う。ソースの香りは、こんなにも鼻腔《びこう》を擽《くすぐ》るのか。料理から立ち上る湯気は、こんなにも躍るのか。

そんなことを考えていると、漸さんが茶の間の隅にあぐらをかいて座った。

「あの、漸、さんは、食べないんですか？」

四人分の料理は、漸さんの分が入っていなかったのか。

「俺はいいんです」

「狭いなら詰めますけど」

「俺のことは気にしないで、あたたかいうちに食べて」

腰を上げようとすると、漸さんに止められた。

目を細めて笑っているように見えなくもないけれど、はっきりとした物言いは完全に拒絶をあらわしている。狭いのが嫌いなのかもしれないし、子どものためにハンバーグにしただけで彼の苦手な料理なのかもしれない。もしくは、ただ単にお腹が空いていないのかも。まあ、そういうこともあるか。そう思い「じゃあ、えっと、いただきます」と彼を誘うのをやめて料理に口をつける。

「お兄ちゃんプチトマトちょうだい」

「え、あ、取らないでよ。ぼくも食べたかったのにー」

「んじゃ歩空にはオレのをあげよう」

清志郎が言い合うふたりのあいだに入り、歩空くんのサラダボウルに自分のプチトマトをひとつ入れた。

——これが、家族の食卓なのか。

この空気が落ち着かなくて食欲がどんどん下がる。

ここで食事をするのはいつだって、わたしひとりだった。

このちゃぶ台に、自分以外のひとがご飯を食べているのは変な感じがする。

できたてのハンバーグは肉の味がするんだな、と当たり前のことを思いながら、無言で、ただ咀嚼《そしゃく》する。それを繰り返す。余計なことを考えないように。

「おいしくない？」

虚《うつ》ろな目で必死に手と口を動かしていると、漸さんに話しかけられる。

「いや、お、おいしいです」

たぶん、と心の中で言葉を付け加える。

間違いなくおいしいと思う。でも、この料理が普段食べている適当なご飯とどう違うのかはよくわからない。おいしいとも思うのに、どうおいしいのか説明ができない。

「ならいいけど」

漸さんはそう言ってすっくと立ち上がり台所に入っていった。怒っているような、妙な空気を感じたけれど、気のせいだろうか。作った料理に対してわたしの反応が鈍いことを不満に思ったのかもしれない。

……ああ、わたしの家なのに、なんでこんなに気を遣わなければいけないのか。

やっぱり、面倒くさい。ひとと過ごすのは、総じて面倒くさい。

そんなわたしが、これから快適に清志郎一家とひとつ屋根の下で暮らせるのだろうか。

雲行きが怪しい。というか、無理なのでは。

＋　＋　＋

「やっぱり無理……」

スマホに向かって呟《つぶや》くと、その向こうにいる友人の来実《くるみ》に「そりゃそうでしょー！」とケラケラと笑われた。

「乃々香が他人と同居できるわけないじゃん」

「その言い方もどうかと思うけど」

「前の彼氏とも半同棲《どうせい》状態になったことに限界を感じたから別れたくせに」

まったくもってその通りだ。さすが、長年の友人だ。

来実とは家が近かったので小学校が同じだったけれど、同じクラスになったことがなかったため、そのころは接点がなかった。親しくなったのは中学一年で同じクラスになってからだ。ざっくばらんとした、対人関係でいいバランス感覚を持っている彼女とは妙に気が合い、同じ高校に進学したことでより仲が深まった。大学は別だったけれど、偶然にも同じ名古屋市内に住んでいたので、定期的に会っていた。

「乃々香は〝適度な広さで浅いつき合い〟がモットーだもんねえ」

「ストレスフリーをモットーにしてるだけ」

その結果が、人間関係の希薄さに至っただけのことだ。気の合わないひととは距離を取るとか、仕事関係で出会ったひととは男女問わずそれ以上の関係にはならないとか。

来実はわたしと違い交友関係が広く、多少気の合わないひととでもうまくやれる社交性があり、それはそれですごいな、とは思うけれど。

「会社辞めたのも人間関係が理由だもんねえ」

「ちゃんと円満退社したんだから、おとなでしょ」

デザイン会社に勤めていたのは三年ほどだった。ウワサ話の好きな同僚の男性と絡むことに辟易《へきえき》したのが辞めた理由だ。転職してまた面倒なひとと関わる可能性を考えるとフリーになった方がいいだろうと今の状態を選んだ。

子どものころから祖母や母親の自由さを見ていたことと、他人に首を突っ込まれる家庭環境で育ったことから、はやく自由なおとなになりたいと思っていた。二十九歳になったわたしは、昔思い描いていたほどおとなは自由ではないと知っている。けれど、昔ほど窮屈ではない環境で、自分が快適に過ごす方法と手段を選ぶことができる。おとなになってよかったとつくづく思う。

親しくないひとになら、なにを言われてもどう思われても、気にならない。気が合わなくても、そういうものだと受けいれてしまえばいい。

――『乃々香ちゃんは不倫の子だから』

幼いころは多少傷ついた言葉も、態度も、今のわたしには痛くもかゆくもない。

「ただ、今の環境をどうすればいいのか、解決策がまったく浮かばない……」

「でもさあ、自分で用意しなくてもご飯出てくるって最高じゃん」

「そうなんだけど……気を遣うんだよねえ」

清志郎が食事をお願いした漸さんは、あれからほぼ毎日家にやってくる。勤め先が県内でなおかつ定時退社できるらしく、六時半くらいになるとチャイムを鳴らし、晩ご飯を作ってくれる。おまけに次の日の昼ご飯も作り置きしてくれるのだ。そして、食後の片付けをして九時くらいになるとバイクに乗って帰っていく。

ただ、不思議なことに彼はわたしたちと食卓を囲むことはない。家に帰ってから食べるのだろうか。一緒に食べたほうが漸さんも楽なのでは。その様子にお節介でうるさい清志郎がなにも言わないのが一番不思議だ。

まあ、他人の事情に口出しするのは面倒なのでどうでもいいけど。

「作ってもらったら食べなきゃいけないじゃん」

「そりゃそうでしょ」

「仕事を中断する羽目になるから面倒くさい」

わいわいと話す清志郎一家のそばで居心地の悪さを感じながら、空腹でなくともご飯を食べるのが、結構しんどい。

けれど、漸さんがいなければ食事に困るのもたしかだ。

清志郎は引っ越してくる前から塊根植物とやらを専門にネットで販売し生計を立てていたらしい。そろそろ店を構えたいと思っていたところでこの町に住むことが決まり、運良くちょうどいい物件が見つかったそうで、引っ越してきた次の日から開店準備のため毎日出掛けている。

　だから、夏休みで家にいる子どもたちのお昼ご飯はわたしの役目だ。もちろん相談もなにもなく決まった。子どものご飯を適当に済ませるわけにはいかないので、漸さんがあたためるだけで食べられるものを準備してくれているのは助かる。ご飯をちゃぶ台に並べるだけであとはふたりで好きに過ごしてもらえるのは彼のおかげだ。

「助かってはいるんだけどさあ」

「なによ、そんなに変なひとなの？」

「いや、変ではない。口調も清志郎と違って落ち着いた感じ」

　正直言えば好みの顔立ちだとも思っている。それを言うと来実にネタにされるので口にしない。

「まあ、なんとか……頑張る。で、来実は結局お盆いつ帰ってくるの」

　電話の目的を思い出して訊《き》くと「たぶん十四くらいかな」と適当な答えが返ってきた。

来実は今も名古屋在住だが、お盆に実家のある福井に帰省するので会う予定だ。

「まあまた決まったら連絡するわ」

「だね。わかった」

　そう言って通話を終える。すると、外から子どもたちの声が聞こえてきた。

　立ち上がり庭側の窓から外を見ると、ふたりはバドミントンをしていた。この炎天下で運動をする子どもの元気さに感心する。わたしはと言えば、ここ二週間ほど洗濯物を干したり取り入れたりする以外で一歩も家の外に出ていない。食料は漸さんが買ってから家に来てくれるし、清志郎も車があるので必要な物があれば買ってきてくれる。

部屋のドアを開けているとはいえ、二階にいてもふたりの遊び声は聞こえてくる。縁側のガラス戸をすべて網戸にしているのか、家の中に蝉がいるのではないかと思うくらい、アブラゼミの鳴き声もする。

子どもたちははじめこそ緊張していて比較的おとなしかったが、すぐにこの環境に慣れて生き生きと過ごしている。猫のことも好きなようで、ブチをかわいがっているし、ブチもふたりのことが気に入ったのか最近ほとんど子どもたちのそばにいる。

歩空くんは恥ずかしがり屋なのか、目が合うといつもはにかむ。寧緒ちゃんは物怖《ものお》じしない性格のようで、すぐにわたしにもぐいぐい話しかけてくるようになった。ふたりとも、朝、顔を合わせれば必ず笑顔で「おはようございます」と丁寧にお辞儀付きで挨《あい》拶《さつ》をして、いただきますもごちそうさまもしっかり口にする。

自分が小学生のころはこんなに礼儀正しかっただろうかと思うほど、ふたりはいい子だ。困らせるような危険な遊びもせず、ケンカをすることもほとんどない。手のかからない子たちだと思う。

だからといって、この家にいる以上放っておくことはできない。一応昼間はわたしが保護者だ。ちょっと前まで遊んでいたのに急に昼寝をしはじめたりすると途端に静かになるので、なにかあったのでは、と不安に思いそっと一階に降りて確認しなければ落ち着かなくなるのだ。

そんな感じで、日中は仕事に集中できないことが多々ある。

せめて今が夏休み真っ最中でなければ日中学校に行ってくれるのに。友だちと遊んできたらどうか、と言いたいが引っ越してきたばかりのふたりには、この町に友だちと呼べるような子はいない。知らない土地を子どもふたり出かけさせるわけにもいかない。

「清志郎がいれば外部の音を遮断して仕事に没頭できるんだけどなあ」

乃々香がいるなら安心だ、作業中は危ない道具もあるから、とかなんとか言って体よく子守をわたしに押しつけやがって。なにが〝オレがそばにいるんだから〟だ。まったくいないじゃないか！　今まで通りに過ごしていたらいいと言ったのは誰だ……！

ＰＣのそばにあるカレンダーには、そこそこ仕事が埋まっている。これまでであれば特に問題のない量だ。けれど、じわじわと仕事の進捗が遅れはじめている。集中できるのは子どもたちが寝静まった夜しかなく、そのせいで趣味の海外ドラマを観る時間がこの数日取れていない。

自分の生活を自分でコントロールできないことがこれほどストレスに感じるとは。

イライラが募ってきているのが自分でわかる。

「まずは目の前の仕事をどうにかしないと」

深呼吸をして資料を整理しながら優先順位をつけていくと、バイクのエンジン音が聞こえてきた。一瞬取り戻しかけた集中力が、またしゅるしゅると萎《しぼ》んでいく。

もう漸さんがやってくる時間か。ご飯を食べる時間も惜しいが、彼を出迎えなければいけない時間も惜しい。うんざりしているとポーンとチャイムが鳴った。

仕方なく腰を上げて一階に降り縁側を進んで玄関に向かう。ふうっとひとつ息を吐き出して引き戸を開けると、

「どうも。今日もお邪魔します」

漸さんはそう言ってするりと自然に中に入ってくる。

「あ、そうだ乃々香さんって食べたい野菜とかある？」

「あー……なんですかね……」

振り返った漸さんに質問されて、曖昧《あいまい》に答える。食べたい野菜なんて、今まで考えたこともなかった。好きな野菜はもちろん、好きなジャンルやメニューも、わたしにはない。誰かとご飯に行くときにも、希望がないので任せることがほとんどだ。

つまり、なんでもいい。食べなくてもいいくらい、なんでもいい。

と思ったところで、今さらなことに気がつく。

「あの、わたしの晩ご飯は用意しなくてもいいですよ」

ぎ、と床を鳴らして漸さんが立ち止まった。ワンテンポ遅れてわたしも立ち止まると、彼の驚いた瞳《ひとみ》が向けられる。

「なんでですか？」

いつもと同じ声だけれど、感情が乗っかっていないのを感じた。

「今、仕事が、忙しくて……」

そしてわたしはなぜ、言い訳じみた言い方をしてしまっているのだろうか。本音だというのに後ろめたさがあるのはどうしてなのか。

しどろもどろに答えると、漸さんは「フリーのデザイナーでしたっけ」と思い出したかのように呟《つぶや》く。納得してくれたのかとほっとすると、彼は元々それほど大きくない目を細くして、

「いやです」

と言った。

「食事の時間なんて一時間ほどじゃないですか。どれだけ忙しくても、息抜きがてらに食事はしてください」

「あー……えっとですね、その時間すらも惜しいというか」

「いやです。無理です」

え、なんで？　そんなに拒否されるようなこと言っただろうか。

「り、理由を聞いても？」

顔を引きつらせて問うと、漸さんは笑顔を絶やさずに、

「俺がいやだから？」

となぜか疑問形で答えた。

意味がわからない……！

清志郎の友だちにしては落ち着いたひとだと思っていたけれど、さすが清志郎の友だちだ。話が通じない。

「いや、知りませんよ、そんなこと」

「乃々香さん、自分の顔、鏡で見る？　ひどい顔してるよ」

にゅっと伸びてきた手が、わたしの眉間《みけん》を突いた。いた、と反射的に返すと「反応も遅いし」と呆《あき》れたように眉《まゆ》を下げられる。

「怖がってるだけ？　もしくは心が狭い？　それともただ、余裕がないだけ？」

「な……」

「べつに俺には関係ないことだし、これまでひとりで生きてこれたならそれが乃々香さんにとっては最適なのかもしれないけど」

けどなんだ。

無意識に拳《こぶし》を握りしめていたことに、爪が手のひらに食い込んできたことで気がついた。そのくらい自分が漸さんに対して不快感を抱いている。知り合って間もないひとに失礼なことを言われているからだ。

でも、そんなひとになにを言われても、どう思われても、いつものわたしなら気にしなかった。

「ただ、頼まれたからには俺はご飯を作るし、俺は、俺が作ったものはちゃんと食べてもらいたい。特に、乃々香さんには」

なぜわたしに食べてもらいたいのかさっぱりわからない。

ご飯はみんなで食べるべきだ、と思っているひとなのかもしれない。テレビドラマでよく見かける光景だ。大切なひとと仲良くおしゃべりしながら食事をすることは、幸せな時間らしい。ご飯がよりおいしくなるのだとか。

それを否定する気はない。けれど、漸さんだって一緒に食べてないじゃん。

彼はいつもわたしを含めた四人分のご飯しかちゃぶ台に並べない。食事のあいだは台所で作り置きの準備をしたり片付けをしたり、ときどき様子を眺めているだけだ。そしてわたしも、一緒に食べているだけで会話を楽しむことがない。話をしているのは主に清志郎とふたりの子どもだ。わたしはときおり清志郎に話を振られて答えるだけで、ほぼほぼ無言で料理を口に運んでいる。漸さんの料理はいつもちゃんとあたたかくておいしいけれど、それだけだ。みんながいるからおいしい、と思ったことはない。

でもこのままなんでなんでと繰り返しても埒《らち》があかないだろう。

「じゃあ、残しておいてください。あとで食べますから」

これ見よがしに溜息《ためいき》をつくくらいのささやかな嫌みを返し、仕方なく身を引いた。

「いやですね」

「――っあの、ねぇ！」

相変わらずの返事に、苛立《いらだ》ちが一気に弾《はじ》ける。

「ご飯作ってくれるのはありがたいですけど、強要するのはおかしくないですか?」

「乃々香さんは、なんでそんなにいっぱいいっぱいになってんの?」

漸さんの顔から感情が消えた。

冷たい視線に体温が少し下がった気がして、思わず目を逸《そ》らしてしまう。

仕方ないじゃない。仕事が詰まってるんだから。ご飯を悠長に食べている場合ではない。余裕がないのは当たり前じゃないか。

でもなぜか、それを口にすることができない。

「わたしは……わたしの世話で手いっぱいなんです」

いつもひとりだったから。それが当たり前だったから、ひとがいるとどうしてもペースが崩れてしまう。

「乃々香さんはいいことも悪いことも、いい感情も悪い感情も、自分で処理できるんだろうね。それって、どんな状況でも自分でどうにかしようとしてるからだろ?」

目の前の漸さんがなにを言いたいのかわからず、ん、と首を捻《ひね》る。

もしかして褒められているのだろうか。いや、でも、なぜ急に。

「幼馴染《おさななじみ》の清志郎がいるのに、なんで今もそんなに余裕がないの」

清志郎の名前が出てくるとは思わなかった。

やっぱり漸さんがなにを言いたいのか、さっぱりわからない。

「いませんし、関係ないです」

たしかに昔はそばにいてくれたし、多少助けてもらったことはあるかもしれない。けれど、彼は突然高校をやめて遠くに行った。散々そばにいると言っていたくせに「大丈夫だろ」と勝手に安心してわたしから離れた。

「そう思ってるから、余裕がないんだ」

その言い方は、まるで清志郎が今もそばにいるかのようだ。

呆れたように肩をすくめられて、むっとする。

「思ってるもなにも、いないじゃないですか。勝手に近づいて離れて、またやってきて、わたしに子どもを押しつけてどこかに行ってるじゃないですか。むしろ清志郎がいるからこそ、今のわたしは余裕がなくなって——」

「はい、ストップ」

漸さんが話の途中でわたしに手のひらを向けて、止めた。

なに、と眉間に皺《しわ》を寄せて睨《にら》むと、茶の間から歩空くんと寧緒ちゃんがこちらを見ていることに気づく。ふたりの表情は驚いている様子でもなく、わたしの発言にショックを受けているようでもなく、ただ、心配そうにしているだけだった。

「あれ？　ふたりなにしてんの」

玄関の扉が開くと同時に背後から聞こえてきた声に、びくんと体が跳ねる。振り返ると、汚れたつなぎを着ている清志郎がきょとんとした顔でわたしたちを見ている。

「き、清志郎」

「なんでもねえよ。今日ははやかったな」

「一区切り着いたからなあ。完璧《かんぺき》にはほど遠いけど、そろそろ開店してもいいかも」

「とりあえず着替えてこいよ。ペンキと汗のにおいで臭い」

まじでーと清志郎が自分の体をにおう。ついでに「オレにおう？」とわたしにも確認してきたので、とりあえず頷《うなず》いておいた。漸さんの言うように、ペンキと汗のにおいがする。それは、夏の匂いで、清志郎に似合っていた。

「今度乃々香も一緒に作業するか？」

なんでそんなことを言われるのかわからなかったけれど、首を振った。

さっきまでわたしと漸さんのあいだにあった微妙な空気は、清志郎の登場で洗い流されていた。着替えに自室に向かった清志郎の背中を見送り、漸さんと目を合わせる。茶の間に子どもたちの姿はもうなく、かわりにブチがちょこんと座って欠伸《あくび》をしていた。

「じゃ、ご飯の準備するんで。食べてくださいね」

「……はい」

有無を言わさない漸さんの雰囲気に、わたしは渋々頷いた。

＋　＋　＋

漸さんと言い合いをしてから、以前にも増して、ひとりが恋しい。

土日は清志郎がいて三人で遊んだり車で出掛けたりしていたおかげで、わたしは気にせず仕事に没頭できた。日曜日は外食に出掛けてくれたのもありがたかった。

問題は、平日だ。

相変わらず漸さんは毎日家に来る。そのたびにわたしは引き戸を開けて彼を招かなければならず、なおかつなんとなく彼と顔を合わすのが気まずい。これが清志郎の友だちでなく、ご飯を作ってくれる相手でなければ、すぐに距離を取っていただろう。

幸いなのは、子どもたちの態度に前とかわった様子はないことだ。わたしの姿を見ると笑顔を見せてくれるし、今日もお昼ご飯のときは「乃々香さん、お仕事頑張ってね」と声もかけてくれた。

だからこそ、ちっともおとなとして立派に振る舞えないどころか、思考さえもおとなとしてどうかと思うほどの自分の未熟さに、いたたまれなくなる。

情けないな、と言葉にせずつぶやき、キーボードのエンターキーを押した。

「とりあえず、急ぎの分はこれで終わった、かな」

夕方の涼しい部屋で背伸びをしてふうーっと息を吐き出す。

溜《た》まっていた仕事はなんとかすべて締め切りに間に合わせることができた。睡眠時間を削ったことと、子どもたちが比較的静かにしていてくれたおかげだ。明日からはまた別の仕事があるのだけれど。

「とりあえず一息入れようかな」

そろそろ漸さんがやってくるだろうと、立ち上がり腰を伸ばす。

そういえば、家の中が静かだ。

静寂に違和感を覚えて首を捻る。子どもたちはブチと昼寝でもしているのだろうか。そう思ってなるべく足音を立てずに階段を降り、そっと茶の間を覗《のぞ》き込む。

けれど、そこにはブチがでろりとお腹を出して眠っている姿しかなかった。

「部屋で寝てるのかな？」

でも、あのふたりはほとんど部屋ではなく茶の間か庭にいる。清志郎がそうするように言ったらしい。ドヤ顔で「そのほうが気配を感じて乃々香も安心だろ」と言われた。あのふたりが、それを無視するだろうか。清志郎じゃあるまいし。

いつもふたりといるブチが、目の前にいる。

静寂が、より一層強まった気がした。

心臓が普段よりも速度を上げて脈打ちはじめる。

ざわりと、不安が足元から這《は》い上がってくる。

考えすぎだ。心配しすぎだ。子どもなのだから夢中になって親に言われたことを忘れることもあるだろう。猫も、いつもと同じ行動ばかりするわけじゃない。

そう言い聞かせて、階段横の廊下を奥に進んだ。一番奥のふたりの部屋からは心地よさそうな寝息が聞こえてくるはずだ。ギシギシと床板を鳴らして進むと、どんどん心臓の音が大きくなってくる。引き戸の前で固唾《かたず》を呑《の》み、そっと手を添えて横に引き開ける。

ここで寝てるふたりの姿を想像する。

——でも、目の前には誰もいない部屋が広がっていた。

「……え」

声にならない声が出て、部屋の中に入って見回す。けれど、やっぱりふたりはどこにもいない。今まで足を踏み入れたことのなかった清志郎の部屋の襖も開けてみたが、まだ荷ほどきの済んでいない段ボールがいくつか積み上がっているだけだった。

「え、えっ、なんで」

踵《きびす》を返し、他の部屋に向かう。使われていない部屋を次々に開けて、トイレまで見に行く。廊下のそばにある小さな庭は、雑草が生い茂っているので、そこに隠れているのではないかと外に出る。けれど、どこにも、いない。

「歩空くん？　寧緒ちゃん？」

バタバタと大きな足音を鳴らしながら再び家の中を駆け回る。

冷や汗が体を伝う。心臓が早鐘を打ち始めて、視線がぐるぐると彷徨《さまよ》い止められない。

台所にも、茶の間にも、風呂場《ふろば》にも庭にも、どこにも、誰も、いない。

「なんで、いつ、から」

ふたりの気配がなくなったのが何時なのかもわからない。外に出掛けたのだとしたらどこに。今まで心配をかけるようなことはしなかったのに、なぜ。

捜しに行かなければ。

でもどこに。どこを捜せば見つかるのか。

連絡をしなければ。清志郎に電話を。

でも家の中にいるかも。すぐ戻ってくるかも。

パニックで視野が狭くなってくる。思考があちこちに飛んでまとまらない。スマホを捜し、部屋に置きっぱなしにしていることに気づく。取りに戻らなければ連絡出来ないのに、そんなことをしていていいのか不安になる。一刻も早く歩空くんと寧緒ちゃんを捜しに行かなければいけないのではないか。

と、そのときにチャイムが鳴り、体が大きく跳ねる。

——もしかしたらふたりが帰ってきたのかも！

はっとして玄関まで走る。

勢いよく玄関の引き戸を開けると、わたしを見て目を丸くした漸さんが立っていた。

「どうした？」

「あ……あの、ふたりが、家にいなく、て。スマホもなく、て。捜しに行かなきゃ」

あたふたと答えながら、玄関のサンダルに足を伸ばす。そうだ。とにもかくにもまずはふたりを見つけなくちゃいけない。外に出ようとしたわたしの手を、漸さんが摑《つか》んで止める。顔を上げると、真っ直ぐな瞳《ひとみ》が目の前にあった。

「いつからいないの？　気づいたのはいつ？」

「え、と、仕事が終わって、さっき」

「わかった。この辺は乃々香さんの方が詳しいから捜しに行って。俺は清志郎に連絡してもう一度家の中を捜すから」

漸さんは冷静で、穏やかに、焦りを微塵《みじん》も感じさせない声で言う。

そのおかげでわたしの頭もすうっと落ち着いていく。

今、わたしはひとりじゃないんだ。漸さんが、いてくれるのか。

そばにひとがいることに安堵《あんど》すると、どうするべきかなにをするべきかが明確になり、体から余計な力が抜けて焦点が定まっていく。漸さんが「よろしく」とわたしの肩をぽんっと叩《たた》く。クリアになった視界の先にいる漸さんの視線を受け止めて、「うん」と頷《うなず》き地面を蹴《け》ってまだ明るい空の下に飛び出した。

家の前の坂道はまだ上に続いているけれどすぐに突き当たりになる。まわりはわたしの腰ほどまでの高さの雑草が生えていて、その先には手つかずの林だ。あのふたりが道をそれて林の中に入っていくとは思えないので坂を下る。

駆け足だったので、坂の下のバス停には転がるようにたどり着いた。左右を確認するけれど、ふたりの姿はない。理由なく右に曲がった。とにかく足を動かして走り回る。

太陽はゆっくりと、けれど確実に沈みはじめていて、視界がどんどん彩度を失っていく。焦りで汗が止まらない。暑いはずなのに、流れているのは冷や汗だと自分でわかる。

もしも、ふたりがいないことに気づいたときよりもずっと前に家を出ていたのだとしたら……。子どもの足でどのくらい遠くに行けるのか想像もできない。だから、必死に、闇雲に走ることしかできない。

なんでわたしはふたりを気にかけていなかったのか。

仕事を後回しにしてふたりのそばにいるべきだったのか。

そもそも、ふたりに漸さんとの会話を聞かれたのがまずかったのか。

「――った！」

ガッとサンダルがなにかに引っかかりバランスを崩した。

咄嗟《とっさ》にそばの電信柱に手をついたおかげで転倒することはなかったけれど、掌《てのひら》全体がひりひりと痛む。歯を食いしばって手を見ると、摩擦により皮がめくれて赤くなっていた。立ち止まって、足元も痛いことに気づく。

「……なにやってんの、わたし」

情けなさに涙がにじむ。

わたしなんかが誰かを世話するなんて無理なんだ。今まで誰かのことを気にして過ごしたことがないんだから。わたしにそんなことできるわけないとわかっていたんだから。

でも、この状況はわたしのせいだ。誰のせいでもない。

このまま見つからなかったら――。

浮かんだ言葉に血の気が引いていく。

立ち止まっている場合じゃない。唇に歯を立ててとにかく見つけなければ。来た道をもう一度捜そうと、顔を上げて振り返る。

「おわ、びっくりした」

と、顔面がなにかにぶつかり、頭上から聞き覚えのある声が降ってきた。

「漸、さん」

「見つかってよかった。スマホ持ってなかっただろ。何度も鳴らしたのに出ないから」

腰を折ってわたしと目の高さを合わせた漸さんを、ぽかんと口を開けて見つめる。彼の視線がわたしの顔から下に降りてきて、足元で止まった。

「歩ける？」

「あ、はい……」

差し出された手を、無意識に握り返す。彼の手は汗ばんでいて、息も少し乱れていた。額から頰に汗が流れていて、このひとも汗をかいたりするんだな、とどうでもいいことを考える。

「もう大丈夫だから。走らなくていいし、歩けないなら休んでてもいい」

落ち着いた声が、体中に染みてくる。

なにが大丈夫なのかはわからないのに、安堵でへなへなと体が崩れ落ちていく。それを、漸さんが支えてくれた。

いつの間にか太陽はほとんど地面に沈んでいて、街灯の少ない道は暗く染められている。今のわたしがどんな顔をしているか、漸さんには見えないだろう。見られなくてよかった。きっと迷子の子どもが母親を見つけて思わず泣いてしまいそうになるのを必死にこらえているような顔をしているに違いないから。

ふたりはどこにいるのか。大丈夫だということは見つかったからなのか。聞きたいのに口を開けることができない。言葉を発しようとすると喉《のど》がぎゅうっと萎《しぼ》んで声の代わりに涙が出てきそうだから、我慢をする。

そんなわたしの様子に気づいたのか、漸さんはわたしの手を引いてゆっくりと歩きだした。ずるずると足を引きずるようにしか歩けないわたしの速度に合わせて。

じわじわと本格的に世界が夜になっていく。通り過ぎる家からは明かりがもれているのに、わたしと漸さん以外には誰もいないようなそんな不思議な気持ちになる。

家に帰るのだろうか、と思っていたけれど、漸さんはバス停から坂道には入らずそのまままっすぐと進んだ。

この先には公園がある。さっき通ったけれど、人影はなかったはずだ。漸さんは公園の手前に着くと、人差し指を唇に当ててわたしに声を出さないように伝えながらそうっと土の上を進み大きな木の裏に隠れた。なにをしているのかと疑問を覚えていると、彼はくいっと顎《あご》で木の向こうを指す。言われるがまま顔を出して確かめると、そこにみっつの人影があった。

ふたりの子どもと、ひとりのおとなだ。

中に入らなければ入り口の大きな木に隠れて見えないベンチに、三人は座っていた。

「あ、パパの負け！」

「あーあ。寧緒は強いなあ」

「寧緒ちゃんは、このゲームでいつも勝つんだよ」

聞こえてきた声に、口元が緩んだ。

寧緒ちゃんと、清志郎と、歩空くんだ。

三人はなにやら遊んでいるようで、楽しげな声が聞こえてくる。いつから遊んでいたのだろう。けれど、とにかく無事だったことに心の底から安堵する。

わたしがこの公園を見たときからいたのだろうか。木々の陰に隠れていて見落としていたのかも。わたしはただ走っていただけで、ちっとも捜せていなかったということだ。

自分の馬鹿さ加減に呆《あき》れてしまう。

「さ、そろそろ帰ろうか」

清志郎がふたりに声をかけるけれど、ふたりは「でも」と躊躇《ちゅうちょ》した。

「……ぼくたちがいたら邪魔でしょ……？」

歩空くんの声に、頭を殴られたような衝撃を受ける。

「そんなことないよ。乃々香も漸も、めっちゃ心配してたよ。今もしてる」

「ねえパパ。寧緒たち、パパのそばにいていいの？」

寧緒ちゃんの声は、いつものような明るさがなかった。足をぶらぶらと揺らして、シルエットだけで寧緒ちゃんが不安になっていることがわかる。

「寧緒はパパのそばにいたくない？」

「でもパパは、そばにいないから」

「おしごといそがしいんでしょう」と歩空くんが寧緒ちゃんの手を握って言った。

「さびしい？」

清志郎の言葉に、ふたりは同時に首を左右に振った。

「ちゃんと、〝ただいま〟って帰ってきてくれるから、さびしくない」

「寧緒も、さびしくないよ……！　ねこちゃんもいるし、それに、漸くんのご飯もおいしいし、乃々香さんも、怖くないよ」

否定してくれているものの、もしかしたらわたしは怖がられているのかもしれない、と寧緒ちゃんの言葉で思った。あまり言葉を交わさないせいだろうか。

「そんなことないだろ」

「でも……寧緒たちは、なにも、できないから」

「――ママも、パパも、みんな、ぼくらがいなかったら……」

「そんなことない」

歩空くんの言葉を遮るように、清志郎がきっぱりと言った。

「オレは、歩空と寧緒に、乃々香のそばにいてあげてほしいんだよ。それは、ふたりにしかできないことだと、オレは思ってる」

清志郎の口からわたしの名前が出てきて体が小さく震えた。

どうしてそんなふうに思われているんだろう。胸が締めつけられて苦しくなる。それがいやな感覚ではないことが、不思議で仕方がない。

「邪魔に、ならないの？」

「ならないよ。まあ、乃々香がどう思ってるかはわかんないけどな」

かかか、と清志郎が笑った。

「でも乃々香は、絶対にいやなことはちゃんといやだって言うから。ただ、ひとりでも大丈夫すぎて、自分のことを蔑《ないがし》ろにしがちだから、だから、そばにいてやって」

意味わかんない。

気がついたら小さな声で呟《つぶや》いていた。聞こえていたのはそばにいる漸さんだけで、そして漸さんはその独り言をそのまま放置して無言でいてくれた。

なぜか突然、まわりの緑の匂いが鼻腔《びこう》を擽《くすぐ》る。風の心地よさを感じる。蒸し暑い湿気に体がじっとりと汗ばんでくるのがわかる。

清志郎の話は言葉が難しかったのか、ふたりは数秒考え込んで黙りこくり、しばらくしてから「わかった」と答えた。

「あと、出かけるときはどんな理由があってもちゃんと声をかけるように。じゃないと心配するだろ。急にいなくなったらびっくりするって、知ってるだろ」

清志郎にしてはまともなことを言っている。めちゃくちゃだけど、清志郎はちゃんと父親なんだな。そう思うと口角が上がった。

くいっと漸さんのTシャツの袖《そで》を引く。目が合うと彼はわたしの気持ちをすぐに察してくれたようで、わたしたちは来たときと同じように気配を消してその場から離れた。

家に帰らなければ。家にわたしがいなければ、今度はわたしが心配をかけてしまう。

家の前まで続く坂道が見えて、痛む足に力を入れる。

「清志郎から、ふたりが見つかったって連絡があったんだよ」

不意に話しはじめた漸さんに「そうだったんですね」と返す。

「そのときに、乃々香を捜してくれって、乃々香はきっと心配して不安になってるから、見つけてあげてほしいって言われた」

どうして清志郎はそばにいないのに、そのときのわたしの様子がわかるのだろう。

さっきもそうだ。十六年間も離れていたのに、今までのわたしの生活すら知っているような口ぶりだった。

自分を蔑ろにしているつもりはない。けれど、それでも、いろんなことを疎《おろそ》かにして過ごしていたことは否定できない。家から出ないとか、食事を適当に済ませるとか。

清志郎は無神経で自分勝手でめちゃくちゃだ。けれど、振り返れば、彼がそばにいてくれたのはいつも、わたしがやさぐれているときだった気もする。

もうどうでもいいなんでもいいと諦《あきら》めがちなわたしに、清志郎はいつも好き勝手なことを言った。「子どもらしくねえなあ」とか「もっと楽しそうにしろよ」とか。大きなお世話だ。そうやってわたしの生活に首を突っ込んできて、かき乱して、そして、笑う。

わざとか無意識かわからないが、それはいつもわたしを照らしてくれた。

もしかしたら、十六年前わたしを突き放したと思ったあの台詞《せりふ》も、わたしが思っているほど悪い意味ではなかったのかもしれない。

「――なんか、情けないなあ」

はあーっと体から空気を抜くように息を吐き出し空を仰ぐ。この町に戻ってきて、わたしは今日はじめて夜空を見た。夜に家を出たのもはじめてだ。

「ひとりであたふたして、その結果、おとなのくせに子どもに気を遣わせて……」

「まあそうだな」

あっさり認められると胸に突き刺さる。

漸さんは柔らかい口調だけれど、決してやさしいひとではない。むしろかなり厳しいひとなのかもしれない。あとちょっと頑固で話が通じない。

「でも別にひとそれぞれだから仕方ないんじゃない？　おとなが全員子ども好きなわけでもないし」

意外な台詞に、「へ」と声を出す。視線を向けると、彼はポケットに手を突っ込んで、さっきまでのわたしのように夜空を見上げていた。

「子どもが好きなひともいれば、嫌いなひともいる。ひとりでいたいとか大勢と一緒にいたいとか。料理ができるとかできないとか。ひとそれぞれだろ。おとなだろうと子どもだろうと結局ひとりのひとでしかないんだから」

「そう割り切って、許されるんですか？」

「誰に許されたいの？　まあまわりにはさびしいとか冷たいとか自分勝手だとか言うひともいるけど、そんなのどうでもよくない？」

「まあ、たしかに」

「そんなひととはわかり合えないから、無視していいよ」

時間の無駄だから、とにっこり微笑まれて噴き出してしまった。

「でも——そうじゃないひともいると俺は知ってる。乃々香さんのまわりには、今は少ないかもしれないけど。すぐにはわからないかもしれないけど」

生ぬるい風が坂の下から吹いて、体が少し軽くなる。

振り返ると、たくさんの家の明かりが見えた。

「十人にひとりとか百人にひとりとかかもしれないけど、乃々香さんを否定しない、〝そうじゃない〟ひとはいるんじゃないか」

うん、と無意識に返事をしていた。

「清志郎はそのなかのひとりだろ」

そして今度ははっきりと、自分の意思で「うん」と答える。

「そういうひとがそばにいると思うだけで、余裕はできるよ。——俺みたいに」

もしかすると、このひとも清志郎に手を差し伸べられたひとなのかな。

「漸さんが、毎日家に来てご飯を作ってくれたのは、清志郎のためですか？」

よく考えれば、いくら料理が好きでも、なかなかできることではない。

「はじめはそうだったけど、今は意地かな」

「意地？」

「乃々香さんが、なにを出してもおいしそうに食べないから」

やれやれ、と肩をすくめられたので、そっと目をそらした。

いや、決しておいしくないわけではない。間違いなくおいしいと思う。でも、はっきりと口にできないことが、彼の言っていることが正しいのだと表していた。

目を伏せて、そして、開く。同時に口も。

「わたし、わからないんですよ。味覚も嗅覚《きゅうかく》もあるんですけど。料理の区別もつくんですけど、それだけで。わたしにとって料理は、それ以上の意味を感じられないんです」

昔からずっとそうなのだ。

祖母の作った料理も、温め直しても冷えたままでも、どちらでもわたしにとっては同じだった。カップラーメンに入っている粉を使用せずに食べても気づかなかったこともある。だから、嫌いな食べ物がないかわりに、好きなものもない。

わたしのつぶやきに、漸さんは「ふうん」と短く返事をする。

「まあいろいろ事情はあるんだろうな。ただ、俺が作っているからには、ちゃんとおいしいと思ってもらえるまで、意地でも食べさせるから」

「……それもどうなんですか」

このひとも清志郎に負けず劣らずの自分勝手なひとだ。

しかめっ面をして漸さんを見ると、彼は口の端を引き上げてわたしを見た。

このひとは、こんなふうにも笑うのか、と一瞬見とれてしまう。清志郎が太陽のような笑顔だとすれば、漸さんは夜空にぽつんと灯《とも》る星のようなひとだ。眩《まぶ》しすぎないのに確かにそこにある光は、太陽と違って直視できる。

「とりあえずさ」

家の前に着いて、漸さんは足を止めた。

「この坂道をわざわざのぼってやってきた相手くらいは、一度迎え入れてみたら？」

わたしが引き戸を開けることに抵抗があったのを、漸さんは気づいていたのだろう。ドアを開けてひとを招くのが苦手だった。自分のテリトリーへの侵入を否応《いやおう》なく認めざるを得ない状態にされるような気がして、いつも憂鬱《ゆううつ》だった。望んでいない相手を受けいれなければいけないと強要されるような気がしていた。

でも、この家に来るひとは、みんなこの坂をのぼってきたひとたちだ。目的がなければ、こんな坂、絶対にのぼらない。

「……そっか、なるほど」

――『乃々香は乃々香の好きなように、おとなになればいいよ』

――『好きにしていいし、無理することはない。けど、乃々香はひとりじゃないから諦めんなよ』

――『そうすれば、もっと自由だ。いつだってどこにでも行ける』

──『そのためにも、誰でも入れるように、心は開いておけよ』

未《いま》だ一言一句覚えている清志郎の言葉が蘇《よみがえ》った。

あのころはなにを言っているのかいまいちわかっていなかったけれど、それでも、心にずっと残っていた。あの言葉があったから、わたしは中学で一緒にいて心地のいい楽しい友人ができたのだと、思う。悔しいけれども。

閉められていた引き戸を開ける。一歩中に足を踏み入れると、ほっとする。

この場所は、この家は、いつもわたしを守ってくれた。学校でなにを言われても、ここには誰もこなかったから。やってくるのは、わたしのことをなんでも受けいれてくれる清志郎だけだったから。

そして今は──おとなになったけれどかわっていない清志郎とその子どもたちが家に入ってくる。

「おかえり」

しばらくして帰ってきた三人に引き戸を開けて迎えると、自然と笑顔になった。


その日の晩ご飯は、時間がないからと漸さんは豚しゃぶを作った。

寧緒ちゃんと歩空くんはすっかりいつも通り──いや、いつもよりもやたらとわたしに話しかけてきてニコニコしている。帰ってきたときはしょんぼりしていたけれど、わたしが出迎えたことで安心してくれたらしい。ついでに、清志郎にそばにいてあげて、

と言われたことで気合いが入っているように感じる。あと、清志郎はにやにやしていて
いつもよりも鬱陶《うっとう》しい。

とりあえず、わたしは、清志郎たちと一緒に暮らす覚悟を決めた。

だからといって、すぐに受けいれられるわけでもない。ひとりで過ごしてきた時間が長すぎてそう簡単には自分をかえられない。というか、すでに不安を感じている。

さすがにもう腹をくくらなければ、と料理に箸《はし》を伸ばし、ぱくりと食べる。豚肉は柔らかく、一緒に茹《ゆ》でられた千切りのキャベツや白ネギ、大根がシャキシャキしていて歯ごたえがいい。ポン酢につけて食べると、すっきりとした気分になった。が、相変わらずわたしにはそれ以上の感想は出てこない。

「漸さん、あんまりじろじろ見ないでください」

「俺の料理を無表情で食べるひとが珍しくってつい」

嫌みか。

今日もちゃぶ台に漸さんの分はなく、台所で明日の分のご飯の準備をしたり、ときおり様子をじーっと見ていたりしている。家に帰ってから食べるんだろうけれど、今日はいつもよりも夕食が遅くなったので、彼の帰宅も遅れるはずなのに。っていうか。

「そういえば漸さんはどこに住んでるんですか？」

「俺？　二駅くらい先。そろそろ引っ越す予定だけど」

一度台所に戻った漸さんは、左手ににんじん、右手にピーラーを手にしたまま戻って

きた。それを見て、寧緒ちゃんが「にんじんだあ……」と顔をくしゅっとすぼめる。

「なんで？　なんか問題でもあったのか？」と清志郎が訊《き》いた。

「契約更新の時期なんだよ。もうちょっと台所が広いマンションに引っ越したいなと思って、物件探してるところ」と漸さんがピーラーでにんじんを薄切りにしながら答える。

ふうんと口を動かしながらふたりの会話に耳を傾けていると、清志郎が「そうだ」と弾《はじ》けるような声を上げた。

「漸もこの家に住んだらいいじゃん」

「──は？」

「え、漸くんも一緒なの？　ずっと一緒？」

「そうだぞ、楽しいだろ。漸はケーキだってパンだって作れるんだぞ」

「パンって家で作れるの……？」

寧緒ちゃんがおおおおと口を大きく開けて、歩空くんは興味津々の顔をしている。

「いや、いやいやいや、ちょっと、清志郎」

勝手に話を進めて、勝手にふたりの期待を高めないでほしい。

「なるほど」

そして漸さんは顎《あご》に手を当てて思案する。いや、考えるな。

「台所も広いし、収納も多いしな」

「だろだろ。いちいち通うの大変だし、ちょうどいいじゃん。楽しそうだし」

「いやいやいやいや、ちょっと」

わたしを放置して話が進んでいく。

なんでそうなるんだ。なんでこう清志郎は余計なことを言い出すのか。

「な、乃々香！　決まりだな！」

決まってない！

トントン拍子に話を進められて、突っ込む間もない。そんなわたしを無視して、漸さんは姿勢を正してからぺこんと頭を下げた。

「じゃあ、これからよろしく」

なんでだ！

2 直撃したのは恋か愛か嵐か

Kotomori's house is at the top of this hill.

祖母と連絡がついたのは、八月のお盆前だった。

「キヨの友だちも？　別に部屋はいくらでも余ってるから好きにしなさいよ」

電話越しに心底面倒くさそうな対応をされた。

「そんなこと聞くために何度も電話してきたの？　暇な子だね」

「暇なわけないでしょーが。っていうかなんで半月以上も連絡つかないのよ。おばあちゃんももういい歳なんだから、生存報告くらいしてくれない？」

「あんたは本当に失礼な子だね。便りがないのは元気な証拠だよ」

ふんっと鼻を鳴らされた。祖母の背後から、騒がしい音が聞こえてくる。

「今どこにいるの」

「夏なんだから沖縄に決まってるだろ」

「いや、決まってないでしょ」

わたしだったら絶対いやだ。なぜわざわざより暑い南の島に行くのか。物好きにもほどがある。冷房の効いている部屋以上に快適な場所はないのに。

「とにかく、清志郎の件はあいつから聞いたでしょ。あとは自己判断で好きにしなさいよ。あたしに迷惑をかけない範囲でね」

そう言うと、祖母は一方的に電話を切った。

電話しただけ無駄だったな、とがっくりと項垂《うなだ》れる。

とはいえ、今さらだという自覚もある。

清志郎とその子どもふたりと暮らしはじめて今日で三週間ほどで、漸さんも一週間前に引っ越してきた。なし崩し的に同居が決まったことに納得はしていないが、もうどうにかしようとは思っていない。

はあっとため息をついて窓の外を見ると、暗雲が広がっていた。まだ昼だというのに薄暗くて気分が下がる。今日から明日にかけて台風がやってくるらしい。まだ雨は降っていないけれど、あと数時間もすれば土砂降りになるのだとか。直撃するから台風に備えておかないと、と清志郎は昨日からテンションが高かった。

「ののちゃん、ご飯できたよお」

階段の下から寧緒ちゃんが呼びかけてきて「はあい」と返事をした。

寧緒ちゃんと歩空くんは、もう無断で家を出て行くことはなくなった。土日に清志郎と公園などに行くようになり、近所に友だちもできたようだ。それでも平日は家にいる。清志郎に〝そばにいてあげて〟と言われたからだろう。小学生に心配されているのはどうかと思うけれど。

階段を降りると、茶の間には既にお昼ご飯が並んでいた。

「ののちゃん、今日はカレーライスだよ」

歩空くんははにかみながらわたしに言う。

ふたりともわたしに対して警戒心がほとんどなくなったらしく、いつの間にか〝乃々香さん〟から〝ののちゃん〟に呼び方もかわった。

「休みの日も仕事するなんて、大変だな乃々香」

ちゃぶ台の前に座っている清志郎が振り返る。

「なんで清志郎は土日祝休みなのよ。もしかして明後日《あさって》からのお盆も休む気？」

そう言うと、くははは、となぜか爆笑された。

清志郎の塊根植物専門店は今月頭にオープンした。けれど、店は土日祝を定休日にしていて、平日の営業時間も昼から夕方五時までと短い。それで商売が成り立つのか不思議だが、ネット販売がメインなので問題ないらしい。

「乃々香さん、さっさと座って食べて」

「あ、はい」

台所から出てきた漸さんに言われて、腰を下ろす。

漸さんは、一緒に暮らしはじめてから料理はもちろんのこと、掃除もしてくれている。綺麗《きれい》好きで几帳面《きちょうめん》な性格のようだ。かわりに洗濯はわたしの役目になっていて、人数が増えて量は増えたけれど、その他の家事はすべて漸さん任せなので問題ない。というかわたしの負担はめちゃくちゃ減って楽になった。食費は漸さんと清志郎が出してくれているし（そのかわり家賃がないのだけれど）光熱費は折半することになったので金銭的にも前より余裕がある。漸さんが家に来るたびに出迎える必要もなくなった。それなりに、快適な環境だ。

だからといって、他人との共同生活に慣れたわけではない。

「ねえ、今日はどこ行くの？」

「台風が来るから、車に乗って段ボール探しに行こうか。帰ってきたら一緒に家を守る作業をするぞー」

「えー、そんなのやだ！　遊園地行きたい」

「台風も考えようによっては遊園地みたいなものだろ」

「出かけるなら食料も任せていいか？」

四人の話を聞きながら、カレーライスをスプーンですくい、口に運ぶ。子どもたちは美味《おい》しそうに食べているけれど、わたしにとってはあたたかい米とカレー味のスープだ。毎日のように漸さんの手料理を食べているけれど、食への認識は今もかわらない。

騒がしい食卓はやっぱり落ち着かないし、仕事はまだ以前のようには進められないし、たまにやっぱり同じタイミングでご飯を食べるのが面倒に思うときもあるし、仕事をしながらでも食べられる手軽なものがいいのに、とも思う。

それに、一緒に暮らしだしても食卓を囲まない漸さんは今も気になる。前は通っていたので理解できないこともなかったが。

気になって一度、訊《き》いてみたけれど、

「俺、ひとと食事するの嫌いなんだよ」

と本当か嘘かわからないような返答をもらった。

そんなひとが本当にいるんだろうか。料理に興味のないわたしは、その言葉に共感できる。でも、それは自分が特殊だからだと思っていた。わたし以外にも同じように考えるひとがいるなんて、知らなかった。

……なのになぜ、わたしだけが強要されているのか納得できないんだけど。

じゃあ漸さんはいつどうやって食事をしているのかと思えば、台所にある小さなテーブルで、こっそりと食べているようだ。

頑なひとだ。清志郎の友人なだけあって、やっぱりかわっている。

会話にまじることなくカレーを完食すると、タイミングよくチャイムが鳴った。清志郎はまだ食事中だし、漸さんは片付けをしてくれているので、仕方ないなと腰を上げて玄関に向かう。玄関の扉を開けるのは苦手だけれど、どうせ荷物かなにかだろう。

向かっている間に、ポーンポーンとチャイムが二回続けて鳴った。

……いやな予感がする。

清志郎がやってきた日のことを思い出し、居留守を使いたい衝動に襲われた。

眉間《みけん》に皺《しわ》を寄せながら、恐る恐る引き戸を開ける、と。

「なんだお前は！」

見覚えのない老人男性は、わたしの顔を見るなり叫んだ。

八十歳くらいだろうか。真っ白の髪の毛が随分とさびしくなっているが、身長はわたしよりも高く、がっしりとした体つきから元気のあり余っているおじいさんであることがわかる。背筋もぴんと伸びているし、この坂道をのぼってきたはずなのに、あまり息が乱れていないし、なにより声量がすごい。

「えーっと、あの、どちら様ですか？」

「お前こそ誰だ！ ひとに名前を訊《たず》ねる前に自分から名乗るのが常識だろう！」

いや、家にやってきたのはそっちなのだが。

「わたしはこの家の住人ですけど」

顔を顰《しか》めながら答える。常識を叫ぶのなら自分の振る舞いもどうにかしろ。年長者だからといって、失礼なひとを敬えるほどわたしはできた人間ではない。

おじいさんはわたしの返事が気に入らなかったのか、顔を真っ赤にして「おれはお前なんか知らん！」とこれまでと比べ物にならないほどの音量で叫んだ。

「そんなこと言われても」

「どーした乃々香」

言い返そうとしたところで、背後から清志郎がにゅっと顔を出してきた。顔を合わせたおじいさんと清志郎はしばらく見つめ合う。

「このじいさん、どっかで見たことあるな」

「清志郎の知り合い？」

　ということは清志郎に会いにきたのだろうか。だからわたしを見て開口一番失礼なことを言ったのか。そう納得しかけたけれど、

「お前なんかおれは知らん！」

　とおじいさんが言った。じゃあなにしに来たんだ、このじいさんは。

「オレも知らないけど。この町に住んでるんじゃないかなあ。っていうか、ばあちゃんの知り合いじゃない？」

「ばあちゃんって……志津子《しづこ》さんのことか？」

　おじいさんの声が穏やかになった。どうやら祖母の知り合いらしい。

「志津子はわたしの祖母ですけど」

「お前が滅多に顔を出さない孫か」

　そうだけど、初対面の相手にそんなふうに言われるのは気分がよくない。ムッとした顔を見せると、おじいさんはなぜか偉そうに踏ん反り返った。

「ばあちゃん、今旅行中でいないっすよ」

　苛立《いらだ》ちを堪《こら》えていると、わたしのかわりに清志郎が答える。

「そんなこと聞いてないぞ」

「そう言われてもなあ。出かけてからもう一ヶ月以上経ってるし」

「おばあちゃん、知り合いには事前に連絡したって言ってましたけど」

だからこそ、祖母が出て行ってからこの家に祖母の知り合いが訊ねてきたことはない。

「そんなわけない！　おれは聞いてない！」

そう言われても。その程度の関係だったのでは。

「おれは志津子さんと付き合っているんだからな！」

おじいさんは今日一番の声をあげた。

ぽたん、と目の前を一滴の滴が落ちてきた。視線を上げると、空はさっきよりも分厚くて黒い雲に覆われていた。

えーっと、今このおじいさんは、なんて叫んだっけ？


雨が降ってきた、と思ったらそれはすぐに勢いを増した。

ざあざあと雨音が家の中に響き渡っていて、それを聞きながら、わたしとおじいさんはちゃぶ台を挟んで向かい合っている。

「志津子さんとは連絡がついたのか？」

「……いえ、まだ」

スマホを握りしめて答える。

このおじいさん――安西《あんざい》さんと言うらしい――に言われるがまま祖母に電話をかけたけれど、午前中に電話をしたばかりだ。無視されるだろうなあと思っていたとおり、何度電話しても祖母は出ない。

自分ですればいいのでは、と思ったのだけれど、おじいさんはスマホもガラケーも持っていないらしい。おまけに祖母の連絡先も知らないのだとか。

このひと、本当に祖母と付き合っていたのだろうか。

連絡手段がないのもおかしいし、祖母はもう八十代だ。このおじいさんもおそらく同い歳くらいだろう。こんな歳のひとたちが交際することがわたしにはなかなかイメージできない。

それより、なにより、あの祖母が誰かと交際なんてするのだろうか。恋多き母親ならまだしも、わたしの知る限り浮ついた話ひとつなかった祖母が。

それを確かめるためにも、わたしも祖母には電話に出てほしい。できれば、目の前に安西さんがいないときに。面倒くさそうだから。

というかなんでこのひとはここにいるのか。

もちろん、安西さんを家に入れたのは清志郎だ。雨も降ってきたし、とりあえず事情を聞かないと、と言って勝手に茶の間に案内したのだから、本当に勘弁してほしい。おまけに清志郎は台風に備えるためにと子どもを連れて車で出かけてしまった。

……家に入れるなら対応もしてよ！

ぎりぎりと歯軋《はぎし》りをしてスマホを握りしめる。仕事をしないといけないのだけれど。こんなことをしている場合じゃないんだけど。

「お茶のおかわりいります？」

「お、おお、気がきくな」

台所から出てきた漸さんがおじいさんに話しかける。安西さんは客人らしい偉そうな振る舞いで空になったグラスを掲げた。

ふてぶてしい態度を見せる安西さんに向けられた漸さんの表情はやわらかい。

彼が初めて家に来たときも、こんなふうだった。丁寧な口調で笑みを浮かべてひとと接する。でも、それは彼のよそゆきの対応で、慣れてきた今は、それほど笑うことのない、どちらかといえば無表情で頑固でなかなかややこしいひとだと知っている。

「乃々香さん仕事あるんだろ。お祖母《ばあ》さんから電話かかってくるまで部屋で仕事してもいいんじゃないか？」

「女なのに働いてるのか」

安西さんにほーっと感心されたように言われて、カチンとくる。

「女でも男でも、みんな働きますよ」

言い返してやろうか、と思ったところで漸さんが先に口を開いた。はっきりと、けれどきつくない声色だったからか、安西さんは「そうか。そうだな」と素直に頷《うなず》く。

なんだかなあ、と思いつつ腰を上げる。

重い気持ちで階段を上りながら、早くあのひとが出ていきますようにと願う。まさか、祖母と連絡が取れるまで居座るつもりじゃないよね。そんなのいつになるのかわからないのに、冗談じゃない。

縁起の悪いことを考えるのはよそう、と部屋に入り頭《かぶり》を振ってPCの前に座る。

以前まで土日は連絡が少ないので比較的のんびり仕事ができたけれど、今は一週間の遅れを取り戻す日になっている。ヘッドフォンで雑音を遮断し仕事に集中する。

どのくらいマウスとキーボードをカチカチと鳴らし続けていたのか、目が乾燥してきて、保存のショートカットキーを押した途端に体から力が抜けた。

「あー、なんとかできたあ」

このデータを週明けに以前勤めていた会社の営業に送れば終了だ。

「さすがにお腹が空《す》いたかも、って、雨すご」

ヘッドフォンを外すと雨音が響いていた。台風の暴風域に入っているのか、窓から外を見ると雨風の激しさに霧が広がっているように見える。窓ガラスもカタカタと揺れていた。大音量で音楽を聴いていたとはいえ、まったく気づいていなかったことに自分で驚くほどだ。

清志郎が台風対策をすると言っていたけれどどうなったのだろう。とりあえず雨戸を閉めたほうがいいだろうと窓を開けると、

「そうじゃない！　それじゃあ危ないだろう！」

疑問に答えるように、一階から声が聞こえてきて、ふらりと倒れそうになる。

さっきのって……安西さん、だよ、ねえ。

なぜ、まだ、いる。

頭を抱えて心を落ち着かせる。雨がひどくなってきたのでしばらく家にとどまってもらうことにしたのかもしれない。うん、清志郎なら言いそうだ。それに、さすがにこの大雨暴風の中お年寄りを外に追い出すのはわたしも心が痛む。でもこの辺に住んでいるっぽかったので、帰れないことはないのでは、なんて情のない考えはやめておく。

まずは状況を確認しなければ。

時間は夕方の五時をまわったところだ。のろのろと一階を目指すと、廊下で騒いでいるおじいさんと清志郎の姿を見つけた。ふたりが見ているのは玄関の隣にある小さな庭だ。

「この木はもうちょっと固定しないと危ない」

「えー、やりすぎじゃない？」

「やりすぎてなにもないのと、やらずに大惨事になるのとどっちがマシだ」

安西さんの言葉に清志郎は「了解！」と元気に返事をしてカッパを羽織り外に出た。どうやら枝が折れないように対策をしているらしい。

「あ、仕事終わった？」

背後から漸さんに声をかけられ振り向く。

「台風が近づいてるから、今晩は泊めることにしたらしい」

「そうですか……ですよね、そうですね」

「そんなこの世の終わりみたいな顔しなくても」

そんな顔してません、とは言えない。でも、仕方ないのも理解はしているので反対する気はない。雨風がますます激しくなっているのがわかる。

「あ、乃々香。お疲れ。仕事終わったのか？」

わたしの気持ちにまったく寄り添わない楽観主義の自己中男である清志郎がわたしに気づいて手を振った。安西さんが振り返り「寝てたんか」と失礼極まりないことを言う。騒がしかったのに二階に引きこもっていたので不思議に思うのもわかるけれども。

「おれのおかげでどんな台風がきてもこの家は安心だ」

ふふんっと偉そうに踏ん反り返った安西さんにとりあえず「ありがとうございます」とお礼を返した。おじいさんの言う通り、庭の木々はしっかりと折れたり倒れたりしないようになっている。風で飛んでいきそうなものはすべて屋内に入れてくれたらしく、雨戸のない窓も段ボールが貼られている。

若干やりすぎのような気もするけれど、まあ備えあればだ。

歩空くんと寧緒ちゃんは台風に興奮しているのか、目が輝いていた。

安西さんは満足したようで、よっこらしょと茶の間に腰を下ろす。「んじゃご飯にするか」と漸さんが台所に向かうと、安西さんが「お茶」とわたしに言う。

なんでわたしに言うんだ。

「どうして台所に行く俺に言わずに乃々香さんに言うんですか」

「たしかに。漸、オレにもお茶くれ」

「お前は客人じゃねえだろ。自分でいれろ。ついでにじいさんの分もいれてやって」

ふたりの会話に安西さんは閉口してかたまってしまった。お年寄りには清志郎たちの会話があまり理解できないのかもしれない。前に勤めていた会社もおじさんたちはやたらとわたしにお茶を淹《い》れてもらいたがった。淹れなかったけれど。

風がさっきよりも強くなったのか、ガタガタと雨戸が揺れる音が茶の間に響く。歩空くんと寧緒ちゃんは廊下から窓の外を眺めているため、安西さんとわたしのふたりきりだ。気まずさを感じてテレビでもつけようかとリモコンに手を伸ばすと、

「いつまでも、置いてけぼりだな」

そう言って、はあっとおじいさんがため息をついた。

「……いつも志津子さんに、叱られたな」

「おばあちゃ……祖母に？　っていうか、本当に祖母と付き合ってるんですか？」

「なんだ。おれが相手なのが納得できないのか」

ぎろりと睨《にら》まれて、ぶんぶんと顔を左右に振った。

「そうじゃなくって。その、イメージができないというか。祖母と暮らしていたときから、祖母からそういうのは聞いたことがない、ので」

「子どもにそんなこと言わんだろ」

母親はしょっちゅうわたしに自分の恋愛話をしていたけれど。というか聞かなくても

わたしの耳に情報が入ってきたけれど。そんな母親のことを、祖母はいつも「恋愛が生きがいなんだよ、あの子は」「恋愛していないと前に進めない子なんだろうね」と言っていた。そんな祖母が、わたしの知らないところで誰かと付き合ったり別れたりしていたかもしれないなんて、想像することができない。

未《いま》だ不審がるわたしに、安西さんは、

「店をやってるときから志津子さんはモテてたんだからなにもおかしくねえよ」

となぜか自信満々に言う。そんなひとと付き合ってるんだぞ、ってことなのか。

祖母が店――スナックを経営していたころからの知り合いらしい。たしかに祖母はきれいなひとだと思う。客にモテていて面倒くさいともよく言っていた。そしてそういう相手のことを祖母は嫌っていた。あまりにしつこいひとは出禁にしていたのも知っている。そのくらい男性に対して厳しいひとだ。亡くなった祖父が、亭主関白ですぐお酒と暴力に逃げる最低な男だったせいだろう。三十歳になる前に泥酔して事故に遭って亡くなってから、祖母は女手ひとつでまだ幼かった母親を育てた。

――『男の言うこと鵜《う》呑《の》みにしたらバカを見るよ』

――『あんたみたいな悪いウワサがある子はすぐにカモにされる』

――『自分のことは自分で責任を取りな。男は守ってくれないよ』

ことあるごとに言われたセリフを思い出す。わたしの恋愛に口を出してくることはなかったが、それでもなんとなく祖母にそういう話はしないようにしていた。もしかすると死んだ祖父が理由ではなく、母親があまりに恋愛で問題ばかりを起こすからだったのかもしれないが。

「でも、じいちゃん、なんでばあちゃんがいないの知らなかったんすか」

お茶の入ったグラスを右手にふたつ、左手にひとつ持って茶の間に戻ってきた清志郎がわたしたちの会話にまじってきた。わたしの分のお茶もいれてくれたようだ。

ぎくりと安西さんが体を震わせる。

「……ちょっと、ケンカ、みたいな」

「ケンカで一ヶ月以上もそのままにしてたのかよ」

ぶはは、と清志郎が笑い、わたしと安西さんのあいだに座る。

「あたしが連絡するまで連絡するなって言われたんだよ」

「ばあちゃん強いな。その言いつけを守ってたんだ。で、我慢できなくて家にまできたのか？」

そうだよ、と安西さんは不貞腐《ふてくさ》れた顔でグラスに口をつけた。

話を聞きながら、それは祖母にとっては縁切りだったのでは、という考えが浮かぶ。

「偉そうなのに尻《しり》に敷かれるタイプだな、じいちゃん」

「知ったような口をきくな！」

「怒らなくてもいいじゃん。オレもそのタイプだし。嫁さんには弱かったもん、オレ」

清志郎の口から出てきた〝嫁さん〟という単語に体が小さく反応した。

安西さんは「なんだお前ら結婚してんのか」とわたしを見た。同時に「じゃああいつはなんだ」と台所のほうに視線を向ける。

「いや、乃々香じゃねえよ。オレの嫁さんは、半年前に亡くなったんだよね」

明るい口調だったので、清志郎の言葉の意味を理解するのに数秒かかった。

半年前に、亡くなった。

清志郎のセリフを脳内で反芻《はんすう》し、ゆっくりと咀嚼《そしゃく》する。

目を見開いて彼に目を向けるけれど、表情はいつものようににこやかだった。

別れたと言っていたので、てっきり離婚したのだと思っていた。

まさか、死別だったなんて。

「そうだったのか」

なにも言えないわたしのかわりに、安西さんが返事をする。

「そうなんっすよー。病気で倒れてそのまま」

清志郎の声が遠く感じる。心臓がバクバクしていて、今声を発したら震えてしまうだろうと、わたしは口を閉ざしてその場に座っていた。

「おれも、嫁に先立たれたんだよ。っていってももう二十年も前だけどな」

「さびしいっすよね。お子さんはいるんすか？」

「三人な。女がふたりで一番下が男だ。まあみんな家を出て今は独り暮らしだけどな」

雨音の中で聞くふたりの話は、なぜか現実味を感じられない。

ただ、清志郎の表情がひどく穏やかで、それはおそらく、亡くなった奥さんのことを想っているからなんだろうなと思った。

愛《いと》しんでいるのがわかる。

清志郎が愛したひと。

それはいったい、どんなひとだったのだろう。

高校生までの清志郎しか知らないわたしは、清志郎が誰かを好きになった姿を一度も見たことがない。だから、まるで清志郎は今までの人生で、そのひとのことしか愛していないのではないか、それほど彼にとって特別なひとなのではないか、と思えてくる。

今、わたしの胸に広がるこの言葉に言い表せない感情の名前は、なんだろうか。

胸をかきむしり、中からそれを取り出して捨ててしまいたい。

そう思うのは、なぜなのか。

呆然《ぼうぜん》とした顔で清志郎を見つめていると、不意に目があった。

「どうした、乃々香」

こてんと首を傾げて、わたしに訊《き》く。

清志郎はいつも、わたしに「どうした」と訊く。はじめて会ったときも「どうした」と坂道の下からわたしに声をかけてきた。ひとりでいると「どうしたんだよ」ととなりに並んできた。

でも、わたしが成長するに従ってその言葉は減っていき、「乃々香はもう大丈夫だろ」

と去っていった。

今、清志郎の目にわたしはどう映っているのだろう。

今、わたしは清志郎になんて返事をするべきなのだろう。

バチバチバチ、と雨戸を閉めているのに地面を叩《たた》くように降る雨音が聞こえてきた。

＋　＋　＋

この町に引っ越してきてから、バスと電車に乗って外出するのははじめてだった。駅に着くと、地方だというのにひとが多く、その光景を見ているだけでどっと疲れが押し寄せてくる。かといって、引き返すわけにもいかないので目的地に向かって歩く。

駅前は、わたしの住んでいた学生時代からすっかり様子がかわっていた。昔は書店だったのに今は通信会社のショップになっていて、小さなケーキ屋だったところはドラッグストア、しょっちゅう行っていた寂れたカラオケ屋はおしゃれなカフェという変貌《へんぼう》ぶりだ。引っ越してきたときは、移動でへろへろになっていたからか、まわりを見る余裕がなく気づかなかった。

久々に化粧をしたのに額から汗が噴き出してきてうんざりする。夕方近いのに蝉もまだまだ元気いっぱいだ。汗を拭《ぬぐ》って見上げると、薄い膜が全体に覆われているスッキリしない空が広がっていた。

数日前にやってきた台風は、それなりに威力が強かったため町に多少の被害を残した。過ぎ去ればまた猛暑の日々になるのかと思ったけれど、どうやらすでに新しい台風がすぐそこまで来ているようで、空はなかなか晴れないし、湿度が高くて体が重い。

看板が壊れていたり、窓ガラスが割れていたりする店を通り過ぎると、やっと目的の喫茶店が見えてほっとする。一見何十年もこの場所で営んでいたような静かな佇《たたず》まいだけれど、よくよく見るとそう演出しているだけの新しい店だとわかる。アンティークが好きなひとが開いたんだろう。

扉を引き開けると、店内は入り口から想像できないくらい広々としていた。そこでわたしを待っていたのは、三ヶ月ぶりに会う来実だ。

「引っ越してきてから環境めっちゃかわってんじゃん」

顔を合わせてすぐに近況を教えろとわくわくした顔で言われて報告すると、来実はケラケラと笑った。

「ほんとだよ、こんなはずじゃなかったのに」

「くはは、ドンマイドンマイ！」

学生時代とかわらず、来実はわたしの話によく笑う。本人が言うには「乃々香は私と思考が違いすぎて最高」とのことだ。褒められているのか馬鹿にされているのか微妙なところだけれど、そういうことを本人の目の前で言える来実だから気にならない。

わたし自身も、来実とはいろんな部分で違うなと感じることが多い。

今日の来実は、セミロングの髪の毛を後ろで括《くく》っていて、ノースリーブの水色のシャツにダークグレーのスカートを穿《は》いている。汗をかいたはずなのに、化粧はまったく崩れていなかった。おしゃれが好きな来実は、いつもいろんな服を着る。この前名古屋で会ったときは清楚《せいそ》系だった。毎日テーマを決めているらしい。

わたしは気楽な恰好《かっこう》しかしないのでいつもほどんと同じ恰好だ。今日はTシャツにオーバーサイズの薄手のブラウスを羽織り、スキニーデニムにスニーカー。家にいるときも素材が違うだけで似たような服装だ。

「で、そのおじいさんはどうなったの？」

「毎日家に来る……」

ストローをくわえてズズッとアイスティーを吸い込み答える。

安西さんは、台風の次の日家に帰ったものの、次の日もその次の日も、昨日も今日も家にやってきて「志津子さんと連絡はついたのか」と偉そうに叫ぶ。ちなみに祖母はまだ電話に出てくれないし、掛け直してもくれない。

「マジで乃々香のおばあちゃんのこと好きなんだねえ」

「どうなんだろ。いまいちまだ信じられないな」

なんで？　と来実が首を傾げた。

その反応が、数日前の漸さんと同じで、わたしがおかしいのだろうかと不安になる。

「だって、おかしいじゃん。一ヶ月以上もおばあちゃんと連絡とってなかったんだよ。

なのに今さら家に来るとか普通に考えたらおかしいでしょ」

それに、本当に付き合っていたのだとしたら、祖母も旅行に出ることくらいは伝えておくのではないか。

「おばあちゃんのストーカーだったとか……」

「やだ、物騒なこと考えないでよ乃々香」

「スナックの常連客で、昔から親しかったって本人は言ってるけど、そんなの聞いたことないし。それにおばあちゃんだよ？　もう八十一歳だよ？」

安西さんは八十歳らしい。

もしかしたら安西さんは危ないひとかもしれない。祖母は安西さんから逃げた可能性だってゼロではない。悪い方に考えることはいくらだってできる。

「そのおじいさん、そんなやばそうなひとなの？」

「……そんなことはない、けど。昭和のおじいさんって感じで偉そうなだけ」

「まあ昔を生きてきたひとだからねえ」

ふははは、と来実が笑い、そばにやってきた店員に声をかけてアイスコーヒーのおかわりを注文した。

「同居人のふたりはどう思ってんの？　乃々香と同じ意見？」

「いや。ふたりは信じてるっぽい。子どもたちも最近は懐いてるかな」

口が悪くて言葉の端々に男尊女卑の思考が見え隠れしているけれど、安西さん本人はそのことにまったく自覚がないようで、わたしがムッとしたり清志郎や漸さんが注意すると素直に謝れるひとでもある。なので、悪いひとではないのだろう。子どもたちも、昔の遊びを教えてくれる安西さんに興味を持ったらしく、安西さんが家に来ると庭で一緒になにかを作っている。昨日はお盆休みにはいったことで家にいる清志郎もまじって、竹の風車を作って楽しそうにしていた。

それに、漸さんも、当たり前のように安西さんの分のご飯を用意する。

安西さん自身も、清志郎や漸さんのことが気に入ったようだった。清志郎はもともと人当たりがいいうえに、わたしの祖母も陥落させたほど老人には人気が高い。漸さんはあの物怖《ものお》じしない堂々とした振る舞いが男らしいと（その発想もどうかと思うけれど）好印象を抱いたのだとか。

そんなふたりは、安西さんの言葉をそれなりに信じているようだった。

わたしだけが、警戒心を解くことができない状態で、だからか、安西さんと対面すると微妙な空気を感じる。

――『なんでそんなに拒絶してんの』

安西さんが家に来た次の日、漸さんに言われたセリフが蘇《よみがえ》る。

安西さんは本当に祖母の恋人だったのかと訝《いぶか》しむわたしに、彼はそう言った。「拒絶しているわけじゃない」と言えば、「でも信じてないだろ」と。

そのとおりだ。だってわたしは、漸さんと違って祖母をよく知っているのだ。だからどうしても祖母が誰かと恋をしたことが信じられない。それに、あの古い考えが言動に出ている安西さんは、祖母の嫌いなタイプだ。女をバカにするような発言を祖母は絶対に受け入れない。安西さんが言うにはよく叱られたそうだが、そんな相手に祖母が惚《ほ》れるだろうか。

そんなことをぽつぽつと説明すると、

――『乃々香さんは、信じられないんじゃなくて、信じたくないのか』

そう言ってから、視野が狭いんだか、心が狭いんだか、という失礼なことを付け足された。そしていつのまにかそばにいた清志郎には「乃々香はばあちゃんが大好きだもんなあ」とわけのわからないことまで言われた。

「なんで見ず知らずの他人をすぐ信じられるのか意味わかんない」

「乃々香は他人が嫌いだもんね。ひとのことマイナスからはいるし、そこにマイナス要素が一度でも加わるともうダメだよねえ」

「あー……それはそうかも」

安西さんに、初対面で大声で威嚇されたことが忘れられない。だからこそ、なかなか警戒心が薄れないのだろう。

「そのわりに押しに弱いし、なんだかんだ断れない性格なんだから難儀だよねえ。前の彼氏なんて、まるっきりそのパターンだったし」

返す言葉がない。居た堪《たま》れない気持ちになりアイスティーに口をつける。もうすでに中身は空っぽで、ストローを吸うとズズと不快な音がした。

前の彼氏と付き合ったきっかけも、たしかに彼の押しの強さに負けたからだった。

取引先の営業で、わたしとはあまり接点はなかったが、顔を合わすたびに親しげに話しかけられた。はじめは馴《な》れ馴れしい態度を苦手に思っていたけれど、そのうちそれに慣れて他愛ない会話をするようになった。そのわたしの変化にすぐに気づいた彼が、わたしに告白してきたのだ。

取引先の会社で告白されるとは思っておらず、返事に困っているあいだに連絡先の交換をし、気がつけばすっかり付き合っていることになっていたんだっけ。

わたしは自分からひとと親しくしようとするタイプではない。そうしたいと思ったこともない。だからこそ、元彼のように強引なひとでないと関係を築くことがない。

もちろん、彼とは悪い関係ではなかった。

でも、彼はいつからか家にしょっちゅう泊まるようになり、気がつけばほどんど居着いていて、わたしの生活に入り込んできた。おまけにあれこれとわたしの生活習慣に苦言までしはじめた。

もうちょっとご飯作れば？

家事くらいできたほうがいいと思うよ。

おれ手料理が食べたいんだけど。

結局、わたしが我慢の限界に達して家から追い出した。

話し合いはしなかったけれど、わたしの振る舞いに怒った彼が「別れる」と口にしたので関係は無事に終了した。未練は微塵《みじん》も残っていない。むしろ清々したくらいだ。彼のことは嫌いではなかったし楽しい時間もあった。けれど、正直別れてからの日々のほうがストレスがなく快適だ。

来実の言うように、わたしは他人が嫌いなのだろう。主に、わたしの生活に踏み込んでくる他人が。

「あ、そろそろ時間か」

腕時計を見て、来実は残っていたアイスコーヒーを飲み干した。時間を見ればもう六時過ぎで、もうそんな時間かと窓の外を見る。雲はあるが夏なのでまだ日は落ちていない。店内の涼しい空気からまた湿気溢《あふ》れる外に出るのかと思うと憂鬱《ゆううつ》だ。

「乃々香は知江《ともえ》と梨枝子《りえこ》に会うの久々でしょ。私は年に一度は会ってたけどさ」

「二年前の梨枝子の結婚式以来かな」

高校時代、来実の他にも数人仲がいい子がいた。今日はこれからそのうちのふたりとご飯に行くことになっている。わたしがほとんど帰省しなかったので、地元に住んでいるふたりと顔を合わせるのは久々だ。

伝票を持ってレジに向かうと、「あ」と来実が声を出した。

「そういえば、SNSで連絡きたんだけど、秋くらいに同窓会があるらしいよ」

「へー、わたしには届いてないな。同窓会とか実際にあるんだ。高校の？」

「中学の。乃々香行く？」

「行かない」

会計をしながら間髪を容《い》れずに答えると、「だと思ったあ」と来実が言う。

「中学だもんね」

「高校でも行かないけどね。友だちとは今から会うし」

仲がよかった子とだけ会えたらいい。同窓会なんて不特定多数がいる場所は気疲れするし、会いたくないひとと顔を合わせるのも時間の無駄だ。それなりに楽しく過ごした高校でもそう思うのだから、中学なんて絶対いやだ。おとなになってあの空間から解放されたのに、なんで同じような場所にいかねばならないのか。

先にお金を払い店の外に出ると、心なしか昼間よりも暑さがマシに感じた。

お盆休みが終わると九月になる。ということは学校が始まる。歩空くんと寧緒ちゃんも新しい小学校に通うことになるということだ。やっとひとりの時間ができるのかと思うとホッとする。

はじめはどうしてよいかわからなかったふたりとも、最近はかなり自然に話ができるようになった。歩空くんはおとなしいがやさしい子で、いつも妹の寧緒ちゃんを優先する。かといって気が弱いわけでもなく、自分の主張もできる。寧緒ちゃんは元気いっぱいでよく喋《しゃべ》る。感情を全て言葉や態度に出すのでわがままに見えるときもあるけれど、相手の意見を聞くことができる。先日、ふたりが一緒に描いたイラストには清志郎のほかにわたしや漸さんも並んでいて、不思議な気持ちになった。

よく知らないふたりのおとなと暮らすことにも慣れたふたりだ。新しい学校でもすぐに慣れることだろう。親しくなれたとはいえ、四六時中一緒にいるのは大変なので、できれば友だちを作って遊び回っていてほしいというのも本音だ。

ただ、心配もある。

どんな事情であれ、ふたりには母親がいない。

わたしのときとはまったく違うし、昔よりもそういうひとも多いので気にすることはないかもしれない。けれど、まったく問題ないとも言い難い。傷つく理由には、悪意のあるなしは関係ないものだ。

でも、彼らには清志郎がいる。当時のわたしが清志郎のおかげで毎日学校に行けたように、ふたりも清志郎がいれば大丈夫だろう。そう、信じたい。

「乃々香と離れたのは残念だけどさ」

少し遅れて店から出てきた来実が、ぽんっとわたしの背中を叩《たた》いた。

「なんだかんだ、乃々香はこっちに戻ってきてよかったんじゃない？」

「なんで？」

「乃々香はすぐひとと距離をとるから。昔ほどじゃないけど、今でも苦手だなって思ったらすぐに壁作るじゃん。無理して付き合うこともないから悪いことじゃないけど」

うん、と首を傾げながら来実の言葉に耳を傾ける。

いやなひとはおとなになってもいるしね、と言った来実は、会社にいるらしい小言の多い先輩社員の愚痴をはじめた。話を聞くだけで人間関係とは本当に一生付き纏《まと》う問題なのだな、と辟易《へきえき》する。

「めっちゃ鬱陶《うっとう》しいんだけど、そのおかげで仕事のスキルが上がったなと思う面もあるわけよ」

「ポジティブだね。さすが来実だわ」

「人生考え方次第よ。無理は禁物だけどね。乃々香は心のドアを閉ざしすぎ」

そうかなあ。心のドア、なんてポエミーな表現をされて、なんだか変な感じだ。

「乃々香は押しに弱いから、その幼馴染《おさななじみ》がいいスパイスになりそうだなって」

「清志郎はハバネロ級のスパイスだと思うけど」

そのせいでわたしの引っ越し後の生活は思い描いていたものからかけ離れつつある。

「いいじゃん。もうちょっとカロリー消費しながら過ごすのも悪くないよ」

「うええええええ……」

省エネがモットーなのに。

「でさ、気になってたんだけど」

歩きながらわたしの肩に手を回した来実にいやな予感を抱く。

「その幼馴染の清志郎とやらと、その友人の漸さんとやら、どっちが本命なの」

にやにやした顔でわたしを覗《のぞ》き込んでくる。

「幼いころの初恋の相手、でもそのひとには亡くなったとはいえ今も愛する妻がいて子どももいる。わかっているけど昔の恋心が再び……とか。そっけないけれどおとなの落ち着きがあるうえに家事完璧《かんぺき》なひとに包容力を感じて胸が……とか」

うっとりしながら語り出す来実をぐいと押しやり、

「さっさと行くよ」

と言ってスタスタと友だちと会う約束の居酒屋に向かった。

そういうのはない。

断じて、ない。

帰路に就いたのは夜の十一時を過ぎたころだった。

久々にお酒を飲んで気持ちがよかったけれど、最終バスを降りた先に延びる坂道を見て酔いが醒《さ》める。これさえなければ完璧なのに。

祖父は毎日飲み歩いていたらしいが、この道を上り下りするとは、そうとうな体力の持ち主だったのだろう。

「……坂道滅びろ……」

半分ほどのぼるとアルコールのせいで早々に息が切れ切れになってしまった。足元に力が入らない。

家に帰ったら玄関からしばらく動けないだろう。

そう思いながらなんとか足を動かして家を目指す。

そして――外灯のあかりを見つけて、息を呑《の》んだ。

わたしの家は、いつも真っ暗だった。ここに家があることを知らなければ、誰にも気づかれないのではないかと思うほど静かで、背景の林に溶け込んでいた。

でも今は、家の中から光がもれている。

今すぐ冷房の効いた部屋に籠《こも》りたいのに、胸にやさしいぬくもりが広がって、このまま この場所に佇《たたず》んでいたくなる。

これは本当に、わたしの家なんだろうか。瞬《まばた》きをしたらすぐに消えてしまいそうな、手を伸ばしたらぱちんと弾《はじ》けてしまいそうな繊細に感じる光景だ。

けれどそんなはずはなく、門をくぐって玄関の引き戸を開けても、あかりは保たれている。同時にひとの気配が家中に広がっていて、なぜが喉《のど》が萎《しぼ》んで苦しくなった。

扉の先が別世界だったみたいな衝撃に、頭がくらくらする。

足を踏み出せば、ギイッと床が鳴る。

茶の間から聞こえる声が大きくなる。

「よお、乃々香おかえり」

いち早くわたしに気づいた清志郎が満面の笑みで声をかけてきた。次に漸さんが台所から顔を出して「おかえり」とそっけなく言う。子どもたちはもうすでに眠っているのだろう。家の奥は静まっているからこそ、茶の間のやさしい生活音が余計に引き立つ。

「っていうか乃々香、早かったな。もうちょっと遅いと思ってた」

「お酒飲んで運動して大丈夫か？　電話くれたら迎えに行ったのに。清志郎が」

「オレかよ。まあ行くけど」

そんな考えは微塵《みじん》も浮かばなかった。

なのにふたりは当たり前のように話をする。

「乃々香さん、お腹空《す》いてるならなんか用意するけど、どうする？」

「――い、いや、大丈夫」

「そう。んじゃ俺、お風呂《ふろ》入るわ」

漸さんはそう言って台所に面しているドアをあけて、もともとは土間だった場所をリノベーションした洗面所に入った。そのとなりが脱衣所で、奥がお風呂場だ。

いつもなら、漸さんはもっと早い時間にお風呂に入って、しばらくすると自室にこもる。清志郎だって、この時間はすでに眠っていることが多かった。このくらいの時間、わたしはよく仕事の息抜きやトイレに一階に降りていたのだから、間違いない。

なのにどうして今日は、ふたりとも茶の間にいたのだろう。

もしかして、わたしを待っていたのだろうか。

家に誰かがいることにはずいぶん慣れたつもりだった。けれど、こうして夜に外から家に戻ってきたのは引っ越してきてはじめてで、この光景に心臓がぎゅうぎゅうと絞り上げられるほど痛む。

この家にあかりはなかった。

この家で誰かの声が聞こえてくることはなかった。

誰かがわたしを、待っていてくれることもなかった。

それを悲しいと思ったことはない。だって、それが当たり前の光景だった。

なのに。

「どうした、乃々香」

廊下に立ったまま動かないわたしを、ちゃぶ台の前に座っている清志郎が見上げて訊《き》いてくる。やさしげなほほえみから、自分が泣きそうな顔をしていることに気づいた。

「奥歯すり減るぞ」

「……うるさいな」

涙を堪《こら》えようとして奥歯を嚙《か》んでいることも悟られていて、悔しくなる。

わたしは決して泣き虫ではない。小学校時代からムカつくこと悲しいこといやな気持ちになったことは数え切れないほどあるけれど、わたしは一度も泣かなかった。わたしにとってそれが日常で、かわいそうなわけじゃないのに泣いたらかわいそうな子だと自分でも感じてしまいそうだから。なにより、泣いたところでなにがどうなるわけでもないから。

でも、清志郎の前ではいつも、涙腺《るいせん》がおかしくなる。

それはいつだって清志郎が、わたしに手を差し伸べてくれるからだ。

やさしくされると、安心すると、すぐに視界が滲《にじ》む。清志郎の言動が何気ないものであればあるほど。

十六年も会っていなかったのに、それは今もかわっていなかった。

「さっさと寝ないと、明日《あした》起きれないよ。明日は歩空くんと寧緒ちゃんと映画観に行くんでしょ」

「このくらいどうってことねえよ。たまには夜更かししないと体に悪いしな」

「なにそれ」

ふ、と笑みをこぼす。しょうもない言い訳だ。

「乃々香は今も、甘えるのが下手くそだな」

「なにそれ。もう寝る」

「風呂入んなくていいのか？」

「いい、寝る」

そう言って目を逸《そ》らし、茶の間を通り過ぎて階段を駆け上った。背後から清志郎の「おやすみ」という声が聞こえてきて、振り返らずに「おやすみ」と返す。

いやだ。

おとなになったのに、ちっともかわっていない自分がいやだ。

清志郎と漸さんがわたしに顔を見せて声をかけてくれたことに、喜びのようなものを感じたことが、いやだ。

以前のままがいい。感情を乱すことなく落ち着いた日々のほうがいい。

部屋に入ってすぐそばにある鏡には、顔が紅潮している自分が映っていた。

「お酒のせいだ」

だからこんな感受性が豊かになって変なことを考えるのだろう。

早く寝なければと、服を脱ぎ捨ててラフな恰好《かっこう》に着替えてからベッドに横たわる。

すぐに微睡《まどろ》んでいく思考で、明日になれば、いつものように過ごせることを祈った。

＋　＋　＋

バキバキになった肩を回し、ふと時計を見ると日付はとっくにかわっていて、午前二時を過ぎていた。

「……日が昇るまでには寝たいなあ……」

お盆休みに遅れ気味だった仕事をなんとか片付けたものの、日常が戻ってくると一気にまたペースが落ちた。そのせいで最近は毎晩夜更かしをしていて、子どもたちの昼の時間まで寝ていることが増えている。

保護者（なのかは微妙だが）失格なのでは。子どもたちがわたしを気遣って「ののちゃんが来るまで気がつかなかった」とか言うものだから余計に情けない。

まあ、忙しいからこそ、余計なことを考える暇がなくていいのだけれど。清志郎と話じているとつい心が緩んでしまうこととか、漸さんのご飯があたたかく感じることとか、そういう、よくわからないことに向き合わなくて済む。

再び接近してきた台風の影響で窓ガラスがガタガタと揺れていた。明日の朝方には無事に過ぎ去っているはずだとニュースで言っていたのを思い出す。前回よりも威力は弱いらしく、雨はそれほど降っていない。けれど心なしか風を強く感じる。

そして台風ということで、我が家には今、安西さんが泊まっている。老人の独り暮らしは心配だ、と清志郎がわたしの許可も得ずに決めたのだ。

それもこれも、安西さんが毎日のように午後になったら家に来て夕食まで居座るせいだ。子どもたちを任せられるので助かっている部分もあるけれど、あまりに馴染《なじ》みすぎだと思う。あのひと毎日そんなに暇なんだろうか。

っ たく、と舌打ちをしてマグカップを手に取った。

「あ、お茶ないな」

冷蔵庫に行かなくては。

渋々立ち上がり階段を降りていくと、茶の間から光が溢《あふ》れていることに気がつく。静かなので誰かが電気を消し忘れたのだろうか。不思議に思い覗《のぞ》き込むと、茶の間のちゃぶ台の前に、安西さんが座っていた。テレビもつけず、ただ座布団の上にあぐらをかいてぼーっとしている姿に、思わず体が震えてしまう。

「な、なにしてるんですか」

「ああ、あんたか」

反応がすぐに返ってきたことに安堵《あんど》して「なにしてるんですか」ともう一度同じ質問をする。こんなところでなにもせずに座ってるとか怖すぎるからやめてくれ。

「いや、眠れなくてなあ……」

安西さんはぼうっとした顔で、窓の外を眺めている。といっても雨戸が閉まっているので外はまったく見えないのだけれど。

なんだか、元気がない。

「なにか、飲みますか？」

「あ、ああ、そうだな。もらおうか」

心ここにあらず、といった様子だ。

台所に入り冷蔵庫から漸さんが用意してくれているお茶を取り出し、マグカップとグラスに注いだ。ついでに小腹が空《す》いたので、戸棚で食べられそうなものを探す。脳が糖分を欲している。

「チョコみっけ。安西さんもいります？」

台所から声をかけると、「ん」とどっちなのかわからない返答があった。もしかして安西さん半分寝ているのでは。

茶の間に戻ると、安西さんはさっきと同じ体勢のまま、窓を見て耳を澄ませている。

「志津子さんは、雨が嫌いだったなあ」

安西さんがぽつりとつぶやいた。

「そうなんですか？」

「なんだ、そんなことも知らないのか」

「そんなこと言われても。誰かと間違えているんじゃないですか？　わたしが雷を怖がってたらバカにしてきましたけど」

すぐに二階に上がろうと思ったのに、祖母の名前につい、ちゃぶ台の前に座ってしまった。すぐに立ち上がるのも面倒に感じて、チョコレートに手を伸ばしながら安西さんとしばらく話すことにする。安西さんと言葉をかわすのは今もちょっと苦手なのだけれど、今目の前にいる安西さんはいつもの覇気がないからか、まだマシだ。

「いや、志津子さんは雨が嫌いだった。雨の日にはいい思い出がないって、店にいるときは外に出るのをいやがったし、あんたが家を出てから雨の日は休業日にしてた」

そんなの、はじめて聞いた。安西さんの口ぶりから嘘を言っているようには思えない。

でも、どうしてもわたしの祖母とは重ならない。

「雨の日になにがあったんだろ」

「雨が降ってると、旦那《だんな》が家にいるからって言っとったけどな」

「……ああ、そうなんだ」

お酒が好きな祖父は、雨の日は出かけなかったのだろう。祖父が家にいる、ということは、そのあいだ祖母は祖父からの暴言や暴力に耐えなければいけなかったのだ。

「そんな話をするくらい、親しかったんですね」

「長い付き合いだからな。小学校時代からの」

「えっ！　そんなに？」

思わず大きな声をあげてしまう。

でもまあ、考えてみればおかしなことではないのか。同じ町に住んでいるのだ。今ほどひとも多くなかっただろう。

「もしかして……昔から祖母を好きだったんですか？」

「いや、あのころの志津子さんはおとなしかったから、喋《しゃべ》ったことはあったけど、仲が良かったわけじゃない。歳も違ったしな。突然志津子さんがお店を始めたって聞いてなんとなく行ってからだ。別人みたいになっててそりゃあびっくりしたよ」

ふはは、と肩を揺らして安西さんが笑う。

昔の話をする安西さんは、初めて見た時の気難しそうなおじいさんではなく、まるで少年のような、かわいらしい雰囲気を身に纏《まと》っている。

っていうかおとなしかったって、あの祖母が？

「旦那のせいで、大人しくしてられないって言ってお酒をガブガブ飲むし、酔った客には喧嘩腰《けんかごし》だし、しまいにゃお酒を出さないわ、店を追い出すわ」

わたしの知っている祖母の振る舞いに、ふ、と口の端が上がった。

「男なんかもう懲り懲りって言ってたな。娘が不倫相手の子どもを産んだってときは、店で男の悪口を叫びまくって大暴れして大変だったんだ」

「へえ」

「だから、おれが付き合ってくれって言ったときも、なかなか首を縦に振ってくれなかったんだよ」

まったく、とため息をついてから安西さんは、グラスに口をつける。

「……祖母のなにが、よかったんですか？」

口からついて出た質問に、安西さんは数秒黙って、そして、目を細めた。

「気の強いところだろうな。おれの死んだ女房も気が強かった。でも志津子さんにくらべたらかわいいもんだ」

そう言って安西さんは祖母のことを話し続ける。

安西さんの奥さんが病気で倒れたとき、どうしていいのかわからないで狼狽《うろた》えていた安西さんを何度も祖母が叱りつけ、無理やりお見舞いに行かせたとか、ひとりになってからもことあるごとに「あんたは偉そうに！」「女を下に見るんじゃない！」「自分のことくらい自分でしろ」と口うるさいほど叱られていたこととか。

「そんな関係でどうやって付き合えたんすか」

口を開いたわたしよりも先に、わたしが訊《き》きたかった質問をしたのは、いつの間にか背後にいた清志郎だった。

「な、なにしてんの」

「便所行ったらなんか話し声が聞こえたから。ついでに暑くて喉《のど》も渇いたし」

清志郎がケラケラと笑う。おそらくわざと気配を消して近づいてきていたのだろう。自分でお茶を入れに行くのかと思ったら、わたしのマグカップを摑《つか》んで口をつけてから「ひとくちちょうだい」と言われた。

清志郎が一息ついて腰を下ろすと、

「志津子さんもおれを好きだったからよ」

と、安西さんが自慢げな顔をしてさっきの清志郎の台詞《せりふ》に答える。

まるで小中学生男子がモテるのをカッコつけて自慢しているようにしか見えなかった。

付き合ってくれと言ったのは安西さんだったのでは。

「おれと女房の最後をいいものにしてくれたとき、『後悔残したらあんたの嫁にあたしは一生太刀打ちできなくなるでしょ』って言ったんだよ」

あれは痺《しび》れたなあ、と遠くを見つめる。

「それに、おれが店にいる女の子と仲良くするだけでもよく拗《す》ねてよお」

「女の子って……二十代とかでしょ。そんな子に嫉妬《しっと》？　おばあちゃんが？」

「志津子さんはやきもち焼きだったんだよ」

安西さんの顔がだんだんだらしなく歪《ゆが》んでいく。

いつの間にか惚気《のろけ》を聞かされている。

清志郎はそれが楽しいらしく「他には他には？」ともっと惚気を引き出そうとしてい

た。調子に乗った安西さんは「志津子さんは拗ねるとなかなか機嫌が治らない」とか「でもその後の笑顔がそりゃあかわいいんだ」「拗ねるとちょっと口を尖《とが》らせて、目を潤ませるんだ」「本当は泣き虫なのに我慢する気の強さがたまらないんだよ」といつまでも語り続ける。

正直まったくイメージできない。というかイメージしたくない。

かといって、安西さんの話を信じていないわけでもない。

目の前で頬を赤く染めてでれでれしながら祖母の話をするこのひとが、嘘を言っているわけじゃないことくらい、わかる。

「雨が嫌いだっていうから、じゃあいつか一緒に雨を逃げながら旅行をしようとかいう話もしてたなあ。具体的な話もしてたんだけどなあ。そのときの志津子さんは子どもみたいに無邪気に笑ってて……」

「おい、なにしてんの」

今度は、くあ、とあくびをしながら漸さんがやってきた。

「あ、起こした？　わりいわりい」

「悪いと思ってねえくせに謝るな」

ぴしゃりと漸さんが清志郎に言い放つ。もちろん清志郎はそんなことまったく気にした様子は見せずに「わりいわりい」と繰り返す。

「なんかひかりに集まる虫みたいだなあ、オレら」

茶の間に集合した全員を見回して、清志郎が笑った。

「さっさと寝ろよ」

はあーっと漸さんが腰に手を当ててわたしたちを見下ろす。

時間を見れば一時間近くここで安西さんと話をしていたようだ。仕事をしなければ。

「あ、じゃあ最後にこれだけ訊いていい？」

立ちあがろうとしたところで、清志郎が人差し指を立てる。そして、

「そんなに仲が良かったのになんで喧嘩《けんか》したんすか」

と安西さんに訊いた。

その瞬間、さっきまで上機嫌だった安西さんの顔が曇った。言いにくいのか口をモゴモゴと動かし視線を彷徨《さまよ》わせる。なんとか誤魔化そうとしているのかもしれない。けれど、わたしたち三人の視線が自分に集中していることに気づいて、がっくりと肩を落としてから、

「プロポーズをしたんだよ」

と観念したかのように言った。

「一緒にならないかって、この家にひとりだとさびしいんじゃないかって。だから一緒に暮らそう、そしたらおれの財産だって――」

「あ、それは怒る」

思わず話の途中に口を挟んでしまった。

はっとして口元を手で押さえる。また怒鳴られるのでは、と身構えると。

「たしかに、ばあちゃんが誰かに守ってもらうことを喜ぶはずねえな」

と清志郎がわたしの肩を叩《たた》いた。

「おれだって今はわかってるよ」

むすうっと口をへの字にして安西さんはそっぽを向く。

そう、わたしの知っている祖母なら、間違いなくブチギレ案件だ。母親も同じようなことを言って怒られていた。なんで仕送りを提案して怒られるのか意味わかんないんだけど、と母親が文句を言っていたのを覚えているし、わたしも、就職したばかりのころ、祖母にお金の話をしたら速攻で電話を切られた。

あんたたちのお金なんてなくてもあたしは生きてけるんだよ！　と。なんのためにその金をあたしに渡すんだ、と。

「でも、おれなんかと結婚するなんて、しかもこの歳でなんて、なんの得もねえだろう。だから、少しでも得があるって思ってもらいたくて……」

得か。そんなのは、祖母にとってはどうでもいいことなんじゃないだろうか。

祖母は損得勘定で考えるひとではなかったはずだ。

「すげえ怒る意味がわかんなくってよ。しかもボケカスクソッタレまで言われたらおれだってムカつくだろうが。だから、なに怒ってんだ、志津子さんはおれのこと好きだったんだろ、もしかして他に男でもできたんかって――」

うわあ、と思わず顔を顰《しか》めてしまう。

元彼を家から追い出したときにも似たことを言われたのを思い出す。別れ話はもちろん、喧嘩でも、他に恋人か好きな人ができたんじゃないかと言い出すって最悪だ。そんな理由でないと納得できないのだろうか。自分の言動を振り返れないんだろうなあ。

かわいそうに、とついつい安西さんに哀れみの目を向けてしまう。そして、祖母の彼氏とわたしの彼氏が似たようなことを言った事実に、妙な恥ずかしさを感じた。

わたしの視線を自分への同情だと思ったのか、安西さんは「いや、おれが悪いんだよな」と失笑する。

「理由がわかるまで会いにくるなって言われて……それで、今までの志津子さんを思い返してやっと、今になってわかったんだ。でも、もう志津子さんはいねえんだな」

安西さんはすんっと洟《はな》を啜《すす》った。泣いてはいないが、瞳《ひとみ》が少し揺れている。

――何歳でも、恋をしているひとはみんな、同じなんだな。

「ばかだな、じいちゃん」

肩をすくめた清志郎が腕を組む。彼の声はいつもよりも低く、ゆったりとした穏やかな話し方だった。彼は、本気でひとになにかを伝えようとするとき、いつもこの話し方になる。

「結婚は、ただ、一緒にいたいからすればいいんだ」

清志郎は、そうだったんだな、と思った。

わたしからあっさり去っていったくせに。

一緒にいたいと思える特別なひとと、彼は出会ったのだ。

安西さんは目を瞬《しばた》かせてから、息を吐き出し「そうだな」と力なく答える。


「乃々香さんはまだ仕事？」

安西さんと清志郎が部屋に戻ってから、使ったマグカップやグラスを洗いはじめた漸さんが言った。

「え、ああ、うん。はい」

「すげーな。俺には無理だわ」

言葉は感心しているようだけれど、声にあまり感情がのっていない。冷蔵庫からお茶の入ったポットを取り出し、

「わたしからしたら、いろいろできる漸さんのほうがすごいですけどね」

と答える。

漸さんは、県内にある卸売メーカーの子会社でエンジニアをしているらしい。わたしにはさっぱりわからない世界だ。それに、漸さんは家事全般をそつなく段取りよく要領よく、面倒くさがらずにこなすこともできる。それに結構多趣味だ。部屋でひとり映画を観ていることも多いし、休日はひとりでぶらりとバイクでどこかに出かけることもある。音楽も好きなようで詳しい。わたしは好きというよりも音を遮断するために聴いて

いるだけなので知識はない。

このひとは、ひとりでなんでもできるひとだ、と思った。だれかと一緒になにかをする、ということがない。一緒に食事をしないことも含めて。

「漸さんは、ひとりが好きなんですか？」

「いやべつに」

「じゃあ、誰かと一緒にいたいとか思うんですか？」

イメージできないな、と目を大きく開く。

「ちょっと一緒に暮らしただけで、俺のことわかった気にならないでほしいけど」

不満そうでも不快そうでもなく、いつもの調子で言われた。

いや、至極ごもっともだけれど、そんな言い方しなくてもいいじゃん。そういうところから、イメージできないって思っただけじゃん。っていうかこのひと本当に外用と内用の表情と口調が違いすぎないか。どんな対応でも、彼の場合発言内容には違いはないだろうけれど。

「これまで誰かと暮らしたり付き合ったりくらいしてるし」

「そ、そうですか」

どんな感じで付き合うのだろう。実は彼女にはめちゃくちゃやさしいひとだったりして。いや、でも漸さんは決してやさしくないわけではない。言い方や受け答えが独特だけれど。いや、他人に興味がないように見えるときもあるけど。でも、わたしの手を引いて家まで帰ってくれた。ご飯の味がうまく感じられないわたしのためにも、毎日ご飯を作ってくれているし。いやそれは、このひとがしたいだけか。

「彼女とはさすがにご飯食べるんですか？」

「さあね」

答えたくないらしい。

そっぽを向いたままのそっけない返事でそう察する。なんでですか、と訊《き》いても「べつに」と言いそうなのでそれ以上は突っ込まなかった。

「乃々香さんこそ、誰かと一緒にいたいとかあんまり思わなそうだけど」

「そんなふうには思ってないですよ。積極性はないですけど」

間違っているわけではないが、そんなに他人を拒絶しているわけではない。元彼のことだって強引ではあったけれど楽しい思い出はたくさんある。自分から遊びに誘うことはないけれど、ひとりがさびしくて来実や友人を突然呼び出したこともある。

「そういうことだろ」

洗い物を終えた漸さんは、タオルで手を拭《ふ》いてわたしを見た。

「自分の視界に映っている相手が、そのひとのすべてじゃないってことだよ。どれだけ長いこと一緒にいたって、なにもかもを知ってるなんて傲慢《ごうまん》」

まあ、そうか。

そうだな、とこくんと頷《うなず》いた。

長い間一緒に暮らしていた祖母にも、わたしの知らない祖母がいた。恋をして、恋人に怒ったり拗《す》ねたりする祖母を、わたしは今まで想像すらしたことがなかった。……知りたかったのかと言われると微妙なところだが。

そして、清志郎にも。

「漸さんは、清志郎の奥さんのこと、知ってるんですか？」

「まあ、話だけなら。いや、何回かちらっと見かけたこともあったかな」

どんなひとでした？　と口から出かけた言葉を咄嗟《とっさ》に呑《の》みこむ。

たとえ相手が清志郎でも、こんなふうにわたしが気にかけて探るのは違う。誰かの事情に首を突っ込むなんて、わたしが最も嫌いなことなのだから。

「幸せなやつも大変だよな」

漸さんは独り言のように呟《つぶや》いた。声に出していたことも自覚していないみたいに、

「じゃあ寝るわ」とわたしの横を通り過ぎる。

最後の〝幸せなやつ〟というのは、清志郎のことだろうか。もしくは、亡くなった奥さんのことだろうか。

突風が吹いたのか、ガタンと一際大きい音を鳴らして雨戸が揺れた。

昼過ぎに目を覚ますと、雨風は収まっていたがまだ曇った空が広がっていた。けれど、すぐに青空にかわるだろう。そんな気がする。

ふああ、と大きな欠伸《あくび》をして階段を降りると、茶の間には未《い》だ家《ま》に帰らず居座っている安西さんの姿があった。歩空くんと寧緒ちゃんとジェンガをしていたようで、ちゃぶ台の上に歪《いびつ》な形になった塔がある。

「志津子さんと連絡が取れたか？」

「おはようございます。わたしは今起きたところです」

見たらわかるだろ、とは言わない。そして当然祖母からの折り返し電話はまだない。

うるさい安西さんを無視してトイレに行って、洗面所で顔を洗う。台所に戻るとラップに包まれたおにぎりがふたつあったのでそれとお茶を手にして二階に戻った。安西さんがいるなら早速仕事にとりかかろう。

よしと気合いを入れてイスに座ると同時に、スマホが音を鳴らした。画面に表示されていた〝祖母〟の文字を見て、慌てて通話ボタンをタップする。

「もしもし！」

「うるさ。そんなに大声出さなくても聞こえるよ。年寄り扱いしないでちょうだいよ」

元気そうな祖母の声を聞くと、ため息がもれる。

「なんで電話に出ないの。なんでもっとはやくかけ直してこないの」

「どうせしょうもない話だろ。こっちは忙しいんだから。あっちこっちで台風が発生して、落ち着かないったら」

「安西さんっていうおばあちゃんの彼氏が家に来たんだけど」

愚痴をはじめた祖母の言葉を遮ると、祖母が黙った。わたしたちのあいだに静寂が落ちてくる。どうしたのか返事を待つが聞こえてくるのはかすかに車が通る音だけだ。

「お、おばあちゃん？」

あまりの静けさに声をかける。

「あいつは、なにしに？」

覇気のない声に、動揺する。え、えっと、とうまく話せなくなり、咳払《せきばら》いをしてから、

「おばあちゃんに、会いに。あの、怒った理由がわかったって」

ゆっくりと言葉を紡ぐ。たぶんそう言っていたはずだ。なぜか自信がなくなってくる。

「そんなことまで乃々香に話したのか、あいつは」

チッと祖母が舌打ちをする。わたしには怒るのに自分はいいのか。

「本当にそう言ってた？　一ヶ月以上も音沙汰《おとさた》がなかったのに？　今さら？」

「まあ、本人はそう言ってたけど。ていうかおばあちゃんが理由がわかるまで来るなって言ったんでしょ？」

なんだか様子がおかしい。祖母なら「遅いんだよあいつは！」と呆《あき》れたように言いそうなところだなのに、ぶつぶつと「でも」「だからって」と呟いている。

これは、なんだろう。

なんだっけ。なんか、知ってる感じもある。

「どうせ気まぐれで適当なことを言ってるんじゃないの。あいつのことだ、忘れてたは

ずなんだから」

祖母の愚痴を聞きながらなんだっけと眉間《みけん》に皺《しわ》を寄せて考え、ハッとする。

「おばあちゃん拗ねてんの？」

「――っな、なにが！　なんであたしが拗ねるんだよ！」

その反応は図星だったときのものだよ。

ぷっと噴き出すと、「なに笑ってんの！」と祖母が声を荒らげた。

なるほど、祖母はこんなふうに拗ねるのか。これは安西さんも大変だっただろう。

プロポーズを断ったうえに怒り、自分から会いに来るなと言ったものの、いつまでも会いに来ない安西さんに不安を感じていたのではないだろうか。だから、なにも言わずにひとりで旅行に出ることを決めたのだろう。会いたいけれど会いに行けない、かといっておとなしく待ち続けるようなこともできなかったのではないか。

頑固だと思った祖母はもしかしたらただの意地っ張りだったのかもしれない。

「安西さん毎日家に来るよ。おばあちゃんと電話がつながったか確認しに」

「……そう、そうなの」

ちょっと祖母の声が弾んだものにかわった。

「会いたがってるよ。電話かわろうか？」

「顔も見ずに話すことなんかないよ！　言いたいことがあるなら会いにきな」

「じゃあどこにいるの」

「自力で捜してみなって伝えればいいよ。あたしを好きなら見つけ出せるだろ」

「ええー……それは無茶でしょ」

なんてひどいことを。我が祖母ながら横暴が過ぎる。

「あいつなら見つけるよ」

「え、ちょ、ちょっと！」

言いたいことを言って、祖母が通話を切ったのがわかった。慌ててかけ直すけれど、当然電話には出てくれない。

ど、どうすれば。

おろおろと無意味に部屋を見回す。

安西さんに言うべきだろうか。黙っているわけにはいかない。安西さんがなんらかのアクションを起こさない限り祖母はますます拗ねてしまう。かといって、自力で捜さないといけないみたいです、と伝えるのはどうなんだろう。安西さんも途方に暮れてしまうのでは。わたしなら無理だ。っていうか祖母から本人に言ってほしい。なんでわたしがそんな大事なことを伝えなきゃいけないんだ。

うーっとスマホを握りしめて考える。

けれど、すべきことはひとつだ。それ以外の選択肢などない。言いにくいけれど意を決して階段を降りた。

茶の間で歩空くんと寧緒ちゃんと安西さんはジェンガに夢中になっている。ちょうど安西さんが手をぷるぷると震わせながら一本抜こうとしているところだった。

「あの、安西さん、祖母と連絡が取れました」

その瞬間、ジェンガがガラガラと崩れた。

安西さんは目を大きく見開いてわたしを凝視する。ふたりの子どももポカンとした顔をしていた。

「ただ、その……電話じゃなくて、ちゃんと顔を見て話をしたい、みたい、で」

もじもじと言葉を選びながら伝えると、安西さんが勢いよく立ち上がった。目がギラギラに輝いていて、気圧《けお》される。

「志津子さんは、今どこにいる?」

「あー、それが、わたしにもわからなくて」

安西さんの顔に絶望が浮かんだのがわかった。目からしゅるしゅると光が失われていく。すみません、うちの祖母がほんとすみません。

「安西さんなら、見つけ出せる、って言ってましたけど」

「おれなら?」

眉《まゆ》を八の字に下げたままで安西さんが呟《つぶや》く。

そして視線をゆっくりと動かし、なにかに気づいたのか顎《あご》に手を当てる。

「今までどこにいたのかは……知ってるか?」

「えっと、お盆前に電話したときは、沖縄でしたね。あとさっきは台風がどうこう言ってた、かな。今も同じ場所にいるかはわかんないですけど」

「そうか」

安西さんは力強く頷《うなず》いて「じゃあ行ってくる」とわたしの横を通り過ぎようとする。

寧緒ちゃんが「どこいくの？」と声をかけると、

「雨から守らないといけないひとがいるからな」

とかっこよく言った。当然寧緒ちゃんはきょとんとしている。

そういえば、この前祖母は雨が嫌いだと言っていた。そして、ふたりで雨を避けて旅をしようという話をしていた、と。もしかしたら、ケンカをしなければ祖母は安西さんとふたりで旅行するつもりだったのかもしれない。

だから、安西さんには見つけ出せる、と言ったのか。

やる気に満ち溢《あふ》れた背中を向けて歩いていく安西さんの後ろ姿は、とても大きくて祖母への愛情を感じた。祖母の言動に面倒くさい、なんて微塵《みじん》も思っていないことが伝わってきてうれしくなる。

「あ」

なにかに気づいたのか足を止めた安西さんが振り返る。

「ありがとな」

そして、わたしにお礼を言った。

はじめは偉そうなおじいさんだと思った。今も同じだ。でも、それだけじゃない、愛情深い元気なおじいさんでもあると、今は思う。

「祖母にあったら、死ぬまで一緒にいたいって、言ってあげてください」

「な、な……！」

「安西さんがプロポーズしたのって、だからですよね？」

にひひと歯を見せて笑うと、安西さんは顔を天狗《てんぐ》のように真っ赤に染めて、

「子どもが偉そうなこと言うな！」

と叫んでから床を足で踏み割りそうなほどの勢いで玄関に向かって行く。そしてぴしゃりと引き戸を閉めて出ていってしまった。

「どうしたの？　おじいちゃん、怒ったの？」

おどおどと歩空くんがわたしに訊《き》いてきた。

「おじいちゃんは恥ずかしいと怒るんだよ」

「……なんで？　変なの」

ほんとにね。

肩をすくめて茶の間から庭を見ると、雲の隙間から光が射していた。

その日、帰ってきた清志郎と漸さんにことの顚末《てんまつ》を話すと、

「嵐のようなじいちゃんだったなあ」

と、清志郎が笑った。ひとのこと言えないと思う。

「すげーな、あのじいさん。どんくらいかかるんだか」

「どうですかね……。今日すぐに飛行機に乗ったのかな」

安西さんの連絡先は知らないので、今後のことはわたしにはまったくわからない。

漸さんは「俺には無理だな」と言いつつ、かすかに口元に弧を描いていた。同じことはできない。だからこそ、漸さんは安西さんを応援している。

わたしも同じだ。わたしにはできない。祖母のように誰かになにかを求めることも、安西さんのように自分のすべてを相手にぶつけることも。その重みを想像するだけで無理だ、と思う。

「時間がかかっても、いつか会えるならいいじゃん」

にこにこと、まるで清志郎は自分のことのように気分がよさそうだ。

清志郎は、どれだけ時間が経っても、亡くなった奥さんには会えない。だから、そんなふうに言うのだろう。

胸に小さな小さな棘《とげ》が刺さったような痛みが走る。

たしかに安西さんは嵐のようなひとだった。うるさくて、迷惑で、まわりを巻き込んで、振り回す。そして、あっという間に消えた。

直撃したこの家の中に、小さな小さな、爪痕《つめあと》を残して。

3　勇者の傷痕は勲章なんかじゃない

Kotomori's
house is
at the top of
this hill.

喧嘩《けんか》の〝け〟の字も似合わない歩空くんが、怪我をして帰宅した。

「……え？　ど、どしたの」

口元は赤くなっていて、頬には引っ掻《か》き傷、肘《ひじ》には擦り傷がある。服もところどころ汚れていた。そしてなぜか、まったく怪我をしていない寧緒ちゃんがぼろぼろと涙をこぼして泣いている。

「まあ、なんかあったみたい」

ふたりの背後にいた清志郎は、そんなふたりにそぐわないほど明るい口調で言った。

九月になって歩空くんと寧緒ちゃんが学校に通いはじめ、やっとわたしは自分のペースを少しだけ取り戻すことができた。

小学校の帰宅時間は早く、特にまだ小学二年生の寧緒ちゃんは昼過ぎには帰ってくる。だからこそ、誰もいない午前中に寝ているのはもったいないと、強制的に夜型から朝型に調整した。時間が限られているからか以前よりも集中力があがり短時間でこなせる仕事が増えて、夜には少しだけだけれど趣味の時間を確保できる日もある。

ふたりには給食があるのに、漸さんはわたしのためにおにぎりやパンを作り置きしてくれていて、わたしはそれを好きなタイミングで食べられるのもいい。

自分は学校に行くことにうんざりしていたけれど、保護者もどきになって、学校のありがたさを痛感している。同時にこの世の全ての親を心から尊敬する。

そして、この町の小学校でふたりがいやな思いをしないだろうかと不安に思っていたが、半月が過ぎた今のところ、そんな様子はない。夕食の時間になると、歩空くんは学校で流行《はや》っている遊びを報告してくれて、寧緒ちゃんは一日なにをしたかをすべて語ってくれる。友だちの名前も口にするし、毎日ではないが友だちの家に遊びに行くこともあるので、うまくやっているんだなあ、と思っていた。

——つい数分前、チャイムが鳴るまでは。

ふたりにはまだ鍵《かぎ》を渡していないため、帰宅したらいつもわたしが出迎えている。清志郎が勝手にワイヤレスチャイムを購入してきたおかげで、仕事中ヘッドフォンをつけていても、ランプでチャイムが鳴るとすぐに気づくようになった。

今日もデスクのそばにあるランプが光ったことに気づいてすぐに出迎えた。時間的に寧緒ちゃんだろうか、と思ったのに、立っていたのは怪我をしていた歩空くんと、泣きじゃくる寧緒ちゃん、そして清志郎だったのだ。

「お兄ちゃんは悪くないもん！」「寧緒あいつ嫌い！」「痛いよー！」

茶の間で寧緒ちゃんが泣き喚《わめ》く。寧緒ちゃんは怪我をしてないけれども。

「いやあ、びっくりしたよなあ」

歩空くんの頭を撫《な》でながら清志郎が笑う。

「担任の先生から電話があって迎えに行ったんだよ。喧嘩したって聞いて、まっさかー、てあんまり信じてなかったんだけど、オレもびっくり」

「喧嘩なの？　ほんとに？」

歩空くんは一方的に殴られたようにしか見えない。喧嘩ではなく、いじめなのでは。

ちらりと様子を窺《うかが》うように歩空くんを見ると、口を固く結んだまま黙っている。眉間《みけん》をぎゅうっと寄せているので、涙を我慢しているのだろうか。

「相手の子も同じくらい怪我してたよ」

「お兄ちゃんの方が強かった！」

「そうか。すげえな歩空」

いや、ちょっと待って。これは笑いながら話すようなことなのか。

ちゃんと事情を調べた方がいいのでは。いじめられてやり返して喧嘩になった可能性だってある。清志郎はその辺をちゃんと先生と話したのだろうか。

でも、同じ家に暮らしているだけのわたしが口出しすることではない。

いろいろ聞きたい気持ちをぐっと堪《こら》えて、

「保健室で治療してもらったとは思うけど、変な痛みがある場所とかない？」

歩空くんに訊く。歩空くんはなにも言わずにただ首を左右に振った。

「んじゃあとりあえず、着替えようか」

「あ、そうだな。歩空、ひとりでいけるか？」

清志郎の質問にも、歩空くんはこくんと頷《うなず》くだけだった。のろのろと部屋に向かう歩空くんを見送ってから、清志郎は「まいったなあ」と苦笑して背を伸ばす。

「お兄ちゃんは悪くないんだよ」

「そうだな。パパもそう思うよ」

「お兄ちゃんも寧緒も、かわいそうじゃないもん！」

その言葉に、思わず胸がぎゅっと締めつけられた。寧緒ちゃんは大粒の涙をぼろぼろこぼして泣いている。けれど、それは悲しいからではなく、悔しいからだ。その気持ちが伝染してきて、息苦しさを覚える。

寧緒ちゃんの言葉から、なんとなく歩空くんが喧嘩をした理由を察して清志郎を見ると、彼は口元に悲しげな笑みを浮かべていた。

「へえ、歩空が喧嘩か。やるな」

帰宅した漸さんは、ざっくりとした清志郎の報告を聞いて感心したように言った。歩空くんは着替えに部屋に入ったきり、一度も出てきていない。それどころかご飯もいらないとまで言い出している。寧緒ちゃんも歩空くんのそばを離れない。

結局漸さんは子どもたちが部屋で簡単に食べられるように、ふたりの好物であるオムライスのおにぎりを作って届けた。その結果、夕食はわたしと清志郎ふたりきりで、漸さんはちゃぶ台のそばで座っている。
「この町に帰ってくることを決めた時点で多少覚悟はしてたんだけど。まさか歩空が殴り合いの喧嘩をするとは思ってなかったなあ……」
「この町だろうと違う町だろうと、たいしてかわんねえよ。だからこそ、歩空が泣き寝入りしなかったところを、俺は評価するけどな」
手を上げるのは問題かもしれねえけど、と漸さんは言葉を付け足した。
清志郎の話では、事件が起こったのは今日の昼休みだったそうだ。
クラスメイトと運動場で遊んでいた歩空くんは、寧緒ちゃんを見つけて話しかけたらしい。それを、歩空くんの友だちのひとりがからかった。妹と仲がいいことが、その子にはよくわからなかったのだろう。もちろん、それだけで歩空くんが怒ったわけではない。
――『お前らあの変な家に住んでるんだろ』
――『変なひとが一緒に暮らしてる変な家だって、ばあちゃんが言ってた』
――『前からあの家に住んでいたやつはみんな変わり者なんだってさ』
――『親が死んで変なひとと変な家に住んでるとか、かわいそうだな』
みたいなことを笑いながら言った、らしい。

「寧緒が言い返して、年下の女の子に反論されてムカついたのか、その子もヒートアップして、我慢できなくなった歩空が殴りかかった、てことらしいよ」

理由は相手にあれど、先に攻撃をしたのは歩空くんのほうなのか。

「歩空くんからは聞いてないの？」

「なにも。歩空は〝謝らない〟しか言わなかったな」

清志郎が呼び出されて学校に行くと、空き教室で怪我だらけの歩空くんと相手の男の子、そして泣いている寧緒が座らされていたようだ。喧嘩《けんか》の詳細は先生が現場にいた児童や寧緒ちゃんからの話をまとめたもので、本人たちはなにも言わなかったらしい。

「相手の親は？」

「少ししたら母親がやってきて謝ってくれたよ。スーツ姿だったから仕事してるんだろうなあ。さすがにその子も親に叱られてしょんぼりしてたし」

その子は後悔しているだろう。それは、悪いことを言ったから、ではなく、親に叱られたからだ。むしろ、冗談だったのに先に手を出した歩空くんの方が悪いと思っているかもしれない。悪意や敵意を自覚していない場合、そういう考えをすることが多い。

歩空くんがなにも言わなかった理由がわかる気がする。悪口を耳にするのも気分は良くないが、それ以上に自分に向けられた悪口を自分で口にするのは、屈辱的だからだ。

「変わり者、か」

わたしの家庭環境が原因のひとつになっているようで申し訳なくなる。

スナック経営をしている祖母を悪く言うひとがいるのは知っていた。それに加えて母親とわたしという存在がいる。その子の祖母世代のひとたちには間違いなく変わり者の住む家なのだろう。

だから、いやなんだ、この町は。

「それに関しては否定できないよなあ」

うはは、と清志郎が笑う。

「昔はともかく、今は清志郎、あんたも含まれてると思うんだけど」

「そりゃそうだろ。オレはこの家に住む前から変わり者だ。その子のばーちゃん、たぶんオレのことも知ってんじゃねえかな。昔からオレは人気者だったしさ」

人気者。ものは言いようだなあ。

「俺が住んでるのも知られてるんだろうな」

「漸も変わり者だもんな」

「俺のこと知ってるなら俺を変わり者とは言わねえよ、この町の老人なら」

清志郎とは別の意味で自信満々に答える漸さんに、それはどうなんだろうかと首を傾げたくなる。漸さんも大概変なひとだと思うけど。

「で、どうすんの」

漸さんの質問に、清志郎は「どうすっかなあ」と彼にしては珍しく困ったように眉《まゆ》を下げて腕を組んだ。

「このままってわけにもいかねえだろ」

「そうだよなあ……でもとりあえずは歩空と話してからだな。今日初めて言われたのかこれまでも同じことがあったのか」

でもすぐにどうにかできる問題でもないよなあ、と清志郎は首を捻《ひね》る。

「……子どもってほんと、大変だよね」

ぽろりと言葉が溢《あふ》れた。すかさずそれを拾った清志郎が、「いくつになっても大変だろ」と言う。それはそうだけどさ。でも、おとなと違って子どもは〝学校〟という場所から逃げ出すことが難しい。

オムライスの最後の一口を頬張って、歩空くんは今なにを考えているのだろうかと想いを馳《は》せる。相手が同じクラスだと言っていたので、明日も歩空くんはその男の子と顔を合わせなければいけない。

清志郎が〝いくつになっても大変〟と言うように、たしかに、そういうことはおとなになってもよくあることだ。

つまり、結局のところは。

「気にしないようにするしか、ないんだよなあ」

「は？　なにそれ」

漸さんが眉間《みけん》にぎゅっと皺《しわ》を寄せてわたしを見た。

「だってさ、どこにいったって悪意なくいやなこと言うひとはいるし、そういうひとにはなにを言っても伝わらないし。そんなのにいちいち感情乱されてたら疲れるでしょ」

ご馳走様《ちそうさま》でした、と手を合わせながら答えると、漸さんは「その度に怒って言い返せばいいじゃん」と不思議そうにする。

「言い返したって無意味ならしないほうがいいでしょ」

「言い返さなかったら相手の思う壺《つぼ》じゃねえか」

「時間の無駄なんだから気にしないのが一番だって」

「乃々香さん、簡単に〝気にしない〟って言うけど、誰にでもそれができると思ってんの？　歩空にそれ言えんの？　言ったら歩空はわかったって言うと思うのか？」

呆《あき》れたような声に、なにも言えなくなった。

今現在、なにも言わず部屋に閉じこもっている歩空くんに、気にするな、と言ったところで響くわけがない。それはわかる。でも今は無理かもしれないけど、いつか歩空くんも気にしなくなるかもしれないとわたしは思う。

かつてのわたしがそうだったように。

「乃々香さん、ひとりで成長したタイプだろ」

「……え？　んー……どうかなあ……」

でも振り返ってみるとそうかもしれない、と思う。

というか、まわりをアテにしたって、どうしようもないことだったからだ。

生まれたときからすでに、わたしは〝不倫の子〟として世間に存在していたから。

自分の出生について、わたしに教えてくれたのは誰だったのか、覚えていない。

「小戸森《こともり》さんのお母さんって不倫してたんでしょ」

転入してきた初日に、クラスメイトの女の子——名前は佐々木《ささき》だった——が教壇の前に立っていたわたしに向かって言った。

「え、そうなの？」

「あのテレビ出てたひとがお母さんなんだって」

「マジで。有名人じゃん」

教室のど真ん中で大きな声で言われたので、クラスメイトが一気に騒がしくなった。女の子はその様子の中、誇らしげな顔でわたしを見ていた。

その言葉にわたしが思ったことはといえば、

——ここでも同じか。

というだけだ。もともと新しい環境に期待していたわけではないので、ショックを受けた、なんてこともない。そのころのわたしはもうすでに、自分の生まれに関する噂に心底辟易《へきえき》していてどうでもいいことだったからだ。

母親は、全国で放送される夜の報道番組のメインキャスターを務めていた。若くて美人だった母親は好感度が高く人気だったらしい。その人気絶頂だったときに、妻子のいるひとと路上でキスをした写真を週刊誌に撮られ、おまけに妊娠の事実も記事に書かれた。つまり、母親の不倫はわたしが生まれるよりも前に日本中に情報が広がっていたのだ。不倫相手は、番組のディレクターで母親ほど顔が知れ渡っていなかったからか、母親だけが世間からバッシングされ、番組を降板になったらしい。

だから、言葉の意味を理解するよりも先に、不倫、という単語をわたしは知っていた。それが世間でどれほど嫌われる行為なのかをちゃんと理解したのは、小学校三年生だ。その前から薄々察してはいたけれど、ネットニュースを検索して、なるほど、と納得したのを覚えている。

すでに十年近く前の記事だったがネット上には当時のまま残されていて、コメント欄も読むことができた。そこで、母親はこの世では万死に値する罪を犯したかのように語られていて、生まれてくるだろうわたしは〝かわいそう〟な子どもになっていた。

その中のひとつに、今後子どもが成長して母親のしたことを知ったらどう思うのか、というコメントがあり、ふと自分の心境を真剣に考えた。正直言って、そうなんだ、としか思わなかった。だって、わたしが知る前からこの事実はそばにあった。母親と一緒にいるときにコソコソと話すひとたちとか、親切なふりをしてわたしに「お母さんはどう？」「お父さんがいなくてさびしいでしょ」と話しかけてくる近所のひととか、そういった話を親から聞いたであろう子どもたちとかが、そばにいたから。詳細を知ったからといって、今さらなにを思うことがあるのだろう。

もしもわたしの母親が〝一般人〟であれば、わたしはもう少し複雑な心境になったかもしれない。母親を軽蔑《けいべつ》したり、自分を恥じたりしていたのかもしれない。もちろん、母親のせいで、と思う気持ちがなかったわけではない。でもそれも、不倫をしたのが罪だから、ではなく、口うるさいお節介な赤の他人がうっとうしかったからだ。

「ママが不倫してたとか、あたしだったらショック」

なにも言わないわたしに、佐々木さんは言葉を続けた。

「いくら小戸森さんのママがきれいでも、やだよね」

「あたしのママが、不倫するひとは最低だって言ってたよ」

「汚いんだって」

まるで、わたしが汚いみたいな言い方だなと思った。もちろん、わたしは母親のことを汚いとも思っていないし、母親をいやだとも最低だとも思っていない。

でも、わたしはそういう存在だった。

悪いことをした証拠のような存在だった。

引っ越しをする前の学校でもわたしは同じ環境だった。

そして、転入初日から、わたしは注目の的になった。

ということは、わたしはこの不躾《ぶしつけ》な質問と態度に、今後ずっと付き合わなければいけない、ということだ。環境がかわっても、先生に泣きついても、母親や祖母に相談しても、同じことを繰り返すだけだろう。そんなもの面倒くさくてしかたない。だから。

「でも、小戸森さんが悪いわけじゃないから、かわいそうだから、仲良くしてあげるね。そうしなさいってママが言ってたから」

「そんなことしなくていいよ」

誇らしげな顔をした佐々木さんに、わたしはそう言った。


転入初日、「どうだった?」と聞いてきた母親と祖母にわたしは「普通」と答えたのを覚えている。たぶんふたりともその言葉の意味に気づいていただろうけれど、そのことについてはなにも言わなかった。

「真正面から悪意を受け止めても、ひとをかえられるわけじゃないでしょ。なら自分で処理した方がずっと楽だなって思っただけ」

「乃々香らしい考えだよな」

食事を終えた清志郎が手を合わせて言う。

「まあ一理あるけど」

わたしと清志郎の空になったお皿を漸さんがまとめる。それを手伝いながら「学校っていう狭い世界ではそれが最も、楽なんじゃないかな」と言葉を添えると、漸さんはわたしの顔をじっと見つめてきた。

「……じゃあ今の乃々香さんは、狭い世界に生きてないってことか?」

「え、ああ……うん」

「っぷは、はは！」

なんでこんなことを聞いてくるのか、と思いつつ返事をすると、そばにいた清志郎が盛大に噴き出した。しかもひいひいとお腹を抱えて涙目になるほどだ。そんなに面白いことを言った覚えはないのだが。

「乃々香さんは今も狭そうだけどなあ……」

「……どういう意味？」

「っていうか乃々香さんだけじゃなくて、俺もだけど」

「オレの世界も狭いよ、まだまだ」

「お前は俺らと〝狭い〟の規模がちがうんだよ」

どういうことだよー、と清志郎が涙を拭《ぬぐ》いながら答える。

「清志郎、学校でも学校外でもすげえ知り合い多かったくせに、世界を広げんだって高校中退して海外行ったじゃねえか。それでまだ狭いとか本気で思ってんだろ」

「え、清志郎が中退したのってそんな理由だったの？」

「そんなってなんだよー。でも、オレは学校が狭い世界とは思ってねえよ。オレの世界が狭いなって思っただけ」

どう違うんだろう。首を捻《ひね》っていると、漸さんがじっとわたしを見つめてきた。

「乃々香さん、学校嫌いだっただろ」

「ああ、うん。まあね。高校からはマシになったけど、それでも楽しい場所とは思ってなかった。四十人前後と同じ教室で強制的に何時間も過ごす羽目になるんだからさ」

しかも何年間も。学校に行きたくないと思うほどつらい場所だったわけではないけれど、あのころ他の選択肢があれば、わたしは学校には行かなかったかもしれない。

「オレは、学校が楽しかったけどなあ」

「清志郎はどこでも楽しめる性格だからそう思うんだよ」

「そうかもしれないけど、楽しかった学校生活を、狭い世界だったんだって言われるのは、結構悲しいもんだぞ」

そう言われると……返す言葉がない。

「学校が救いのやつだっているだろうしな」

学校が逃げ場になる、ということだろうか。そういう考えはしたことがなかった。そっか、そういうひともいるのか。

「もちろん、乃々香にとってはいやな場所だったのもわかるけどな。でも、乃々香に会うまでオレは、みんなにとっても学校は楽しいもんだと思ってたな」

そんなふうに思える清志郎は、本当に今まで幸せな日々を送っていたのだろう。それはすごいことだ。楽しく過ごせることにこしたことはない。でも、羨《うらや》ましい、とは思わない。そう思えるほど、あのころも今も、学校生活になんの興味もないからだ。

「ひとは、自分で気づかない限り自分の考えをかえられないんだと」

食器を集めた漸さんが立ち上がって言う。

「でも自分ひとりでそこに至るには、誰かと良くも悪くもつながらないと無理だと俺は思うけどな」

「それがいいひとならいいけど、悪いひとならただただ自分が疲弊するじゃん。なら誰にも迷惑かけずに自分の生活整える方がよくない？」

　悪いほうにかわる可能性だってゼロじゃないし。

「物事はいいか悪いかだけのふたつしかないのか？」

　立っている漸さんがわたしを見下ろす。

　……すっごい馬鹿にしたような顔で。

「そういうところが、俺には乃々香さんの世界が狭いように見える」

「乃々香は昔から選択肢がふたつしかないからな」

「ちょっと！　そんなことないし」

　清志郎にまで呆《あき》れたように言われてしまい、ムキになって言い返す。

「だってそうじゃん。好きかどうでもいいか、しかないし、美味《おい》しいかどうでもいいか、しかないだろ。昔から言ってるだろ。愛の反対は無関心なんだぞ」

　そんなことを言われた覚えはない。

「選択肢が独特だな。ああ、だから楽か楽でないかで過ごしてるのか」

「な、なによ。別に悪いことじゃないでしょ」

「そしていいか悪いかで判断しがち」

清志郎は「漸、わかってるじゃん！」と拍手をした。するな。

「そもそも！　今はそういう話をしてたんじゃないでしょ」

歩空くんの話をしていたはずだ。なんでわたしがふたりに馬鹿にされているのか。

「ああ、そうだっけ」

「なんでこの話になったんだ？　漸のせい？　オレのせい？」

「乃々香さんじゃないか？」

「なんでわたしのせいにするのよ」

わたしの叫びも虚《むな》しく、漸さんは台所に入ってしまう。むうっとするわたしを、清志郎は「まあまあ」と他人事《ひとごと》のような口調で宥《なだ》めてきた。

「意味わかんないんだけど」

「漸はいつもああいう言い方だからなあ。オレもよくわかってないし」

わかってないくせに余計な合いの手ばかり入れていたのか。

「でも、乃々香は乃々香のままでいいんじゃないか？　おとなになって、逞《たくま》しくなったし。漸も別に今の乃々香が間違ってるとか否定してる訳じゃないと思う」

「……そうかなあ」

わたしには否定しているようにしか思えなかったけどなあ。

話が聞こえているはずなのに、台所にいる漸さんはわたしと清志郎の話に交じってくる気配はなかった。

「乃々香は大丈夫だよ」

わたしが不安に思っていると感じたのか、清志郎が朗らかな笑みを浮かべて言った。

——『乃々香はもうかわいそうじゃないから、大丈夫だろ？』

なにを根拠に大丈夫だと言うのか、過去に言ったのか、わからない。

「だから、もしかしたら楽な道を選び続けるにはまだ早いかもな。乃々香は大丈夫だから、安心して冒険しても、かわらないと思う」

漸さんと同じくらい、清志郎も曖昧《あいまい》なことしか言わない。

それでは、わたしは理解できないのだ。昔から、ずっと。

無意識に歯を食いしばっていたようで、それに気づいた清志郎が「乃々香はすぐ奥歯を嚙《か》み締める」と苦笑して頬に手を伸ばしてきた。昔よりも大きくなったその手に体が小さく震えて、思わず身を引いてしまう。

「逞しくなったけど、やっぱり乃々香は乃々香だなあ」

仕方ないなあと言いたげに、清志郎は眉《まゆ》を下げて笑う。

こういうときの清志郎は、わたしには手の届かないおとなのようだ。

昔からいつも、そう思っていた。でも、あまりのかわらなさに、彼はまだ、わたしを小中学生の女の子とでも思ってるんじゃないかと感じて悔しくもある。

勝手だ。清志郎の態度は中途半端で迷惑でしかない。一方的に近づいてきて、急に去り、そして一度も連絡をしてこないで突然現れてまた距離を縮めてくる。わたしを心配し、気遣い、そばにいてくれる。

でもそれに対して清志郎は責任をもたない。だから、清志郎は、いつかまた、あっさりと出ていくと思っている。だってわたしは〝かわいそう〟ではなく〝大丈夫〟だから。

今のわたしになんの心配もしなくなれば、ある日突然、姿を消すだろう。

——でも、この先もわたしがこのままでいたら、清志郎はわたしのそばに……。

「って違う！」

「びっくりした！」

弾《はじ》かれたように顔を上げると、清志郎が目を丸くした。

今、わたしはなにを考えようとした？　妙なことを考えようとしていなかっただろうか。やばい、これはやばい。なぜか、心臓がバクバクしはじめて、ヤバみが増す。

「どうした」

「いや……なんでもない」

両手で髪の毛をぐしゃりと握り、顔を隠して呼吸を整える。

「で、歩空くんのことは、どうするの」

背筋を伸ばして気持ちを整えてから話をかえた。

「しばらくは様子見して、それでもまわりになにか言われるようだったら、そのときは、戦う術《すべ》を歩空と一緒に考えるしかないよな」

それが難しいよなあ、と清志郎が考え込む。

なるほど、と思うと同時に、清志郎の発想はいつもわたしにはないものだな、と気づく。わたしなら、さっき言ったように気にしないようにする、という方法しか浮かばない。その方法でわたしはわたしなりに過ごしてきて、それでよかったな、と思っているからだ。

他の方法も、あるのだろうか。あったのだろうか。

ちょっと歩空の様子見てくるわ、と言って清志郎は部屋に向かい、茶の間にはわたしひとりになった。

なんだ、結局わたしは今、まさしく。

——『ひとは、自分で気づかない限り自分の考えをかえられない』

——『そこに至るには、誰かと良くも悪くもつながらないと無理』

漸さんの言う通りになった、ということだ。

さっき変なことを考えたのもきっと、ふたりのせいだ。このままではずるずると変な思いに囚《とら》われてぐだぐだになるような予感がする。だめだ、これは良くない兆候だ。早急に、なんとかせねば。

＋　＋　＋

「ののちゃん、今日かわいい……」

土曜日の午後、準備を済ませて茶の間に顔を出すと、寧緒ちゃんがうっとりしたような顔で言った。

漸さんが作ったプリンがスプーンからこぼれ落ちる。

まるでドレスを見たかのような反応だけれど、わたしの服装は白いシャツにダークグレーのサロペットを穿《は》いて、アクセサリーを身につけ化粧をしているだけだ。普段はすっぴんにロンTレギンスというラフな恰好《かっこう》なので、寧緒ちゃんの反応も仕方がないのかもしれない。歩空くんも目を瞬《しばた》かせているし。

出かける前に服装にコメントをもらうことがなかったのでどう反応していいのかわからず戸惑っていると、台所から漸さんがやってきた。

「珍しい雰囲気だな。デート前みてえ」

「今の時代そういうのセクハラだよ」

「うるせえわ」

表情はわかりにくいがおそらく感心しているであろう漸さんに突っ込むと、心底面倒臭そうに言われた。

「そういや同窓会だっけ」

「うん。帰りは遅くなる……のかな」

「なんだそれ」

「いろいろあるの」

ふうん、と首を傾げた漸さんに、じゃあ行くから、と歩空くんと寧緒ちゃんにも挨拶《あいさつ》をする。ちょうどトイレに行っていたらしい清志郎と玄関の前で顔を合わせると、「どうした今日、珍しい恰好じゃん」と漸さんと同じようなことを言われた。

「同窓会に行くんだっけ。乃々香がそういうの行くなんて珍しいんじゃないか？　しかも中学校だろ」

「まあ……たまにはね」

「友だちができたらいいな。せっかく行くんだから、心を閉じてたらもったいねえぞ」

新しい友だちもなにも、みんな同級生だったひとたちなので、今さら無理だろう。んー、と曖昧な返事をしながら、一年ぶりくらいに履くパンプスを取り出す。

「……歩空くん、あれからずっと元気がないようにみえるけど、大丈夫なの？」

「ああ、うん。どうなんだろうなあ」

歩空くんは、あの日から怪我をしてくることはない。だからといって一安心、とはなかなかならない。清志郎の表情を見る限り、口ではどうしようかなあと曖昧なことばかり言っているけれど、それなりに気にかけているのがわかる。

わたしも歩空くんが気になって仕方がない。おそらく、どうしても自分のときのことを思い出してしまうからだ。そして、清志郎が困っていると、なにかできることがあるんじゃないかと探したくもなる。わたしは、なんの関係もない、他人なのに。

いかんいかん、と頭《かぶり》を振って、パンプスを履き背筋を伸ばす。いつもと違う場所に行くことを実感させられて心を開くどころか閉じていくのが自分でわかる。

「まあ行ってくるよ」

「おう。あ、乃々香。その恰好かわいいぞ」

邪《よこしま》なものがなにもまじっていない晴れやかな笑みを向けられて、かわいいという言葉に喜びを感じ、けれどどう考えても子どもをほめる感じだよなと複雑な気持ちになる。

いやだから！　そんな気持ちになるなわたし！

「行ってきます！」

「気合十分だな」

大きく足を踏みだし外に出て、バス停に向かって歩き出した。

午後三時過ぎなのでまだ太陽は高い位置にあり、コンクリートの熱と日差しの強さで肌が炙《あぶ》られているように感じる。空は青いし、道のそばにある草木も鮮やかな緑色をしている。

「……あち」

暑い中、なんでわたしは同窓会なんかに向かっているのか。

今日の予定を空けるために数日仕事を詰め込んでまで。

本当は、同窓会に行くつもりはなかった。先月来実に誘われたときは速攻で断ったし。けれど、認めたくないがわたしは今、清志郎に対して妙な感情を抱いている。それはきっと、宙ぶらりんのまま終わった初恋のせいだろう。再会するまで忘れていたというのに、昔の淡い恋心がひょこひょこと顔を出す。この土地のせいもあるが、わたし自身があのころと同じように、ひとりきりで過ごしているのも関係しているはずだ。

このままひとりであたふたするわけにはいかない。早いうちにこの厄介な感情を勘違いにしなくては。彼の一挙一動に振り回されるなんて、面倒なことこの上ない。

でも、ひとりでは、抵抗するのにも限界がある、かもしれない。

ならば、悔しいけれど漸さんの言ったように、ひとと関わろう、と思ったのだ。もしかしたらすごい出会いがあって、清志郎のことなんか綺麗《きれい》さっぱり忘れられるかも！　と。

……冷静になって考えてみればなんだそれ、と自分で思う。そもそもわたしは今現在、恋人がほしいだなんて微塵《みじん》も思ってない。

でも勢いで来実に参加を伝えてしまったので断るわけにもいかず、この状態になってしまっている。ああ、今すぐ家に帰りたい。というか。

「この選択しか出てこないところが、世界の狭さをあらわしてんのかも」

うんざりするような暑さの中で呟《つぶや》いた。サロペットは足にまとわりついて鬱陶《うっとう》しいし。この坂道をパンプスで下ると速攻で足が痛くなるし。いいことなんてなにもない。

まあ、ものは経験だ、と自分に言い聞かせて、重い足を前に出す。


同窓会に行く前に来実と喫茶店でのんびりおしゃべりをしてから、受付開始の六時半に駅前近くのおしゃれなカフェに入った。

入り口にはイルミネーションの緑のアーチがあり、中は立食パーティらしく中央に大きなテーブルが置かれていた。すでに数十人が楽しそうに談笑している。

ウェイターが持ってきてくれたウェルカムドリンクのシャンパンを手にして来実とともにまわりを見渡す。

「よくこんな面倒なこと考えるよね」

思わず声を漏らす。わたしの通っていた中学校は、全部で4クラスあった。1クラス四十人ほどで、全員が集まれば百六十人だ。さすがにそれほどの人数は参加しないだろうけれど、半分くらいは集まるのではないだろうか。

店選びに予約にSNSで詳細をまわし出欠の確認。幹事は大変だっただろう。

「あ、来実じゃん!」

シンプルなパンツスタイルの来実と並んで壁際にいると、見覚えのない女性が声をかけてくる。来実はわたしよりも社交的なので、中学校の友だちも多い。さすがだなあと思って楽しげに話す来実のそばでちびちびシャンパンを飲んでいると、わたしの数少ない友人である知江と梨枝子がやってきた。

「しけた顔してお酒飲んでるじゃん、乃々香」

「あれ、ふたりも来たの?」

「その言葉そっくりそのまま、乃々香に返すわ」

そう言って、梨枝子は手にしていたカクテルグラスをわたしに掲げた。

ちょうどお盆に会ったところなのでふたりにそれほど久々感はない。けれどそれが、ちょっと新鮮で懐かしい気持ちになる。昔は毎日顔を合わせていたんだな、と。

中学校一年のときに来実と仲良くなり、二年でわたしが知江と、来実が梨枝子と仲良くなったことから、わたしたちはよく四人でいるようになった。運よく三年で四人が同じクラスになったのもある。

学校では顔を合わせて一緒に行動することも多かったけれど、なにをするにも一緒、ということはなかった。来実にはたくさんの友だちがいたし、知江は勉強するのが好きだったのでひとりになる時間を好んでいた。梨枝子は兄弟が多く、バイトと家事で毎日忙しそうにしていた。その自由な関係が、ちょうどよかったのだと思う。

そう考えると、来実はさておき、わたしを含めた三人も同窓会に来ているこの状況はなかなか珍しい。お盆に会ったときに同窓会の話は出たものの、ふたりとも行くとは言っていなかった。

「で、なんで乃々香がこんなところに？」

「なんとなく、かな。ふたりこそ？」

わたしの返事に、知江も「なんとなくかなあ」と同じ言葉を口にする。

「会いたいひとがいるわけじゃないから一度は断ってたんだけど、この歳になるとひとと会おうと思わないと会わないなーって思って」

「そうそう。刺激がないからね、社会人になると。私も同じ感じだわ」

「人脈広げたいわけでもなんでもないけど、経験っつーか、なかなかない機会だから冷やかしみたいなもんよ」

知江と梨枝子の話に、みんなも同じようなことを感じてるんだな、とシャンパンを口にする。今の気楽な、見知ったひととしか関わらない日々はとても楽だ。今は居心地の悪さ、というか場違い感を抱いている。でも、こういう感覚は久々だ、と思う。

開始時間が近づいてきて、店内にはどんどんひとが増えてきた。同級生の半分くらいは出席するだろう、と思っていたけれど、もしかしたら七割以上が参加しているかもしれない。

「えー、ではそろそろはじめまーす」

壁にもたれかかって人間観察をしていると、誰かのマイク越しの声が響いた。視線を向けると、かつて（たしか）生徒会長を務めていた男性が壇上に立っている。彼に向かって、まわりにいたひとが「よ、生徒会長」などと囃《はや》し立てている。生徒会長はまんざらでもない顔をして「静かにしてくださいー」と呼びかけていた。

いつの間にかそばにいた来実が、

「大門《おおかど》くん、あんまかわってないねー」

と話しかけてくる。そういえばそんな名前だったっけ。

どうやらすでに結婚しているらしく、美人な奥さんはいないのかーと誰かが叫んでいた。いるわけないだろ、と彼が突っ込んで笑いが起こっている。

そんな盛り上がりを数分眺めていると、

「では、今日を楽しんでくださいー！　乾杯！」

と声がかかりみんながグラスを掲げた。わたしたちも四人で乾杯をする。

「さーって、早速料理取ってくる」

「あ、じゃあ一緒に行くよ。テーブル確保しといて」

そばにあったテーブルにグラスを置いて、知江と来実が店内の中央にあるテーブルに向かい、すぐに両手に料理をのせたお皿を持って帰ってくる。パスタにパンにムニエルにローストビーフなど、なかなか華やかなメニューだ。漸さんが作ってくれる料理は家庭料理が多いので、こういう料理は久々だ。

同窓会はいい雰囲気で進んでいるようだった。

開始から一時間を過ぎると、そばから「一気いけよ一気」と掛け声が聞こえてくる。

「二十九歳にもなってなにしてんのかね」

梨枝子がシャンディガフに口をつけて顔を顰《しか》めて言った。

「悪い意味で新鮮よね。二十九歳にもなってあんな飲み方しようとするひと、なかなか出会えないよ」

「酔っ払って迷惑かけなかったらまあいいけどね」

わあわあと店内で一番騒がしい酔っ払いサークルのひとたちに視線を向ける。まわりにいる女性が若干引き気味で距離を取り出しているのがわかった。店内のほとんどの同級生がおとなの飲み方をしているからか、やたらと目立つ。

「ちょっとトイレ」と来実が言うと、

「じゃあ私料理の追加取ってくる」と知江が言う。そして、

「喫煙所行ってくるわ」と梨枝子が背をむけた。

いってらっしゃいと三人を見送って、ぽつんとひとりビールを飲む。

同窓会がはじまってから、わたしは三人以外と話をしていない。挨拶《あいさつ》すらしていない。なんのために同窓会に参加したんだ、と自分に突っ込む。が、あまりひとの塊に近づきたくないのも本音だ。

この場に清志郎がいたら、仲の良いひとをわたしの目の前に連れてきて話をするように仕向けるような気がした。昔、何度か似たようなことをされた覚えがある。今一緒に暮らしている漸さんも、似たようなものだ。

楽しそうなひとたちをひとりで眺めていると、小学校中学校の、必ず自分の席で給食やお弁当を食べなければいけなかった昼休みを思い出す。

教室に響き渡る笑い声をBGMにして、わたしは味のしないごはんを黙々と食べていた。家で晩ご飯をひとりで食べるときと同じだった。そのことに懐かしさを感じるのは、今が違うからだろうか。

「あの、小戸森さん、だよね」

「え？　あ、はい」

まさか話しかけてくるようなひとがいると思わず、わかりやすくびくついてしまった。

「あの、久しぶり」

そう言ってグレージュのワンピースを着た女性はぎこちない笑みをわたしに向ける。胸元までの髪の毛はハーフアップにしていて、清楚《せいそ》な雰囲気のある華奢《きゃしゃ》な女性だ。

……誰だろう。

やばい、まったく思い出せない。記憶の片隅にもない。わたしに気づいてわざわざ話しかけてきたひとだ。おそらく接点があったはず。

「え、えっと、久しぶり」

へへへ、と情けない顔で笑うと、彼女は「私のこと覚えてない、よね」と困ったように眉《まゆ》を下げた。

「あ、いや！　……あー……すみません」

一瞬誤魔化しかけたけれど、誤魔化せないなと正直に頭を下げる。

「ううん、大丈夫。っていうか、同じクラスになったの、小学校のときだし」

「小学校から同じなのに分からなくて申し訳ない……」

「私も、全然わかんないひといるから、気にしないで」

ふふっと優しく微笑む彼女に、胸がほわっとした。おっとりとした喋《しゃべ》りのせいもあるのか、彼女の醸し出す雰囲気は柔らかい。こんな子が同級生にいたなんて。

「私、小学三年の時に同じクラスだった、円堂《えんどう》です。円堂唄《うた》」

「……あ、ああ……名前だけは、覚えてる、かも」

うたーとよく教室で呼ばれていたのを聞いた気がする。と言っても、小学校三年は特に教室でぼっちを極めていたころなので、当時の彼女がどんな顔だったのかはやっぱりわからなかった。

「ずっと、小戸森さんと話してみたかったから、勇気出しちゃった」

恥ずかしそうに円堂さんが言った。

「わたしと？　なんで？」

「あのころなかなか話せなかったけど、実は憧《あこが》れてたんだよね。ひとりで堂々としてるところが、かっこいいなって」

そんないいもんじゃないけど、悪い気はしない。

「あと、謝りたくって」

「そういうのは、いいよ。今さらだし」

ひらひらと手を振って拒否すると、彼女は眉を八の字にしてしまう。記憶にはないけれど、彼女は当時、わたしの母親のことについてなんらかの発言をしたんだろう。

「でも」

「本当にいいから。円堂さんはこっちに住んでるの？」

「あ、うん。でも、引っ越したからここからは結構離れてるけど」

別の話を振ってみると、彼女は戸惑いながら答えてくれた。

なんで世間話をしはじめたのか自分で不思議に思う。前までのわたしなら、謝罪をされた時点で話を終わらせていたはずだ。同窓会マジック、みたいなものかもしれない。

「小戸森さんは？」

「わたしは今年こっちに帰ってきたところ。っていっても期間限定だけど」

「そうなんだ。実は小戸森さんは絶対こういう場所に来ないだろうなと思ってたから、見かけてびっくりした」

「こっちに帰ってなかったら来てないよ」

「だよね」

緊張気味だった円堂さんの表情が和らいでいくのがわかった。

こうして話してみると、友人でもなければわたしにとっては顔見知りでもない相手なので会話に若干ぎこちなさがあるけれど、それほど悪くない。

あのころも彼女はこんな感じだったのだろうか。彼女の雰囲気から、彼女は当時も別にわたしになにかしたことはなかっただろう気がする。

どうやら彼女は五年前に結婚したらしく、今は娘がひとりいるらしい。わたしは結婚しているのかと訊《き》かれて、今は彼氏もおらず、そもそも結婚にあんまり興味ないんだよね、と答える。

「私も、職場で夫に出会わなかったらまだ結婚してなかっただろうな」

「職場で出会ったんだ。あんまりそういうのないからちょっと憧れるかも」

「小戸森さんの会社はそういうのないんだ」

「いや、わたしは今フリーでデザインの仕事をしてるから」

「へえ、すごい。個人事業主だ。でも小戸森さんっぽい」

ほんとにー？　と訝《いぶか》しげな視線を向けると、円堂さんはコロコロと笑って「ほんとだよ」と答える。いつのまにか手にしていたビールのグラスが空になっていた。

昔は親しくなかったとしても、おとなになって仲良くなる、なんてことはわたしにはないだろうと思っていた。けれど、なるほど、これが同窓会か。

「円堂さんのことあんまり覚えてないけど、もっと話してみればよかったかもね。あのころはあんまり友だち作る気がなかったから」

「あのころは、小戸森さんいろいろ、言われてたよね。私もその、なかなかまわりと違う意見とか、言えなくって」

「そりゃそうだよね」

眉を下げる円堂さんに、さっき謝ろうとしてくれたのにこんな話をしてしまったことを申し訳なく思う。でも、こうして彼女と話をすると、当時の彼女には仕方がなかったんだろうな、と受けいれることができる。

小学生にとっては教室がすべてだから、教室の中で誰かに嫌われたり誰かを怒らせてしまうかもしれないことに躊躇《ちゅうちょ》するものだ。彼女のような性格では、とても難しいことだろう。傍観するのだって楽ではないのだ。

と思うと、なぜか歩空くんのことを思い出した。

そこに、

「そんなところでなにしてんの、唄」

と、高くて、でもちょっとしゃがれた女性の声が聞こえてくる。

「あ……明梨《あかり》」

円堂さんが一瞬だけ瞳《ひとみ》を揺らせてから目を細めた。

あかり、という聞き覚えのある名前に複雑な気持ちを感じながら顔を上げると、華やかな女性がわたしを見て首を傾げている。

「え、あれ？　もしかして小戸森さん？」

「うん。久しぶり、佐々木さん」

数秒かかってから、彼女が目を瞬かせた。

佐々木さんは、昔とあまり雰囲気がかわっていない。目が大きくて、華のある顔立ちをしている。服装も同じで、全体的に大きな柄の入っている白と赤がまじりあっているようなワンピースだ。首元にも手首にも指にも、キラキラと輝くアクセサリーが揺れていた。小学生のころからおしゃれな子だったけれど、それは二十九歳になった今も同じだ。

「わー、ほんっと久々！　小戸森さんかわってないねえ」

大きな声だったので、まわりにいたひとたちがわたしに視線を向ける。

「佐々木さんもかわってないよ」

いつも、目立つ存在で、みんなの中心にいる。そのことを自覚していない――はずはないのに、いつも声が大きくて、その調子で思ったことをそのまま口にする。相手の気持ちを考えることなく。わたしが転入してきた初日、教室の真ん中で母親の不倫のことを口にしたときのように。

「小戸森さんがいるとは思ってなかったー。元気そうだね」

「たまにはいいかなって。佐々木さんも元気そう」

「あたしは元気なだけが取り柄だからねー！」

佐々木さんの表情には、かつてのわたしとの関係はきれいさっぱり記憶から消えているようだった。別に佐々木さんにいじめられたわけでも喧嘩《けんか》したわけでもないけれど。母親の不倫のことは佐々木さんが言い出さなくとも遅かれ早かれ誰かが噂していただろうことだ。そのことで多少の嫌がらせはあったけれど、そのすべての主犯格が佐々木さんというわけでもない。

でも、第一印象が悪すぎて、彼女はわたしにとって〝どうでもいい〟ひとではなく、〝嫌い〟なひとだ。高校からは接点がなかったけれど、それでも〝嫌い〟だったときの印象を拭《ぬぐ》うことはできなくて、今も彼女に対して自然な笑みを返すことができない。

それに気づかないで、「今なにしてんの」「ひとり？」と親しげに話しかけてくるところが、やっぱり佐々木さんだなあ、と思う。

一気にしゃべって喉《のど》が渇いたのか、佐々木さんは手にしていたカクテルに口をつけた。

そしてふと、わたしの隣にいる円堂さんに視線を向ける。

「でもなんでふたり一緒にいたの？　小戸森さんって唄と仲よかったっけ？」

「声かけてきてくれたから話してただけ」

そういえば、円堂さんは佐々木さんがきてから口を閉ざしている。

「たまたま見かけたから、つい」

「唄から話しかけたんだ。珍しいじゃん」

へえーっと感心したように佐々木さんが言う。それに対して円堂さんは「そうかな」と居心地悪そうに答えた。

なんだか、妙な関係だ。名前で呼び合っているし、これまでも親しくしていたような雰囲気がある。なのに、円堂さんはよそよそしくて佐々木さんと目を合わせようとしない。どうしたのかと首を捻《ひね》ると、円堂さんは「おかわりもらってくる」と言ってわたしたちから背を向けた。

え、円堂さんがいなくなるとわたしと佐々木さんのふたりになっちゃうんだけど！　困るんだけど！

おそるおそるとなりの佐々木さんに視線を向けると、彼女と目が合ってしまう。ぎくりと体を震わせて「佐々木さんはおかわり大丈夫？」と咄嗟《とっさ》に口にした。が、彼女の手元のグラスは半分以上が残っている。

「そんな露骨に避けようとしなくても、なにもしないよ」

「……そんなことは、ないけど」

「ならいいけど。でも、小戸森さんには避けられても仕方ないからさ」

ふふっと佐々木さんが笑った。

「ねえ、唄に、なにも言われなかった？」

「え？　円堂さん？　いやなにも、言われてないけど」

そっか、と言って佐々木さんは円堂さんが去った方を見た。

というか佐々木さんはこの場から動く気がないのだろうか。わたしなんかと話すよりも親しかった子たちとおしゃべりした方が楽しいのでは。

「唄のこと、覚えてる？」

「いや、実は全然。名前は聞き覚えがあるけど」

「そういうもんか。まあ、唄はおとなしいもんね」

佐々木さんの口振りからは、彼女がなにを考えているのかさっぱりわからなかった。

でも、さっき顔を合わせたときよりも気持ちが落ち着いてきて、彼女と話が続く。

「昔、憧《あこが》れてたとか言われただけだよ」

「はは、唄に？」

「……なんで笑うの？」

呆《あき》れたように佐々木さんが笑う。なんでそんな反応をするのか。もしかしてわたしは馬鹿にされているのだろうか。そう思ってしまったからか、わたしの言葉は若干の刺々《とげとげ》しさを孕《はら》んでいたようで、佐々木さんは「ああ、小戸森さんをバカにしたわけじゃないよ」と顔の前で手を振る。

「唄が自分の口でそう言ったことに笑っちゃっただけ」

ぐびっとお酒を飲んで「だって、あの噂の出どころ唄なんだもん」と苦笑する。

は、と声にならない声を発すると、「まあそういう反応になるよね」と肩をすくめてから、わたしたちの使っていたテーブルの上にあるチーズを指差して「これ食べてもいい？」と摘《つま》んだ。

「唄が誰かに聞いた話を、あたしん家《ち》で、あたしの母親のいる前で言ったのが、きっかけ。唄の親がたしか新聞記者かなんかだったかな？　それで」

「……そう、なの？」

いや、でも噂のきっかけが円堂さんだからと言って、円堂さんが悪いわけではない。彼女になにかを直接言われたわけではないのだ。

「そこに正義感振り翳《かざ》したあたしが調子に乗って助けようとしたわけよ」

「……た、たすけ？」

「あくまで、あのときのあたしの気持ちはそうだったの」

そんなふうに感じたことは一度もないし、振り返って考えてもそれは無理があるのではと思うんだけど。

「唄が、不倫はなおらないとか、繰り返すとか、あのころずっと言ってたんだよね。身近に不倫されたひとでもいたのかもね。あのころはわかんなかったけど思い返せばめっちゃ不倫を憎んでたな」

「……そんなの、今ならどうとでも言えるんじゃない？」

「たしかに」

怪訝《けげん》な顔をすると、佐々木さんは思いのほかあっさりと認めた。

「ま、今さらだし小戸森さんが唄と仲良くするのもべつにいいんだけど。ま、聞き流してくれたらいいよ。唄は悪い子じゃないから」

思ったよりもサバサバした物言いの佐々木さんに、さっきはかわっていないと思ったはずなのに、こんなひとだったっけ、と疑問を覚える。円堂さんについて話す様子も、告げ口や陰口とは雰囲気が違う。でも、仲がいいのかと言われるとそれも微妙そうだ。

「佐々木さんと円堂さんは、友だち、なの？」

グラスに口をつけたまま、佐々木さんはきょとんとする。そして「さあ？」と曖昧《あいまい》な返事をした。

「なんとなく避けられてるから、唄にとっては友だちじゃないかもね。あたしは友だちだと思ってたけど、違ったっぽい」

「なんか複雑だなあ」

うわあ、と顔を顰《しか》めてしまう。

「数年前から急に距離を感じてるんだよねえ。メッセージや電話をすれば返事はあるんだけど。たぶんあたしが悪いんじゃないかな。無神経な発言しちゃったのかも」

佐々木さんならしてそうだよね、と思わず口にしてしまいそうになった。

「なにか言ったかしたか、だと思うんだけど、振り返ってもどれが唄にとっての地雷だったのかわかんないんだよね。気が付いたら距離を取られていたって感じ」

「佐々木さんなら本人に聞きそうだけど」

「聞こうにも一応唄はあたしと話もするしさ。なに言ってんのーって言われたら終わりじゃん。っていうか言われたし」

すでに実行済みだったのか。

落ち込んでいる、というよりも困っている様子の佐々木さんに、みんなこんなふうになるのかな、と思った。

わたしも、ひととおとなとしての関係を保ちながら距離を取ったことがある。友人と呼べるようなひとではなかったけれど。でも、やっていることは円堂さんと同じだ。

それが、おとなの人付き合いだと思っていた。今も、そう思っている。

「ムカついたなら言ってくれたらいいのにさあ」

「そういうの、結構面倒臭いからね」

「あたしだったら話すけどなあ。意味わかんないじゃん、だって。ずっともやもやしてスッキリしないんだよねえ。悪いことしたなら謝りたいけどその機会もないし」

そうだね、と素直に頷《うなず》いた。きっと、わたしも誰かを佐々木さんと同じような気持ちにさせていたのだろう。だってわたしがいやな気持ちになったから。

でも、なぜか今は、そのことに後ろめたさを感じる。

「あたしの気持ちなんかどうでもいいってことなんだろうね。なら、仕方ないか」

はーあ、とため息をついた佐々木さんは、「あ、しょうもない話してごめんね」と言って恥ずかしそうに笑った。

「なにしてんの、珍しい組み合わせで」

「あ、おかえり来実」

不思議そうな顔をして来実がそばに立っていた。来実は佐々木さんとそれなりに交流があるようで、久々だね、とお決まりの挨拶《あいさつ》を交わしている。そこに、喫煙所から戻ってくる梨枝子と、お皿にいくつものデザートをのせた知江の姿も見えた。

呼びかけようと手をあげる、と。

「うーいえーい！」

どんっと横から衝撃を受けて「うげふ！」と声が出る。

「な、なに」

振り返ると、お酒に顔を真っ赤にした男性がわたしに抱きついていた。おまけにめちゃくちゃ酒臭い。誰だよこいつ、と眉間《みけん》に皺《しわ》を寄せて体を押し退《の》ける。

「小戸森さん飲んでるー？」

なんでわたしの名前を覚えているんだ。さっき佐々木さんがわたしの名前を呼んだからか。

体を前後左右に揺らしながら話している男性は、わたしが心底嫌がっていることに気づかず、ビールジョッキを掲げる。

「金田《かねだ》、飲み過ぎ。うざい」

そう言ったのは佐々木さんだった。きもいうざいどっかいけ、と辛辣《しんらつ》な言葉をかけるけれど、男性は「ひでー」と言ってゲラゲラと笑っている。

「ほらほら、金田そろそろ水でも飲みな」

そう言ってやってきたのは、生徒会長だった大門くんだ。水の入ったグラスを持っていて、それを金田くんに手渡す。かわりにビールジョッキを没収した。大門くんは幹事だからなのか、それほど飲んでいないようだった。大門くんと一緒に、なにやら華やかな男性もやってきてまわりが賑《にぎ》やかになる。

「っていうか小戸森さんがきてくれるとは思わなかったなあ」

わたしを見て親しげに話しかけてくる大門くんに、はあ、と曖昧な返事をする。みょうに馴《な》れ馴れしくて、胡散臭《うさんくさ》さを抱いてしまう。

「小戸森さんって、あの小戸森如恵《のえ》の子どもなんだろう？」

「……まあ、そうだね」

「昔から気になってたんだけど話す機会がなかったからさー。でも、あんまり似てないよね？　父親似？」

さあ、と首を捻《ひね》って曖昧に答えた。自分の父親に会ったことが一度もないのでわからない。写真でチラッと見ただけだ。母親には顔も性格も祖母に似ていると言われていた。

なんだか面倒臭そうな空気を察して、知江の持ってきてくれたフライドポテトをつまむ。冷凍食品を揚げたかレンチンしたフライドポテトはしなしなで、塩っけもなかった。漸さんがじゃがいもから作っていたフライドポテトとは違う。あのときはろくに味の感想を言うことができなかったのに、なぜか今になってあのときのフライドポテトの味が口の中に広がる。じゃがいもの食感が残っていて、塩がよくきいていた。わたしの分には胡椒《こしょう》もたっぷり振りかけてくれていたっけ。

「聞いてる？　小戸森さんー？」

「え？　ああ、聞いてなかった」

「正直！」

ぎゃははと笑われて、面白いことを言った覚えはないけど、と心の中で突っ込む。佐々木さんは彼らと仲がいいのか、「もう酔っ払いうざ」と気楽な口調で言う。

ふと、スマホが震えた気がしてカバンから取り出すと、清志郎からメッセージが届いていた。『楽しんでるかー？』という文字と、妙なおじさんのイラストが踊っているスタンプが画面に表示された。

変換もせずに『べつにふつう』と短い返信を送り、スマホをカバンに戻す。

いつのまにか、大門くんのまわりには知らない女子も集まっていた。

「このあとどうする？　飲みなおす？」

時間を確認した来実がわたしたちに訊《き》く。あと三十分ほどでお開きのようだ。

「それもいいね」

「梨枝子は？　旦那《だんな》さん大丈夫？」

「うちは全然大丈夫。でもさっき、だれかが二次会行くひと募ってたよ」

「わたしパス」

間髪を容《い》れずに言うと、

「え、小戸森さん二次会行かないの？　行こうよ、小戸森さん」

と大門くんが急に会話に入ってきた。

なんでわたしを誘うのか。来実に助けを求めて視線を送るけれど、ドンマイ、という顔をされただけだった。ひどい。

「いや、遠慮しておくよ」

「なんで？　友だちとは行くんでしょ。なら一緒におれらと来たらいいじゃん」

「いやあ……よく知らないひとばっかりだし」

食い下がるなあ。

なんでわたしを誘ってくるのか。中学時代話したことほとんどなかったのに。

「これから知ればいいじゃん」

ぐっと顔を近づけてきた大門くんが、わたしの肩に手をのせて耳元で囁《ささや》いた。

いや、知りたくないんだが。なにこいつ。なんだこいつ。なんで触れてくるんだ。

目の前の大門くんは信じられないくらいの爽《さわ》やかな笑みを顔に貼り付けている。それが余計に気持ち悪くて全身が粟立《あわだ》つ。あまりの嫌悪感に動けないでいると、来実が「ちょっともういいじゃん」とあいだに入ってくれた。

「大門振られたのかよ、残念」

「手っ取り早く同級生から探そうとするなよ」

くすくすとまわりにいた男性が大門くんの背後から出てきて彼の肩を取る。そして
「ごめんね小戸森さん」とヘラヘラした顔で謝ってきた。

「こいつ、今奥さんが妊娠中だからたまってんだよー」

ドラマや漫画や小説で見かける〝妻が妊娠中に夫が浮気《うわき》する〟というのは、フィクションの世界にしかないと思っていた。少なからず実在はするんだろうけれど、わたしには遠い世界のことだと思っていた。

まさか……同級生にそんなクズがいるとは。ドン引きだ。

わたしと同じように来実たちもドン引きしていた。

「小戸森さん独身で結婚願望ないなら後腐れなくできそうじゃん」

「……さいあく」

佐々木さんも話を聞いていたようで、横から渋い顔をして言う。仲がいいからか「気持ち悪い」「最低」「しつこい」と辛辣な言葉を彼に向けるが、まったく響いていないようで「なんでそんなこと言うんだよ」と大門くんは笑っていた。

というか、なんで独身だとかわたしに結婚願望がないとか大門くんが知っているんだろう。来実たちには話したことがあるけれど、彼女たちが彼に話すわけがない。

となるとさっき話をした円堂さん、か。

なるほど、こんなふうにひとの話をするのか。佐々木さんが言っていたのはこういうことだろうと納得する。隠すようなことでもないので構わないけれど、あまりいい気分ではない。

ああもう、面倒くさい。だから不特定多数と関わるのはいやなんだ。

目の前にいる賑やかで不躾《ぶしつけ》で品のない集団の背後には、来実や佐々木さんと同じような表情でこちらを見ている男性たちもいた。

「あ、小戸森さんが二次会いやなら、ふたりでもいいよー」

大門くんは、自分に向けられる冷たい視線にまったく気づいていない。

頭から足元になにかが冷めていく感覚に陥る。そういえば昔はいつだってこんな気持ちで学校生活を過ごしていた。教室ではなく、年齢ではなく、このひとたちがいる場所だったから学校が好きじゃなかったんだと、おとなになった今になってわかる。

でもこれが、わたしのふつうの日々だった。

「……なんで大門くんが選ぶ立場なの」

「は？　どういう意味」

「そのままの意味だよ。こっちにも選ぶ権利はあるでしょ。わたしからすれば妻子持ちの不倫願望のある男とか、欠陥商品でそんなのお断りなんだけど」

　あまり女性に拒否られたことがないのか、大門くんが「そうかなあ」とまだ理解してない感じで笑う。ここで笑えるセンスをわたしは持ち合わせてない。不倫する男ってこんな感じなんだな。

「最悪の選択肢だってこと」

　それもわたしを相手に選ぼうとした理由か。

「でも小戸森さんの親も不倫してたじゃん」

　妻子のいる男性に手を出した母親と、妻子がいるのに不倫をした父親とのあいだに生まれたのがわたしだから。

　何度も似たようなことを言われている。小中学校でも男子と話すこともないのに男子に媚《こ》びていると陰口をたたかれ、高校ではなぜかわたしを警戒する女子がいた。男子とは極力話をしなかったにもかかわらず、だ。大学や社会人になるとあまり言われなくなったけれど、付き合った人はみんな口に出さずとも浮気を心配していた。

　今さらこんな言葉に憤りを覚えることはない。反論したって事実わたしは不倫の子だし、目の前のひとにわかってもらったって、別のひとがすぐにあらわれる。

　悪いけど、とこの場を離れたらいい。これまでのわたしはそうしていた。

なのに、脳裏に怪我をした歩空くんが浮かんで消えない。相手が悪いんだと、かわいそうじゃない、と泣き叫んでいた寧緒ちゃんの姿も蘇《よみがえ》る。

「わたしが不倫の末に生まれたから不倫くらいするって？」

「そこまでは言わないけど。でも不倫くらいなんでもないだろ、小戸森さんには」

「じゃあ不倫しようとしてる大門くんの両親も不倫してたってことか。大門くんのこれから生まれてくる子どもは不倫の血を半分受け継いでるんだ、大変だね」

さすがに子どものことを言われたからか、大門くんは「は？」と不機嫌そうに眉《まゆ》を寄せた。ぎろりと睨《にら》まれたけれど、ちっとも怖くないので「自分が言ったことじゃん」と平然と返す。

大門くんは悔しそうに顔を歪《ゆが》ませた後、ふ、と片頬を引き上げた。

「小戸森さんは自分の親なのにそんなふうに言っていいの？」

「そりゃわたしの親だから。最低だなあと思ってるよ。親が不倫なんてしてなきゃこんなふうに絡まれることもなかっただろうしね」

「すげえな小戸森さん。もう悟り開いてんじゃん」

このくだらない話はいつまで続くのだろう。そう思っていると、

「ほらほら、もういいじゃん。大門飲み過ぎだって」

ひとりの男性が大門くんをなだめる。彼はわたしを見て「大門、酔っても顔に出ないんだ」とフォローだかなんだかよくわからないことを言う。

「わかってるよ。冗談だよ冗談、小戸森さん」

友だちに止められたことで幾分彼は冷静さを取り戻したらしい。

「不倫を持ちかけられたらどうすんのかなーって思っただけだからさ」

へへと大門くんが笑った。

本気だったのか冗談だったのかはわたしにはわからない。ただ、悪意はないんだろうなと思う。不倫できたらラッキーくらいは思っていたかもしれないけれど。

「ごめんな、小戸森さん。怒んないでよー」

わたしがなにも言わないからか、彼は手を合わせて頭を軽く下げた。謝ってはいるけれど、彼に反省の気持ちはこれっぽっちもないだろう。だって、冗談だったのだから。

彼に限らず、みんなそうなのだ。

軽い気持ちで、嫌みや心配を口にする。

そんなことで不快になるわたしが間違っていたのだと言うように、口先だけのごめんを繰り返したり、怒ったりする。

そんなひとになにを言ったって伝わらないのだ。

悪意があるひとよりも、タチが悪い。

わかっていたのに、なんでこんな無駄なことをしてしまったんだろう。

ただただ、嫌な思いを重ねていくだけなのに。向き合えば向き合うほど、相手に理解を求めれば求めるほど、幾つもの引っ掻《か》き傷が胸に残る。血も出ないほどの些細《ささい》なものではあるけれども。

額に手を当ててため息をつくと、

「疲れたか？」

と、下からわたしを覗《のぞ》き込んで訊《き》いてくる清志郎と目があった。

って、なぜ清志郎がここにいるのか。

見違いかと瞬《まばた》きをする。けれどやっぱり、清志郎だ。

「え、な、なにしてんの？」

驚愕《きょうがく》するわたしを見て満足そうに目を細めた清志郎が、すっくと立ち上がった。

そして、わたしに手を差し出す。

「帰るか、乃々香」

いや、なんでここにいるの。なにしに来たの。いつ来たの。どういうことなの。

突然の状況に頭がまわらない。

でも、清志郎の手を見た瞬間、なにもかもがどうでもよくなった。

昔と同じように、わたしの手を引いて行こうとする清志郎の姿に、体から力が抜けていくのを感じる。ここは店の中なのに、坂の上から手を伸ばす清志郎の姿が重なる。彼の背後にある店内のライトが、清志郎を照らしている。

無意識のうちに、わたしは清志郎の手に自分の手を重ねていた。

「かえ、る」

「じゃ帰ろう。あ、乃々香の友だちだよな。また乃々香から連絡させるから」

ぽかんとしている来実たちにまるでわたしの保護者のように説明をして、清志郎はわたしの手を握りしめて店の入り口に向かっていく。大門くんたちも、突如参入してきた清志郎の姿に茫然《ぼうぜん》としていた。

わたしの手には、昔よりも大きくなった清志郎の手が重なっている。

店の外はすっかり夜になっていて、さっきまでそばにあった喧騒《けんそう》が遠くなっていく。慣れないパンプスで立っていたからか、今さら指先に痛みを感じた。

「駐車場まで歩けるか？　すぐそこだけど」

なんで気づくのか不思議に思っていると、

「小戸森さん」

背後から、佐々木さんがわたしに呼びかけてきた。

振り返ると、出入り口のドアを背にして立っている佐々木さんが口にする。想像もしていなかった彼女からの謝罪に言葉を失う。

「あの、ごめんね」

「あたし、たぶん無神経だったよね。そのことに、あのころは全然気づけなくて、ごめんね。親切心だって自分で思ってたけど、本当は有名人で美人の母親がいる小戸森さんに嫉妬《しっと》してて、だから、優位に立ちたかったんだ」

「うん」

「それに、なに言っても小戸森さんが反応しないから、ムキになってたとも思う」

彼女に悪意がないことは当時からわかっていた。好かれていないことも知っていた。

「とにかく、ごめんね」

「いいよ――でも、許さないよ」

片頬を引き上げて返事をすると、佐々木さんは「うん」と頷《うなず》いた。

「自己満足だけど、ただ、言いたかっただけ。小戸森さんが怒ってるわけじゃないのはわかってたから」

わたしの言葉の意味を正しく解釈した佐々木さんに悔しさを感じた。そのとおりだ。わたしは別に怒っているわけではない。ただ、関わりたくなかっただけ。

でも、許す、という言葉を返せるほどわたしはできた人間ではないのだ。

――わたしは、間違いなく傷ついていたから。

「じゃあね」

ひらひらと手を振ると、佐々木さんも「じゃあね」と言った。

清志郎の言ったように車はすぐそばの駐車場に停めてあった。清志郎の車に乗るのははじめてだ。助手席に座ると、寧緒ちゃんと歩空くんのものらしきマスコットやおもちゃがいくつも転がっている。

「ふたりはどうしてんの？」

「漸に見てもらってる。あ、乃々香お腹空《す》いてるか？　ああいうところってお腹いっぱい食べられないよなあ。漸のご飯のほうが美味《おい》しいしさ」

そういえば、あんまり食べていない。けれど、お腹は空いていない。大丈夫、と返すと「なんか食べたくなったら漸がなんか用意してくれるよ」と漸さん任せのことを言う。

運転席に座ってハンドルを握っている清志郎は、今さらだけれどおとなになっていた。慣れた手つきで運転していて、わたしたちは成長したんだな、と思う。

「……なんで来たの？　っていうかよくお店わかったね」

「乃々香が〝べつに〟って言うときは、なにかを我慢してるときだからな。同窓会みたいな苦手な場所に行って、帰りたいのに帰れないんじゃないかと」

なんで気づくんだろう。そして、わざわざ店まで来てくれたことに、胸の中があたたかくなる。どうしてお店までわかったのかと訊けば、カフェであることだけは聞いていたので、それっぽい店をいくつか見て回ったのだという。

「なんか、おとなになってもひとってたいしてかわってないもんだね」

わたしもだけれど、清志郎も。そして今日会ったひとも。

「まあ、おとなになったら体が成長するだけだから。海外行っても、な」

「……なるほど。説得力があるね」

だよなあ、と清志郎が笑う。

「成長したからって、経験積んだからって、世界は広くなるわけじゃないってことか」

「そういうことだな、残念ながら」

でも、なにもかもがかわってない、というわけでもない。

時間が経てば髪の毛が伸びて爪が伸びて、身長が伸びる。そのくらいの変化はある。

環境だってかわる。だから多少、できることは増えるし、経験も積んでいる、のだと思う。

昔感じていた窮屈さは、自分もまわりも子どもだからだと思っていた。でも、もしかしたらそれだけでもないのかもしれない。だっておとなになって参加した同窓会には、窮屈な、当時とかわらない世界が広がっていた。

わたしのこの世界は、子どものときに比べて、広くなったんだろうか。

むしろ、あのころよりも狭くなったんじゃないだろうか。

ほとんどの時間を家で過ごし、メールでのやりとりが増えて、誰かと会話することも減った。その日々になんの不満もない。けれど。

過ぎ去る景色を眺めながら、そんなことを考える。すぐそばにあるのに、わたしには縁遠い世界のような光景だ。

わたしの世界は幼いころからずっと、家の中だけなのかもしれない。

同窓会に行ってよかった、とは思っていない。結局疲れただけだったし、いやな思いもした。ただ、知らないことを知ることのできた日、でもある。

佐々木さんの性格が思ったよりもきつくなかったこと。陰口を叩《たた》けない素直な性格で、それは今もかわっていないのだろう。そして、記憶に残らなかったほどおとなしかった円堂さんが、わたしの話を広めていたことも知った。

ま、どっちも今さらで、過去のわたしには関係のないことだ。だからこれから佐々木さんと仲良くなろうとは思わないし、円堂さんを憎む気持ちもうまれない。

「やっぱり、人間関係って面倒くさい……。自分が傷ついたりひとが傷ついたり。正解不正解もないし……」

わたしは、いやなひととは関わりを絶ってきた。でも、円堂さんのことを話していたときの佐々木さんが脳裏にこびりついている。いやなことがあるなら陰口ではなく面と向かって言えばいい、という言葉があるけれど、なにも言わずに相手と距離を取るのも陰口と似てるのかもしれない。かといって、無理して関係を続けるのはしんどいし、面と向かって話したとして、そのあとどうするんだって感じだし。

「負の感情があるだけで、どうしたって誰かを傷つけることになるのかもなあ」

わたしのぼやきに、清志郎が言った。

「そうかもな。でも、それでいいんじゃないか」

「なにをするにも、誰かを傷つけているかもしれない、て自覚することが、一番大事なことだと思うよ」

わたしが、誰かを、傷つけている、かもしれない。

たとえ悪人でも、傷はつく。

悪いことをしたから仕方がない、ではなく、理由があれば傷がつかないわけではなく、誰だってナイフが刺されば血が出るのと同じことだ。

「自分は常に被害者だからなにをしてもいいとか、自分は間違っていないとか、思うことは、傲慢《ごうまん》だとオレは思う」

「……そっか、そうかも、しれないね」

「大事だからこそ、傷つける覚悟ってのもあるしな」

清志郎はわたしに世界を広げろ、とは言わない。今日の同窓会だって、無理をしているると察してすぐに連れ出しに来てくれた。わたしが狭い世界にいるかわりに、広々とした海のような世界で生きる清志郎が、わたしを包みこんでくれる。

昔も、そして、おとなになった今も。

わたしはそんな清志郎のそばに、いたかったのだ。

昔も、そしてやっぱり、今も。

——なんて、バカなことを考える。

「やっぱりわたしには難しいや。やっぱり今の気楽な生活がいい。無理して誰かに会おうとせずに、のんびり楽な道を選んでいたい」

いやなひとと距離を置いても。それで相手が傷ついているかもしれない、と思っても。

「わたしは、おとなになってよかった、楽になった、と思う」

「そっか」

「だからこそ、子どものころのわたしって結構頑張ってたのかもなって思う」

あんなに大勢のひとと毎日顔を合わせて過ごしていた。

その世界は決して狭くはなかった。見える範囲は少なくとも、果てしなく深い世界だった。その中で、自分を守る術《すべ》を探して過ごしていた日々だった。

それまでの傷痕《きずあと》があったから今のわたしがあるとも思う。

でも、できることならわたしは、無邪気に笑っていたかった。

親のことを恨んでいるわけでもないし、自分の出生に不満もない。自分を不幸だとも思わない。けれど、誰からも攻撃されず噂されず、佐々木さんや円堂さんのいいところだけに触れて過ごせていたら、楽しかったのかもしれない。

過去があるから今がある、なんて綺麗事《きれい》だ。

いやな思いはしないほうがいいに決まっているのだから。

傷なんてひとつもないに越したことはない。

あのころに戻りたいとは微塵も思わない。

そう思う日々を過ごしていたあのころのわたしは、すごいな。子どもだったのに。

「おとなになったら、子どもの凄《すご》さがわかるね」

「ほんとだよなー!」

赤信号で止まっていた車のアクセルを踏み込んで、清志郎が言った。

その後他愛のない会話をしながら夜道を走り、二十分ほどで家に到着した。ガレージに車をとめて、玄関に向かう道を進む。真横には、この家に来るには必ずのぼってこないといけない坂道がある。

清志郎はこの場所で、わたしに手を差し伸べた。

そして同じように、ここでわたしの手を放した。

「あ、さっきの話だけどさ」

先に車を降りたわたしに、清志郎が声をかけてくる。

「おとなになってもひとはそんなにかわんないって言ってただろ」

「ああ、うん」

「かわってなくても、オレは今の乃々香のほうが好きだよ」

好きと言う言葉を、清志郎は満面の笑みで口にする。

「おとなになりたがってた乃々香が、おとなになってよかったって思ってるんだろ。なら、昔よりいいに決まってんじゃん。だから、大丈夫」

なんの混じりっけもない、深い意味のない、好き、という言葉は、すうっと溶けるように体に染みる。好きだと、大丈夫だと、清志郎がそう言ってくれるなら、それだけですべてが満たされていく。鬱屈《うっくつ》した気持ちが飛散していく。

ずっと、そばでその言葉を聞いていたくなる。ずっと、そばにいてほしくなる。

「清志郎」

わたしを置いて歩きだした清志郎に声をかけると、「ん?」と言って彼が振り返る。

彼の背後にある家の明かりが、清志郎を照らしていた。

「清志郎はあの日――わたしの前からいなくなった日、わたしを傷つけたかもしれない、とは思ってた?」

明るい笑顔でわたしのそばを離れたあの日。わたしの驚いた表情を見ても、清志郎はまったく動じていなかった。

清志郎はしばらく黙ってから、

「もちろん、傷つける覚悟があったよ」

そう言って、眉《まゆ》を下げて笑った。

その表情に心臓が早鐘を打ちはじめて、その場にへたり込みそうになった。それを耐えるように両手で顔を覆い、深呼吸を繰り返す。

――本当にわたしはまったくかわっていない。

結局また、わたしは清志郎の手を放したくないと思ってしまっている。

+　+　+

今日のノルマをなんとかこなして背を伸ばすと、ポーンとチャイムが鳴った。

おそらく歩空くんか寧緒ちゃんが帰ってきたのだろう。でも寧緒ちゃんは今日学校帰りに誰かの家に行くと言ってたような気がするので、歩空くんだろうか。

歩空くんは最近家にいることが多い。まだクラスメイトの子とはうまくいってないのかもしれない。そんなことを考えながら一階に降りると、もう一度チャイムが鳴る。

「はいはーい」

軽い返事をして玄関の扉をあけると、

「お邪魔しまーす！」

すぐさま、元気な男の子の声が響いた。

短髪で体のがっしりした男の子だ。顔には擦り傷がいくつかあり、服もちょっと汚れている。吊《つ》り上がった目を大きく開けてわたしを見ていた。

戸惑っていると、男の子のとなりにいた歩空くんが「あ、と、友だちが家に来たいって」とおずおずと話しかけてくる。

「い、いいですか？」

「それはいいけど……いいけど！　どうしたのその怪我！」

歩空くんの顔には小さな引っ掻《か》き傷があり、よく見れば腕には擦り傷もあった。男の子と同じように服も汚れている。

慌てるわたしに、歩空くんと男の子が目を合わせた。そして、

「喧嘩《けんか》したけど、その、仲直りしたから、大丈夫！」

「おう！　おれらもう親友だもんな！」

と言って笑った。どういうことだ。

ぽかんとしていると、男の子はするりとわたしの横を通り過ぎて家の中に入っていった。そして「この家こんなでかかったんだー！」「うわさのばーちゃんはいねえの？」

「っていうか、あのひと誰？」と失礼なことを楽しそうに口にして探索をはじめている。

それにたいして歩空くんは「ひろいんだよ」「おばあさんはぼくもまだ会ったことない」「あ、漸くんのお菓子があるよ」「ののちゃんはこの家のお姉さんだよ」と優しく返していた。

どたどたと家の中が騒がしくなる。

おそらく、あの子は歩空くんが喧嘩した相手の子、なのだろう。そして、今日も喧嘩をし、その後仲直りをして、親友という関係になった、ってことか。

……え、そんなことある？

おとなのわたしには俄《にわか》には信じられない現象にふたりの様子をそわそわと眺める。

わたしの心配をよそに、ふたりは楽しそうだった。言いたいことを言い合って、間違ったことを言えば訂正しそれを受け入れている。

すごいな。

子どもって、本当にすごいな。

狭い世界で過ごしているだなんて、偉そうなことを言った自分が恥ずかしい。

おとなのわたしにはできないことを、小学生の歩空くんは成し遂げたのだ。真正面からひとを傷つけることを、選んだのだ。自分の楽な道のためにひとを傷つけていたかもしれないと今まで気づかなかったわたしには、歩空くんが逞《たくま》しく見える。

大勢のひとたちのなかで過ごすのって、無数にある、正解のない選択肢からひとつを選ばなければいけないようなものだ。自分の過去を振り返ると、そう思う。その中で、歩空くんはひとつの答えを摑《つか》んだ。

「おばさん、ジュース飲んでもいいー？」

「お、おば……」

ちょっと初めて言われたんだけど！

「ののちゃんだよ、竜《りゅう》くん！」と慌てた様子で歩空くんが言う。

「ののさん？　ジュース欲しいです！」竜くんと呼ばれた男の子は素直にそう訂正して手を挙げた。

「……はいはい。ちょっと待ってね」

ふたりの顔の傷は、おとなよりも遥《はる》かにはやく、きれいに治ることだろう。

勲章として残ることはない。それでいい。

4 守られるよりも守りたい

Kotomori's house is at the top of this hill.

このままではまずい。非常にまずい。

「乃々香、今度一緒に買い物行かないか？」

「っへ？　な、なんで！」

夕食の最中、清志郎に話しかけられて、つい、過剰な反応をしてしまう。

「BDプレイヤー欲しくてさ。乃々香も家電量販店行きたいとか言ってただろ」

たしかに言った。外付けのHDDをそろそろ買い足したいと思っていたところだ。それを先週の夕食の時にぽつりとこぼしたのを清志郎が覚えていたなんて、うれしくなる。

……って、そうじゃない！

歩空くんと寧緒ちゃんは目の前の食事——今日はレタスを豚肉で巻いたもの——に向き合っている。

最近気づいたけどふたりはお箸《はし》の持ち方がきれいだ。口元にご飯をつけることはあるけれど、基本的に行儀良くご飯を食べている。清志郎が教えたんだろうか、と思ったけれど、彼のお箸の持ち方は昔から独特だ。箸を交差させて動かす。清志郎の奥さんが、しっかりしたひとだったのだろうか。

見たことのない清志郎の奥さんの影を感じて、胸がずしんと重くなった。

「てなわけで、乃々香、明日《あした》、は無理だから、来週の土曜日、買い物行こーぜ」

「え、ああ、まあいいけど」

口の中のご飯を咀嚼《そしゃく》して返事をする。

「そういや乃々香と出かけるの初めてじゃね？　デートだな」

「……っぽかじゃない、の」

ご飯を食べている最中だったら噴き出していたことだろう。

これではまるで、わたしが、清志郎のことを好きみたいじゃないか。

そう何度も言い聞かせているのに、清志郎がそばにいることを実感するたびに胸がときめいてしまう。

同窓会に行った日から、ずっとだ。

そばにいてほしいと、思わずにはいられない。恋愛感情がなくとも、清志郎にとって自分は特別な存在なんじゃないかと、そう思ってしまってから歯止めがきかない。

「んじゃあついでにトースター買ってきてくれよ。ネットで買おうかと思ってたけど」

話が聞こえていたらしく、台所からひょこっと顔を出した漸《こっとう》さんは「これ」とスマホの画面をわたしと清志郎に見せてきた。祖母が使っていた骨董品のようなトースターの寿命がそろそろ近づいているらしい。

「なら漸も一緒に行くか？」

清志郎が漸さんを誘う。

三人で、か。まあ、そうか。漸さんにも欲しいものがあるならそっちのほうがいいだろう。そっかそっか、三人か。と心の中で呟《つぶや》いていると、漸さんと視線が合った。

「……いや、俺は行かねえ」

そう言った漸さんは、どこか冷めた目でわたしを見ている。

じわりと、箸を持つ手に力が入る。冷や汗が肌に浮かぶ。

「なんか用事でもあんの？」

「べつに。この画像送ってやるから店員に見せればいいよ。後でポイントカードとお金も渡すからよろしくな。ちなみに、お金は乃々香さんも半分出すから」

「えっ、なんで」

「なんでもくそも、みんなで使うもんだろ。それとも俺が行ったほうがいいか？」

冗談めかして言われたら否定ができる。なのに、漸さんのからかうでもない、いつもどおりの様子から、わたしが清志郎に抱いている感情の名前を確信しているのだとわかる。いやでも、発言内容は脅しなのでは。やだ、なにこのひと性格が悪い。

幸い、こういうことには鈍い清志郎は「なんで？」ときょとんとした顔をしていた。んん、と咳払《せきばら》いをしてから漸さんの意見を受け入れると、漸さんは「んじゃよろしく」とわたしを一瞥《いちべつ》して台所に戻る。

なんで、漸さんにバレてしまったのだろうか。それにたいして漸さんはどう思っているのだろう。気になるけれど、漸さんとこの話はしたくない。話をしたら、自分の気持ちから目を逸《そ》らせなくなりそうだから。認めざるを得なくなりそうだから。

「どーした、乃々香」

「なんでもない」

箸を咥《くわ》えながら聞いてくる清志郎から顔ごと目を逸らして答えた。

わたしが清志郎をまた好きになった、かもしれない、なんて、認めてたまるか。

＋　＋　＋

夢を見ていた。

わたしは小学生で、けれど目の前にいるのは三十歳を過ぎた現在の清志郎で、彼のとなりには、きれいな女のひとが立っていた。きれいなのはわかるのに、顔がよく見えない。そのひとは誰かと訊《き》くと、清志郎はなにかを話す。けれど、わたしの耳には届かない。もう一度訊くと——彼の声を遮るようにチャイムの音が鳴った。

チャイム？　と首を傾げると、ふと視界が開ける。そこで、夢だったことに気づく。

「寝つきが悪かったせいで変な夢見たじゃないか」

なかなか眠れなかった原因が清志郎だったのもあるだろう。寝足りないけれど、このまま二度寝したらまた変な夢を見てしまいそうだ。眉間《みけん》に皺《しわ》を寄せて体を起こした。

っていうか、チャイムが鳴らなかったっけ。

誰かが出てくれたのかな、と思うと、ポーンポーンと二回チャイムがなる。間をあけずに今度はポーンポーンポーンと三回続いた。

……この家に来るひとは、なぜみんなチャイムをしつこく鳴らすのか。

土曜日なのに、どうやら家の中には誰もいないらしい。時計を見ると十一時を過ぎたところだった。そこにまたチャイムが鳴る。のそのそと起き上がり階段をおりる。そのあいだも、まるでBGMかと思うくらい絶え間なくチャイムが鳴り続いていた。

「はい」

「いつまで客人を待たせるんだ！」

玄関の引き戸を開けると怒鳴り声が響く。この家に来るひと、みんな同じタイプだな。

「あー、すみません。どちら様ですか？」

やってきたひとに視線と意識を向けると、五十代か六十代くらいのおじさんとおばさんが立っていた。服装は男性がポロシャツにチノパン、女性が花柄のワンピースで、ふたりとも上品な感じだ。

「あんたはどういう関係だ」

身なりが上品だとしても、中身まで上品だとは限らない。男性は黙っていればやさしそうな垂れ目をしているのに、眉《まゆ》を吊《つ》り上げて鼻息荒くわたしに詰め寄ってくる。一歩下がった場所にいる女性は、まるでわたしが穢《けが》らわしいもののように顔を顰《しか》めていた。

「わたしはこの家の主《あるじ》ですけど、どちら様ですか？」

同じ質問を繰り返す。

「私たちはこの家にいる子どもたちの祖父母だ」

そんなことも知らんのか、とでも言いたげな口調だった。知らないよ、そんなこと。

子どもたち、というのはおそらく、歩空くんと寧緒ちゃんのことだろう。つまり、清志郎の亡くなった奥さんのご両親ということだ。

今ふたりは父親と外出中だと伝えたら、帰りを待つと押し切られたので、とりあえず家の中に招いた。

茶の間に案内し、お茶を準備しながら清志郎に電話をかけるが出ない。仕方ないので『祖父母とかいうひとが家にきた』『すぐ連絡して』とメッセージを送っておいた。

漸さんもまたバイクでどこかに出かけているらしい。漸さんがいれば、この状況にうまく対処してくれたはずなのに。

冷たいお茶をグラスに入れて差し出すと、おじさんはそれをぐいとあおるように飲む。

「なんだってこんな辺鄙《へんぴ》な場所の家に住んでるんだ、あの男は」

初対面の家の主人の前で堂々と辺鄙な場所の家と言われると複雑な気持ちになる。

あの男、とは清志郎のことに違いない。

「ひと目見た時から胡散臭《うさんくさ》い男だと思ったんだ。和香《わか》は変な男にばかり騙《だま》されて。だからあれほど再婚はやめとけと言ったのに」

わか、というのは……清志郎の奥さんの名前だろう。歩空くんと寧緒ちゃんの父親も、このおじさんの発言から察するにあまりいいひとではなかったようだ。

「定職に就いていない中卒は信用できないんだよ」

となりのおばさんはふんふんと鼻息荒く頷《うなず》いている。そばにいるわたしの反応なんてどうでもいいかのように話しているおじさんは、言葉の端々に清志郎を、というかいろんなことを、見下しているのを感じる。

「で、あんたはあの男の恋人か？」

突然話しかけられてびっくりし、「へ？」と間抜けな声を出してしまった。

「この家に一緒に暮らしてるんだろ」

「ただの同居です。旅行中の祖母のかわりにわたしが管理人みたいな感じで」

「どこまで本当なんだか」

全然信じてもらえていないのが伝わってくる。

「あなた、子どもたちに変なことしてないでしょうね」

ぐいと身を乗り出して睨《にら》んでくるおばさんは、わたしを敵だと認識しているようだ。

変なことってなんだ。そして、なぜ初対面のひとにそんな疑惑をぶつけられなければいけないのだろう。

――いやな思い出が蘇《よみがえ》る。

先入観でひとを決めつけて、それがさも正しいことのように声を荒らげるひと。世界のすべてのひとが自分と同じ考えだと思っていて、そうじゃないひとを異端児のように扱うひと。

「突然家にやってきてその態度はあまりに失礼じゃないですか？　なんでわたしが歩空くんと寧緒ちゃんに変なことをするんですか。するわけないじゃないですか」

清志郎と亡くなった奥さん、そしてこの義両親との関係をわたしは知らない。ただ、なかなかの事情があるんだろうことは、ふたりと出会ってからの数十分で充分に感じ取ることができた。

おじさんは「さすがあいつの恋人だな」と呆《あき》れたように言う。やっぱりこういうひとは、全然話が通じない。

「和香は昔から自分でなんでも決めようとして、失敗して。何度同じことを繰り返したら気が済むのか。反対を押し切って家を出て、勝手に再婚をして、病気になるなんて。家にいたらそんなことにならなかったのに」

怒りと悔しさを滲《にじ》ませたようにおじさんが言う。

「あの子はやさしすぎるのよ。すぐひとを信じるから」

「一度目の結婚だって、あんな軟弱な男を選ぶから離婚なんてことになるんだ」

それからしらばくのあいだ、ふたりは同じ話――いかに和香さんを心配していたか、和香さんがどんな失敗をしたか――を何度も繰り返した。

どうやら和香さんは、このふたりの話を聞く限り、かなりおとなしくてまわりに流されやすいひとだったようだ。学生時代は優等生で自慢の娘でもあったのだと言っていた。そのわりに頑固で親の言うことをあまり素直に聞くことはなかったんだとか。それを「変なところで我が強い」とおじさんは渋い顔をして言った。

そして、和香さんの過去を語りつつ、合間合間に別れたという元夫はもちろん、清志郎のことをとにかく批判した。あんな奴に子どもが育てられるわけがない。高校を中退だなんて非常識だ、今もなんの仕事をしているのか。信用できない。あいつはすぐに逃げ出すような男だ。結婚したときも図々《ずうずう》しい態度だった。ざっくり言うとこんな感じで、とにかく清志郎を心底嫌っているのが伝わってきた。

ここまで嫌われるとは清志郎はいったいなにをしでかしたのか。でも、初対面のわたしに長々と語る様子から、清志郎でなくとも似たようなことを言っていた気もする。

「まあ、あいつに恋人がいるなら話ははやい」

「いや、だから違いますって」

さすがに間髪を容《い》れず否定する。さっきも違うって言ったのに。

「歩空と寧緒は、私たちが引き取る」

おじさんの力強い声が聞こえて、思考が止まる。

「あんな男に大事な孫を預けられるわけがない」

腕を組み胸を張ったおじさんがふんっと鼻を鳴らした。おばさんも決意のかたさをわたしに訴えているかのように、口を引き結んでこくりと頷く。

「今日、あの子たちを返してもらう」

想像だにしなかった発言に呆然《ぼうぜん》と固まっていると、

「――それは難しいっすね」

険しい顔をしているおじさんの背後からひょこんと清志郎が現れて言った。

「な……！　お前は！」

「お前なんて冷たい呼び方しないでくださいよー。仮にも家族じゃないですか」

「私はお前を家族とは認めてないからな！」

驚くおじさんに、清志郎はいつもの調子で話しかけた。その度におじさんの顔はどんどん怒りで赤くなっていく。そばにいるおばさんは眉間《みけん》に皺《しわ》を寄せている。

清志郎めっちゃ嫌われてるな。

「いつ帰ってきたの。びっくりした」

「悪いな、乃々香。連絡ありがとな」

へへっと笑っている清志郎は僅《わず》かに呼吸が乱れていた。わたしからのメッセージを見て急いで帰ってきたのだろう。けれど、歩空くんと寧緒ちゃんの姿は見当たらない。

「えっと……話をするなら、わたしは席を外しておいたほうが……いいよね」

「あー、そうか、そうだな」

立ち上がっておじさんとおばさんに会釈をしてから清志郎のそばを通り過ぎようとすると、小さな声で「ふたりが玄関にいるから、頼む」と言われた。それは、おじさんとおばさんには聞こえないくらいの音量だった。歩空くんと寧緒ちゃんを、ふたりに会わせないようにしたいようで、わたしはこくりと頷く。

「お前だけか。子どもたちはどこだ」
「お義父《とう》さんとお義母《かあ》さんはどうしてここに？」
「はぐらかすんじゃない！」

背後から聞こえてくる会話から離れて、玄関に向かう。そこには、手を繋《つな》いで不安そうな顔をしているふたりがいた。寧緒ちゃんは歯を食いしばっていて、歩空くんは視線を彷徨《さまよ》わせる。家の中にいるよりも外に出ていた方がいいだろう。

「清志郎はお客さんと話してるから、外に行く？」

腰を折ってふたりにそっと声をかけると、歩空くんがぶんぶんと首を横に振った。

「おじいちゃんと、おばあちゃんが、来てるの？」
「あ、うん。そうみたい」

もしかして会いたいのかな、と思ったけれど、そんなふうには見えない。緊張している、という感じだ。

「……家に、いてもいい？」

上目遣いで訊《き》かれて、考える。

「会いたい？　それか、部屋に行く？」

「部屋は、声が聞こえない、から」

わたしの提案に、歩空くんは左右に首を振って答えた。清志郎の許《もと》に行きたいわけではないらしいが、話は気になる、ということだろう。たしかにふたりの部屋は茶の間から一番遠い。

歩空くんが望むのであればそうしてあげたいけれど、この場合どうすべきだろうか。

「……寧緒ちゃんはどうしたい？」

「寧緒は、お兄ちゃんと一緒にいる」

そっか、と呟《つぶや》き、顎《あご》に手を当てて考える。

清志郎はふたりが家にいることを望んでいないようだった。かといって、ふたりを無理やり外に連れ出すのも部屋に連れて行くのも違う気がする。

だって、清志郎とおじさんとおばさんの話は、ふたりのことだ。

それを歩空くんは、わかっている。だから、話が聞こえるところにいたいのだろう。

「……じゃあ、別の部屋に行こうか。見つからないけど、会話が聞こえるところ」

ふたりと視線の高さを合わせて提案すると、歩空くんは寧緒ちゃんを見て、寧緒ちゃんは歩空くんの反応を確認して、こくりと頷《うなず》いた。

茶の間から一番近い部屋ならば、声が聞こえるはずだ。茶の間の前を通るわけにはいかないので、静かに靴を脱いでもらい、そうっと足を踏み出して音を立てないように清志郎の部屋に向かって廊下を進んだ。中に入ると奥に襖《ふすま》があり、そこを開けると歩空くんと寧緒ちゃんの部屋になっている。そこを抜けて逆側の襖を開けると、壁際に祖母の使用していた年代物のミシンや着物などが無造作に置かれている広い廊下に出る。

歩空くんと寧緒ちゃんは普段この廊下をあまり使用しない。というのも物が多いせいで明かりをつけても薄暗いので怖いようだ。

「どこ行くの？」歩空くんがそわそわしながら訊いてきた。

「迷路みたい」気分が少しだけ上がったのか、寧緒ちゃんに笑みがこぼれる。

茶の間の正面にある部屋の襖をそっとあける。祖母が寝室に使っていたので、念のためずっと襖を閉めたままにしていたけれど、私室というわけでもなく中はからっぽだ。

清志郎がなにか話しているのが聞こえてきて、わたしたちは顔を見合わせてから茶の間に面した壁際にしゃがんで耳をすませる。

「いい加減にしないか」おじさんの呆《あき》れた声が聞こえてくる。

「そうカリカリしないでくださいよー」と清志郎が軽い口調で言っていた。

「私たちがどれだけ大変だったと思ってるんだ。おまえが勝手に孫を連れ去るなんて非常識なことをしたせいで」

思わず声がもれそうになるのを手で押さえる。

清志郎は和香さんの両親と一緒に暮らしていたふたりを、なにも言わずにこの家に連れてきたのか。だとすれば、ふたりが清志郎に対して敵意を持っているのも納得だ。

「誘拐よ、誘拐！」おばさんが叫ぶ声が聞こえた。

歩空くんと寧緒ちゃんは、和香さんの連れ子だ。清志郎と結婚したということは、今は清志郎の子どもということになるのでは。連れ子の場合、親権ってどうなるんだろう。そんなこと考えたこともなかった。

この会話をふたりの子どもはどう思っているのだろう。

清志郎と一緒にいるときのふたりは楽しそうだ。かなり気を許しているのがわかる。でも正直言って、この環境がふたりにとって最適なのかと言われると微妙だ。

血のつながらない父親と、この町でそれなりに噂になっているこの家に、なおかつまったく無関係の男のひとまでいるのだ。現に歩空くんはクラスメイトの男の子と喧嘩《けんか》までした。仲直りしたとはいえ、またいつ同じようなことが起こるかわからない。寧緒ちゃんが傷付くことになる可能性もある。

「お前みたいなやつに子どもを育てられるわけがない」

「そんなこと言わずに、見守ってくださいよ。オレも頑張るんで」

「こんな家でまともに育つと思ってるのか。ただでさえあの子たちはハンデを背負っているっていうのに」

ハンデとは、血のつながった父親がいないことなのか。

それとも、母親がいないことなのか。

どちらにしても、あのおじさんとおばさんは、歩空くんと寧緒ちゃんをそんなふうに見ているのかと思うと、ふつふつと怒りが込み上げてくる。

「孫は私たちが育てる。お前と結婚する前までは私たちが育てたんだ。孫にとってもそのほうがいいに決まっている」

「でもふたりとも学校に慣れてきたところですし」

「お前がいなければそもそも引っ越しせずに済んだんだ」

「オレ、信用ないっすねえ」

清志郎は、なにを言われても同じようなトーンで返事をしている。

盗み聞きして得た情報をつなぎ合わせていくと、歩空くんと寧緒ちゃんは、和香さんの離婚後は和香さんの実家で暮らしていたらしい。清志郎と和香さんの結婚を機に四人で暮らすようになったのだろう。そして、和香さんの死後しばらくは、清志郎ではなくおじさんとおばさんが引き取って育てていた、ということだ。

和香さんが亡くなったのは……いつだったっけ。半年前、だったっけ。

「だいたいお前が私たちに任せると言ったんだろう」

「あんまり怒ると血圧上がりますよ。とりあえず落ち着いてください」

「言ってることをコロコロ変えるやつを信用できるか！」

テーブルを叩《たた》いたのか、バンッと大きな音が響いた。

和香さんが亡くなってからおじさんとおばさんの許に子どもを預けたのは清志郎も理解したうえだったようだ。ややこしいな。なにがどうなってこういう状況になったんだ。

　ただ漠然と、清志郎らしくないな、と思う。

　口元に手を当てて考えていると、くんっとシャツの裾《すそ》を引っ張られた。視線を向けると、寧緒ちゃんがわたしに手を伸ばしている。小さな彼女の手が、わたしのシャツをぎゅうっと握りしめていた。

「寧緒、もうこの家に、いられないの？」

　小さな声でそう言った寧緒ちゃんは、瞳《ひとみ》に涙を浮かべていた。そしてなにかが弾《はじ》けたかのように突然ぶわっと涙を流して「ううう……」と声を漏らして泣き出した。

　歩空くんがケンカして帰ってきた日のようなものではない。声を必死に我慢しているのか呻《うめ》くような声だ。

「寧緒、寧緒」

　歩空くんが焦ったように寧緒ちゃんを抱きしめる。けれど、歩空くんも寧緒ちゃんにつられて感情を抑えられなくなったのか、涙をこぼしはじめた。

　あたふたとふたりを引き寄せる。それがいけなかったのか、「うああああん」とふたりは声を出して泣き出してしまった。

　うわあああ、どうすれば……！

　子どものあやしかたなんて知らないんだけど！　ふたりがなんで泣いているのかもわかんないし！　慰めの言葉も思いつかない。

　泣き声は当然茶の間にまで聞こえていたようで、

「やっぱり家にいたんじゃないか！」

勢いよく襖があいて目の前におじさんが現れた。その背後から、おばさんが飛び出してくる。歩空くんと寧緒ちゃんの目の前で膝《ひざ》をついて、手を伸ばした。

「なんで泣いてるの……！」

「あ、いや……なんで、ですかね」

えーっと首を捻《ひね》りながら答えると睨《にら》まれた。わたしが泣かせたように思われても仕方のない状況だ。

「こんなところに預けるなんて無理よ！　歩空、寧緒、一緒に帰りましょう！」

おばさんはぐいとわたしを押し退《の》ける。

けれど、歩空くんと寧緒ちゃんの手はしっかりとわたしの服を握りしめていた。

ふたりの気持ちは、よくわからない。でも、わたしに縋《すが》っているようなその小さなふたつの手を、解《ほど》こうとは思えなかった。というか、放してはいけないと感じる。

「ちょっと、待ってください」

一歩下がりかけた足を踏ん張り、歩空くんと寧緒ちゃんを庇《かば》うように前に出る。

「とりあえずふたりが落ち着くまで待ってもらえないですか」

「あなたのせいで泣いてるんでしょう」

「お義母《かあ》さんも落ち着いてください。ふたりともびっくりするじゃないですか」

清志郎は相変わらずの口調で、あいだに入ってくる。

「いい加減にしないか。お前に子どもは預けられないって言ってるだろ」

「今ここで決めなくてもいいじゃないですか」

「そんなこと言って、またどこかに連れ去るつもりなんだろうが」

どうどう、と興奮気味のおじさんを宥《なだ》めるような清志郎に、不満を抱く。

清志郎がそんな態度だから、おじさんとおばさんがますます興奮していることにどうして気づかないのだろう。叩いても響かないと、ひとはムキになることがある。おじさんとおばさんは明らかにそういう性格だ。

なによりも、清志郎がのらりくらりとかわすだけの返事をするたびに、歩空くんと寧緒ちゃんの手に力が込められる。

泣いているふたりの目の前で、清志郎たちはさっきと同じような会話を続ける。

連れて帰る。落ち着いて。

こんな場所はだめだ。そう言わずに。

信用できない。家族じゃないですか。

子どもたちは私たちと暮らすべきだ。その話は後日しましょうよ。

同じ話を幾度も繰り返していて、ちっとも進展しない。

いつまで続ける気だ。堂々巡りもいいところだ。

歩空くんは涙をぼろぼろとこぼして歯を食いしばっている。寧緒ちゃんはいつの間にかわたしの足に抱きついてひっくひっくと声を上げて泣いている。

清志郎にも、おじさんとおばさんにも、このふたりは見えないのだろうか。話の終着点が見えないこの状態で、誰が一番不安を感じているのか、わからないのか。どうして誰もふたりに声をかけないのか。

――あのときのわたしも、こんな感じだったのだろうか。

状況は違うけれど、当事者なのに傍観者でしかいられないもどかしさを、わたしは知っている。いつだって、子どもはおとなに振り回される。

「――いい加減にして」

腹の底から声が出た。寧緒ちゃんの手を取り握りしめ、空いているほうの手を歩空くんの肩においた。

「いつまでくだらないやりとりを続けるつもり？」

「あんたには関係ないだろう」

わたしの怒りはおじさんにもちゃんと伝わっているようで、セリフはさておき、声にはさっきほどの覇気が感じられなかった。

「関係ない？　ここは、わたしの家なんですけど」

今気づいたのか、おじさんははっとした顔をする。

「子どもたちのことを気にかけてここまできたなら、子どもたちの様子を一番に気遣うべきでしょうが！」

「のの、か」

清志郎の間抜けな声が聞こえてきて、睨みつける。

「清志郎も！　なんでふたりが泣いてるか、このひとたちを宥める前に考えてあげるべきでしょ！　子どもが話をなんにも理解できないとでも思ってんの？」

清志郎にしては珍しく「そういうわけじゃ、ないけど」としどろもどろになった。

じろりと清志郎からおじさんとおばさんに顔を向ける。

「おふたりがこの子たちのためによかれと思って一緒に帰ろうと思ってるんなら、なんでこの子たちに意見を求めないんですか」

「こ、子どもに訊《き》いたってわからないだろ。こういうのはおとなが決めることだ」

「子どもに決めさせせろなんて言ってないでしょう！」

ぼろっと瞳から涙が溢《あふ》れた。なんでわたしが泣いてるんだと自分にツッコミをいれるけれど、止められない。感情が昂《たかぶ》りすぎて、涙腺《るいせん》がバカになってしまった。

――『乃々香、引っ越しするからね』

小学三年生のわたしに、母親が言った。

引っ越しすることをいやだとは思わなかった。友だちと呼べるような子はいなかったし、わずかになにかがかわるかも、という期待もあった。

けれど、ただ、事後報告だったことに、疎外感を抱いた。

引っ越しの理由が、自分だということをわたしはわかっていたのに、母親がそれにたいしてなにも言わないことが、わたしの胸をもやもやさせた。

「子どもがなにもできない、なにもわからないのだと思っているのなら、おとなのすべきことは、子どもがなにを感じているか必死に読み取ることじゃないんですか」

「だからこそ私たちが引き取るべきだって言ってるんだよ」

「ふたりの気持ちは無視してるじゃないですか。その意見がおかしいとか正しいとかどうでもいいんですよ。ほんの少しでもこの子たちのことを考えていたら、その決断にわずかでも申し訳ない気持ちや迷いを抱くもんなんじゃないですか？」

泣いているのだからこの家にいたいのかもしれない、とか。清志郎と離れたくないのかもしれない、とか。

それでも自分たちが引き取るべきだと思うのならそれはそれでかまわない。

でも、泣いているふたりの気持ちはお構いなしなのが、気に入らない。

もしもあのとき、引っ越ししようと思うけど、どう？と訊かれていたら、わたしはいいよ、と答えただろう。わたしは噂なんかどうでもいいよ、お母さんがいなくてもさびしくないよ、だから、どっちでもいいよ、と言葉を添えることができただろう。

言いたかった。でも、言わせてもらえなかった。

引っ越しを告げられた日、わたしは胸に溜《た》まったやるせない思いに襲われて、布団の中でこっそり涙を流した。誰もいないのに、歯を食いしばって声を殺して、泣いた。

子どもで無力な自分が、悔しかったからだ。

「子どもにも感情があるんだよ！」

おとなからしたらくだらないことかもしれない。間違っていると思われるかもしれないし、そんなこと子どもが気にするなというようなことかもしれない。おとなになれば忘れる程度のものだと思うかもしれない。

でも、間違いなくこの瞬間、その瞬間、抱いた想いが存在している。

「こんなふうに泣いているのに無視できるひとが、子どものためとか言わないで」

涙で滲《にじ》んだ視界の先で、清志郎がわたしを見つめて眉《まゆ》を下げていた。

そういえば、清志郎の前で泣くのは久々だ。はじめて、に近いかもしれない。だから、清志郎はひどく戸惑った顔をしているのだろう。

そのことに、なぜか喜びを感じる。

清志郎にとって、わたしはそれなりに大事な存在なのかもしれない、と思える。

こんなときにそんなしょうもない恋情を抱く自分に、なおさら涙が溢れてしまう。

「の、のの、ののちゃん……」涙の入り混じった声で歩空くんがわたしを呼ぶ。

「ののの、ののちゃーん、な、なかな、なかない、でー!」寧緒ちゃんの泣き叫ぶ声も足元から響く。そして。

「……なにこのカオス」

いつの間にか帰ってきた漸さんが、呆《あき》れたように言った。

ああいうとき、漸さんがいると一気に場がまとまる。

泣いているわたしと歩空くんと寧緒ちゃん、顔を赤くしているおじさんとヒステリー気味だったおばさん、そしてぽかんとしている清志郎を見た漸さんは、

「話し合いをするときは落ち着いてからのほうがいいですよ」

と、あの場で一番説得すべきひとを見極め——つまり、おじさんだ——そう言った。もちろんおじさんがあっさりとその言葉を受け止めることはなかったけれど、清志郎のように相手の話をかわすような口調ではなく、かといってわたしのように感情的になることもせず、

「なにかを決めるときは、冷静になるべきです。それが、自分はもちろん、誰かの人生を左右するようなことであればなおさら」

と気品あふれる微笑みを顔に貼り付けておじさんに伝えたのだ。漸さんお得意の、笑っているのに有無を言わせない圧を感じるものだった。

「ということで、来週の昼過ぎくらい、二時がいいですね。どうですか？　お互い、心の準備をして顔を合わせたほうがいいですし」

アポなしで来るからこんなことになるんだ、と暗に言っている。結果、おじさんは「まあ仕方ないな」とあくまでも自分たちがおとなになって今回は身をひくように落ち着いたふうを装って出て行った。

「——で、なにがあったんだ」

訪問者がいなくなった茶の間で、胡座《あぐら》をかいて座った漸さんが立ったままのわたしと

清志郎を見上げて言った。清志郎と顔を見合わせてからおずおずと腰を下ろす。歩空くんと寧緒ちゃんはおじさんとおばさんがいなくなったことで気が抜けたのか、電池が切れたかのように眠っている。

「和香の両親が、ふたりを引き取るって」

清志郎は寧緒ちゃんの前髪を撫《な》でながら答えた。

「ま、遅かれ早かれそうなるとは思ってたけど。で、乃々香さんは?」

漸さんは清志郎の短い説明でだいたいのことを理解したようだ。そのくらい、これまでの経緯を知っているということだろう。

そして、わたしは。……わたしにはなにがあったんだっけ。

「まあ、いろいろ?」

「なるほど。なんかめんどくさそうだから乃々香さんはいいや」

わたしの短い返事に、漸さんはあっさり頷《うなず》く。単に話を拒否しただけだけれども。

「え、オレは聞きたいけど」

「やめとけ。聞いたところでわかるはずねえんだから」

「そうかもしれないけど、言い方ってもんがあるんじゃないですか……?」

身を乗り出した清志郎を止める漸さんに、顔が引き攣《つ》ってしまう。

「聞いてほしいなら聞くけど」

「そうじゃないですけど」

「じゃあいいじゃねえか。時間の無駄だろ」

なに言ってんだ、とでも言いたげな表情をした漸さんが「とりあえずなにか食うか」と腰を上げた。マイペースにもほどがある。

「こういうときって、吐き出せば楽になるとか言うもんじゃないの？」

「吐き出したって、楽になるわけないだろ」

ぶちぶちともらした独り言は、漸さんに聞こえていたようで、台所に向かう足を止めて彼は振り返る。

「吐き出して楽になるひともいるだろうけど、乃々香さんは違うだろ。薬だってひとによって効く効かないがあるんだから、感情の消化方法もひとそれぞれだろ」

たしかに、とわたしのかわりに声に出したのは清志郎だった。

わたしもそう思う。だからこそ、なんだか恥ずかしくなった。

聞いてほしかったわけではない。話したいとも思っていない。うまく説明できそうにないし、清志郎や漸さんに訴えたところで、過去の話だ。なのに、そっけない態度にひっかかる、なんてかまってちゃんじゃないか、わたし。

羞恥《しゅうち》に居た堪《たま》れなくなり項垂《うなだ》れて、ちゃぶ台にごんっと額をぶつける。

台所からかちゃかちゃと漸さんが動く音がする。それを聞いていると、わたしも泣いて疲れたのか、歩空くんと寧緒ちゃんのように電池が切れそうになってきた。

「で、清志郎はどうすんの」

洗ったピオーネをお皿に盛り付けて漸さんが戻ってくる。ついでに三人分のお茶まで用意してくれていた。

「戦ったら清志郎が勝つんだろ」

「たぶん。養子縁組はしてるから、親権もオレにあるし」

「……結婚したんじゃないの？」

結婚したら子どもは自動的に清志郎の子になるのでは。ピオーネをひとつ摘《つま》んで首を傾げると、「連れ子は、結婚するだけじゃダメなんだよ。遺産相続とかもできないしさ」と清志郎が教えてくれる。

「最初っから清志郎が引き取ってたらよかったことだけどな」

「あのときはそれが最善だと思ったんだよなあ。和香がいない状態で子どもをふたり育てるっていうのに、ぶっちゃけ自信がなかったしさ」

膝《ひざ》を立てて座っている清志郎は、視線をかすかに上に向けて答える。

清志郎の脳裏には、きっと和香さんが浮かんでいるのだろう。

自信がない、なんて言葉が清志郎の口から出てくるとは思わなかった。昔も、再会してからも、清志郎はいつだって自信に溢《あふ》れているようにわたしには見えた。

「奥さんからあの両親の話を聞いてたんだろ。厳しかったこととかこれまで全部親が決めてきたこととか、親に言われていたこととか。それでよくそんなこと思えるよな」

漸さんは、すやすやと眠っているふたりを一瞥《いちべつ》した。

目を瞑《つむ》っているのに、泣き腫《は》らしたのがすぐにわかるくらい、ふたりの瞼《まぶた》は赤い。なんとなしにガラス戸のほうに顔を向けると、まだ空は青かった。目が覚めてから二時間ほどしか経っていないのに、疲労困憊《こんぱい》で、今日はまだまだこれからなのか、と思うだけでまた疲れてくる。

わたしでもそうなのだ。ふたりはもっと、疲れただろう。

「なんで、その和香さん、の両親にふたりを預けたの？」

自信がない、と清志郎はさっき言ったけれど、こうして一緒に暮らしてからの清志郎たちを見ていると、大きな問題はないように思う。事情を知らなければ、三人は紛《まが》うことなき家族に見えるはずだ。

清志郎は、そうだなあ、と腕を組んで眉根《まゆね》を寄せてから、

「オレ、結構常識ないだろ？」

と答える。

……き、清志郎が常識という言葉を口にするなんて。

驚愕《きょうがく》のあまり言葉を失い、口に運ぼうとしていたピオーネを落としそうになった。

「常識がないというか、常識にとらわれないからな、清志郎は」

「あ、うん、そう、そうだね。そう思う！」

漸さんが的確に説明してくれたのですぐさま同意をする。

そう、決して清志郎は常識がないわけではない。ただ、ときおり、信じられないこと

をする、だけだ。直線の道で突然ハンドルを思い切りきったりするだけだ。道路しか走っちゃダメとは決まってないだろ、と言って草原を車で走ろうとするだけだ。

……常識ってなんだろう。

「和香の両親、ちゃんとしたひとなんだよな」

「ちゃんと、ねえ」

ぽつりとつぶやいた清志郎の言葉に、漸さんが訝《いぶか》しげに言った。

「ま、ちょっと大袈裟《おおげさ》で厳しすぎるところもあるんだけどさ。でもなんやかんやでやさしいひとたちなんだと思うんだよね。和香も、そう言ってたし」

清志郎が〝和香〟と名前を出すたびに、胸に小さな棘《とげ》が刺さってくる。

名前のせいではない。結婚していた、という関係性が理由でもない。清志郎が彼女の名前を口にするとき、愛《いと》おしそうに唇が弧を描くからだ。

「でも、奥さんって家から出たくて結婚したんだろうが」

「そうそう、よく覚えてるなあ。って言ってもオレと再婚する前は実家で暮らしてたけどな。懐かしいなあ。知り合いのバーに漸と遊びに行ったときに出会ったよな」

へえ、と口が勝手に相槌《あいづち》を打つ。

「でも、和香も、別に両親のこと嫌ってたわけじゃないんだよ。文句や不満は多かったけど、なんだかんだ助けてもらってて感謝してるとはよく言ってたし」

「駆け落ちみたいに結婚したわりには縁切ったわけじゃなかったもんな」

「口うるさいけど和香には甘いんだよ、あのひとたち。初婚のときも反対を押し切って結婚したけど、離婚したあとは和香のかわりに子どもの世話を買って出たみたいだし、オレから見た和香の両親は、厳しいだけでやさしいひとたちだと思ったんだよ」

「清志郎は、幸せな家庭で育ったからそう思うんだろうな」

そっけない口調で漸さんが言葉をもらした。

ぐっと言葉を詰まらせる清志郎を見て、漸さんがピオーネを摘んだ。

え、と思ったときには、彼は口の中にそれを含んで皮だけをお皿に出す。

「──漸さん、食べた？」

思わず大きな声を出してしまう。

「なに急に」

「いや、つい……漸さんがなにか食べるの、初めて見たから」

お茶やジュースを飲むところは見たことがあるし、料理の味見をしている姿もチラッと見たことがある。でも、食事ではないもののこうしてちゃぶ台の前に座ってなにかを口にするのは、はじめてだ。

「ああ……そういうことか。べつに食べるだろ。ひとと ご飯行くことだってあるし」

「でもあんまり食べないよな、漸は」

「ひとと ご飯食べるの好きじゃねえからな。監視されてるみたいな気分になるんだよ。ついでに俺も、まわりが気になるし」

監視とは。不思議に思ったわたしに気づいた漸さんが、「俺の親にな」と言葉を付け足した。

「マナーに厳しい親だったんだよ。その中でも食事が一番厳しくて、絶対テレビはつけないし、座り方はもちろん、箸《はし》の持ち方、箸のつけ方とか。おやつの時間とかソファでスナック菓子食うときでさえ、うるさかった」

「へえ……いいこと、じゃないの？」

「悪いことではないだろうけど。でも、まずいんだよ、飯が」

顔を顰《しか》めて漸さんが言う。そうとういやな思い出なのだろう。食事の時間が特に厳しかった、ということは、ほかにもいろいろあったのかもしれない。

「あと他人のマナーが気になるしな」

わかるようなわからないような。

でも、漸さんがひととご飯を食べたくないという気持ちの強さは感じることができた。

そのくせわたしには食べろと言ってきたことはまだ納得できないが。

今まで清志郎がなにも言わなかったのも、漸さんの理由を知っていたからだろう。

「学生のときに、それを清志郎が説教してきたんだよ。ひととと食べるとご飯はより美味《おい》しくなるんだってな」

「だって、オレはそうなんだからしかたないだろ」

ぷうっと清志郎が頬を膨らませた。

「そのときも言ったけど、親だからとか心配してるとかの理由があればなんの不満もなく享受できることばかりじゃねえんだよ」

「でも、家族だろ。親と子だろ。どうしてもオレは、そう思うんだよ」

「お前の家族は、それでいいんだろうな。俺から見ても清志郎の家族はそうなんだと思うよ。でも、全部が同じじゃねえんだよ。虐待がある家庭だけに問題があるわけでもないし、傍《はた》から見たら問題があっても幸せな場合だってあるんだよ」

ぴくり、と体が反応する。

「親と子、おとなと子ども、そして、ひととひとだ」

「わかってるよ、そんなこと」

「わかってねえよ、清志郎は。わかんねえんだよ、清志郎には」

清志郎は、顔を歪《ゆが》ませる。笑っているようでもあり、悔しそうでもある。

「言っとくけど、それを責めてるわけじゃねえよ。俺が料理するようになったのも、清志郎がそんなお花畑なやつだからだしな」

「……そうなの？」

「清志郎が、よくわかんないけどまずいならおいしい料理を自分で作ったら？　それをオレが食べてやるよ、って。なんだそれ、て思ったけど、性に合ってたんだろうな」

そんな出会いだったのか。清志郎らしいな、とも思う。

「結婚するとき、大丈夫だって、お得意の根拠のない自信が満々だったじゃねえか」

「そうなんだけど……あのときはそれ以上に、ただ、和香と一緒にいたかったんだよ」

心臓にストレートパンチを喰《く》らったうえに、捻《ひね》り潰《つぶ》されたみたいな衝撃が走る。

わたしのそばからはあっさり離れたのに、和香さんとは一緒にいたいと思ったことに
――嫉妬《しっと》心が膨れ上がる。

「もちろん、ふたりもかわいかったし、大事な存在になったのもあるけどな」

清志郎は歩空くんと寧緒ちゃんに愛おしそうな眼差《まなざ》しを向ける。けれど、それはふたりだけに向けているわけじゃない。ふたりの奥に、和香さんがいる。

「でも、漸の言うように、オレはなんにもわかんないんだよ。だから、オレが育てない方がいいんじゃないかって」

子どものように清志郎は口を尖《とが》らせる。

「こんなオレが、ふたりをちゃんと育てられるのかって、不安になったんだよ」

「じゃあなんで、連れ去ったんだよ」

「それは……」

「で、結局また預けるつもりなのか？」

漸さんの意地悪な質問に、清志郎はうんともいいえとも答えなかった。ただ、しばらく黙って、そして、「ふたりと、話すよ」と答えた。

その日の晩御飯は、クリームシチューだった。

ごろごろと大きめの野菜が入っていて、初めてそれを見たとき、野菜嫌いの寧緒ちゃんはものすごく顔を顰めた。けれど、漸さんはどんな調理をしたのか、甘くておいしかったらしく、それ以来子どもたちのお気に入りのメニューになっている。

泣いたふたりを元気づけるためだろう。ただ、漸さんのその思いは虚《むな》しく、子どもたちはしょんぼりしたままもそもそとご飯を口に運んでいた。

そんなふたりに、清志郎はいつもとかわらない明るい笑顔と口調で声をかけていた。ドライブ楽しかったな、とか、来週はなにをしようか、とか。ただ、今日家にやってきたおじさんとおばさんの話は一切しなかった。

「……複雑だなあ」

冷蔵庫をパタンと閉じて独り言《ご》つ。

「人間関係で複雑じゃないのはないんじゃないか？」

洗い物をしていた漸さんが返事をした。

「明日《あした》の昼、冷蔵庫にシチュー置いといたら食べるか？」

今日作ったシチューは思ったよりも余ったようで、四つのタッパーに一食分ずつ入れられていた。小鍋《なべ》に入っている分は、漸さんが今からどこかでひとり食べるのだろう。

「食べるかもしれないけどわかんないから冷凍庫のほうがいいかな」

「ん、わかった」

ひとのためにご飯を作って、でも自分は一緒には食べない。

「漸さんって、自分も出来立てを食べたいな、とか思わないの？　シチューはまあ、あたためたらいいんだろうけどさ。魚とか、揚げ物とか」

「つまみ食いしてるからそれはどうでもいいな」

冷蔵庫にもたれかかり、「ふうん」と言ってお茶を入れたグラスに口をつける。

「いつか、みんなと食べたいって、思う？」

「べつに。どうしても食べないといけないなら従うけど、したくないことはしないでいいだろ」

「まあ、そうか。そうだよね」

したくないことはしないでいいと思う。それができるのは、おとなの特権だ。同時に、どうしても避けられないときもおとなだからあるけれども、それは仕方ないと腹を括《くく》ればいい。たまにになら、どうにかなる。

「じゃあ、わたしがご飯一緒に食べたくないって言っても、漸さんには拒否する権利ないんじゃない？」

「それとこれとは別。乃々香さんはめんどくさいだけだろ」

ぎくりと体を震わせて「ソンナコトナイヨ」と片言で答えた。

「乃々香さんが俺と同じような理由があるとか、食事に対して恐怖心があって食べられない、とかなら無理強いはしないけど。俺は清志郎と違ってひとの事情に首突っ込むのは好きじゃないし。そうじゃないくせに俺の料理を無表情で食べるのが気に入らない」

「そんな理由で無理強いされてるんだ、わたし」

「そうだよ」

呆《あき》れると、漸さんは、ふ、と口の端を引き上げて笑った。よく見る意地悪なものではなく、自然な、あたたかな笑みに、瞬《まばた》きをするのを忘れて息を呑《の》む。

「乃々香さんがおいしくご飯を食べられるようになったらいいな、とは思ってねえよ。そうなったら俺がうれしいだけ」

「本当に料理が好きなんだね」

「趣味だからな。だからこそ、母親はなんであんな居心地の悪い息の詰まる空気の中で自分のご飯を消費できたのか不思議でしょうがねえよ」

漸さんの表情は、なにもかもを諦《あきら》めたような笑みにかわった。それはとても自然で、これまで何度もそんな顔をしていたのだろうと容易に想像がつく。

「俺のことを思ってのことだったたっていうのはわかるけどな。それが俺のためになったかどうかは別として」

「おとなだね、漸さんは」

「おとなっていうか時間が経ってそう思えるようになっただけ。おとなと子どもの違いなんて、時間しかないんだから。あとは良くも悪くも経験の差もあるかもな」

学校や社会を経験し、知識を手に入れて社会性を学んでおとなと言われる年齢になっただけ。そうやってわたしは自分にとって楽な道を見つけることができるようになった。

たぶん、漸さんも同じように食事の時間を自分が窮屈に感じない方法を選べるようになった。

じゃあ、清志郎はどうなんだろう。

ごくんとお茶を飲み干して、コンロの横に空になったグラスを置く。

「清志郎たちがお風呂《ふろ》上がったら、次わたし入っていい？」

「いいよ。あ、お湯抜いといて。俺シャワーにするから」

わかった、と答えて彼に背を向けて足を踏み出す。けれど、途中で立ち止まり、ゆっくりと、漸さんに顔を向ける。

「和香さんは、どんなひとだったの？」

頭が真っ白になり、言葉だけがするりと喉《のど》を通って口から出てきた。

そのくらい、無意識に、けれど心底気になっていたことだった。

漸さんは目を大きく見開いて、ゴム手袋に洗剤の泡をつけたまま固まる。

「なんで俺に聞くの」

「漸さんは、詳しいんじゃないかなと」

「俺よりも清志郎のほうが詳しい」

そりゃそうだろう。なんせ結婚していたのだから。

「でも、清志郎は〝わからない〟でしょ」

ふむ、と漸さんが斜め上を見て小さく頷《うなず》く。

「たしかに。でも、そうじゃないだろ。乃々香さんは清志郎の口から、清志郎が好きになったひとのことを聞くのが怖いだけだろ」

顔が、かっと赤くなる。図星を指されたからなのか、それとも意地の悪い言い方にむかついたからなのか、どっちもか。

ぐうっと唇を噛《か》めば、彼はしたり顔をしてから、洗い物を再開した。

「なにも言わねえよ。ひとの恋愛に首突っ込みたくない。さっきも言ったけど、俺は、清志郎みたいにお節介じゃないからな」

ちょっと教えてほしいだけなのに。事実だけでいいのに。かといって、それを聞いてどうするのかと言われるとわからないけれど。

漸さんを睨《ね》め付けるけれど、こちらを見ようともしない漸さんにはなにも伝わらない。

「あれ？　なにしてんの乃々香」

ひょこん、と茶の間側の台所のドアから清志郎が顔を出した。髪の毛が濡《ぬ》れているのでお風呂から上がったばかりだろう。話を聞かれていたのでは、と焦ったけれど、清志郎の様子からしてそれはないだろうとほっと胸を撫《な》で下ろす。

「なにも。じゃあね」

大きく足を踏み出し、部屋に戻ろうとすると「あ、乃々香」と、清志郎がわたしの名前を呼ぶ。渋々足を止めて「なに」と振り返ると、清志郎はわたしに近づいてきて、大きな手を伸ばしわたしの頬に添えた。刹那《せつな》、まわりから音が消えた。

「今日、ごめんな」

申し訳なさそうに眉《まゆ》を下げて目を細める彼の視線が、わたしの瞳《ひとみ》を覗《のぞ》き込んでいる。

「乃々香が、感情を荒らげるの、はじめて見た。そんなことさせてごめんな」

「なに、言ってんの。これまで何度も喧嘩《けんか》してんじゃん」

「これまでとは全然違うだろ。わかってるくせに」

口の端を引き上げて、清志郎は指の背で目元を撫でる。

「させたくないことさせて、ごめんな」

「何度も謝らないで。謝られるようなことじゃないし。わたしが勝手に……」

たしかに、清志郎の言うように泣きたくなんかなかった。

あんなふうに感情を昂《たかぶ》らせるのは、疲れるから、嫌いだ。ここ最近、清志郎と同居しだしてから、今日ほどではないけれどそんなことばっかりでいやになる。

「それでも、謝りたいんだよ。あと、ありがと」

頬に触れていた手が、ぽふん、と頭に乗せられた。

ここでそういうことを言うのが、するのが、清志郎のよくないところだ。

やばい、顔が、表情が、コントロールできない。

筋肉が溶けてしまったみたいに、でろでろになっている気がする。

「もういいから！　わたし、部屋に戻るから！」

目を逸《そ》らして清志郎の手から離れ、階段に足をかける。

「乃々香、なに怒ってんの」

「怒ってない！」

階段の下から呼びかけてきた清志郎に大声で返し、ドアを閉める。

なにがムカつくって、漸さんはなにも間違っていないからだ。言い方に問題はあるけれど。いや言い方が悪すぎるからだ。そして、清志郎が清志郎だからだ。

でもそれ以上に――やっぱりわたしは清志郎が好きらしいことに、ムカつく！

「あああああああああもう！」

ばふんっとベッドに倒れ込み、足をバタバタさせた。

なんでこうなるんだ。わたしは清志郎なんか好きになりたくないのに！

＋　＋　＋

「じゃ、行ってくるわ」

出かける用意をして清志郎と並んで玄関に立つ。わたしたちを見送ってくれる歩空くんと寧緒ちゃんに清志郎が声をかけると、ふたりは「行ってらっしゃい」といつもよりも小さな声で、けれど笑顔を見せて言った。

和香さんの両親が家に来てから、あっという間に一週間が経った。明日には再び家で話し合いが行われる予定だ。前のような状況にならないように漸さんが家にいてくれるらしいけれど、憂鬱《ゆううつ》でしょうがない。歩空くんと寧緒ちゃんに以前のような元気さがないのも理由のひとつだ。ふたりの表情を見る限り、清志郎はまだちゃんと話をしていないのだろう。清志郎がどうするつもりなのか、わたしにはさっぱりわからない。

それに加えて、わたしが彼にまた惹《ひ》かれているかもしれないことを考えるともう頭も心もぐちゃぐちゃだ。

やっぱり清志郎はタチが悪い。わたしにとっては最悪の相手だ。

小戸森家の女性はみんなこぞって男運がないに違いない。

「どーした、乃々香。なんか考え込んで」

運転席に座っている清志郎が声をかけてくる。

あんたのことだよ、と言いたいのを呑《の》み込み「べつに」と返すと、

「乃々香の〝べつに〟は信用できないんだよなあ、オレ」

と言われる。

家電量販店は駅前にあり、車に乗れば十五分もかからずに到着する。休日の昼過ぎということで駐車場はそれなりに混んでいたものの、すぐに空いているスペースを見つけることができた。

まずわたしの必要なものを見に行き、さくっと購入する。その次にプレイヤーだ。店員さんのおすすめを聞いて、清志郎は「じゃあそれで」と迷うことなく会計をした。最後は漸さんに頼まれたトースターだ。すでに商品が決まっていたため時間はかからなか

った。思った以上にスムーズに買い物を終わらせることができたので、時間にすれば二時間もかかっていない。

デートっていうか本当にただの買い物だ。そんなことはわかってたんだけど。

用事も終わったし帰ろうかと段ボールを抱えて駐車場に向かい、荷台に荷物を詰め込んだ。そして、助手席に乗り込む。清志郎もすぐに運転席に腰を下ろしたけれど、しばらくエンジンをかけないまま無言で前を見つめていた。

「どうしたの？」

「……いや、なんでも」

呼びかけると、はっとしたように目を見開いて、慌ててエンジンを掛ける。

なんだか、様子がおかしい。いや、振り返ってみると、この一週間清志郎はずっとこんな感じだ。なのに今気づいたのは、わたしが自分の気持ちの処理で頭がいっぱいいっぱいだったからだろう。

清志郎は、ずっとなにを考えていたのだろう。和香さんの両親が家にやってきた日の夜から、その件についてはなにも聞いていない。

簡単に決められることではないことはわかる。

でも、こんなふうに清志郎が何日も考え続ける姿は、清志郎らしくない。

ただこの件の成り行きを見守るしかないのをもどかしく感じる。清志郎はもちろんのこと、歩空くんと寧緒ちゃんのこれからの人生を左右するであろう分岐点だ。そんなものに口を挟むなんて、責任重大すぎる。そう自分に言い聞かせる。

「なあ、乃々香って、ゲーム機持ってたっけ？」

「ずっと昔に買ったポータブルゲーム機はあるけど。なに急に」

ゆっくりと動き出した車の中で、清志郎がわたしに訊《き》いてくる。

「来月、歩空の誕生日なんだよな。歩空はなにも言わないけど、ゲーム欲しい年頃なんじゃないかなと思って。調べてみたら今の小学生はほとんど持ってるらしいし」

清志郎が調べてから行動に移そうとしているなんて意外だ。思い立ったら即行動の清志郎だったのに。でもそれは、わたしの記憶の中の清志郎だ。一見かわっていないように見えても、やっぱり清志郎はおとなになったんだな。

「でも、やっぱりどうなんだろ。ゲームって子どもに悪影響しかないんだろ？」

「なにそれ。だったらほとんどの子が持ってるわけないじゃん。っていうか清志郎だって子どものときゲームしてたでしょ」

何度も一緒にやった記憶がある。自分は遊んでいても、いざ子どもに買うとなると悩むのだろうか。

そうだけどさ、ともごもごとらしくない様子の清志郎に、歯がゆさを感じた。

「和香が、そう言ってたから」

思いも寄らない名前が聞こえてきて、「え？」と思わず大きめの声を出してしまう。

「いや、和香がっていうか、和香の両親が、かな」

ときおりネットニュースでも子どものゲーム時間や課金が問題になっていることもあ
るので、間違っている、とは思わない。

ただ、清志郎が選んだ和香さんがそういう考えであることに驚いた。清志郎とは、かなり違うタイプのひとだったのだろうか。なにより、清志郎が誰かの考えに影響されているというのも、びっくりだ。

「清志郎はどう思ってるの？」

「和香はオレと違ってしっかり者でバリバリ働いていたから、和香がそう言うならもしかしてって思う。そういうこと、オレは考えたことなかったからなあ」

ふうん、と冷たい声が口からこぼれる。

それは、嫉妬《しっと》をしているからだ、と自分でわかる。嫉妬して拗《す》ねて態度を悪くする自分の姿を客観的に見て羞恥《しゅうち》に襲われる。だめだ、と瞬時に判断して「そんなにすごいひとだったの、和香さんってひと」と明るい声を意識して発した。

「そうだな、すごい、しっかりしてたな」

清志郎の表情が柔らかくなる。

「っていっても、仕事以外はなにもできないひとだったけどなあ。家事はからっきしだめで、オレがほとんどやってたくらい。ま、オレは在宅でできる仕事だったし」

「清志郎が家のことやってたの？　料理も？」

「いや、最初はオレが作ってたけど、栄養面が心配だって途中から料理は和香が実家からご飯持って帰ってきて、それを並べてたよ」

なるほど。きっと健康志向のひとだったのだろう。わたしとは、大違いだな。

清志郎はそこから、和香さんの話をわたしに聞かせた。

バーで出会ってから、仲良くなるまであっという間だったこと。和香さんが子どもを実家に預けてほぼ毎日お酒を飲みに出かけていたこと。そのことをやんわりと注意したら、和香さんに「あんたになにがわかるの」と文句を言われたこと。

「和香は、自己肯定感が、低かったな。話してるとそうでもないんだけど。家事ができないことをすごく、気にしてた。家で手伝うことを拒否されるんだってさ」

「拒否？　なんで？」

「仕事が増えるだけだからって言われてたらしいよ」

一理あるけれど、なんとなく納得ができずに首を捻《ひね》る。

「離婚したのも、自分は家事ができないせいだって言ってたな。自分が家のことができないから、夫は浮気《うわき》をしたんだって。前の夫にそう言われたのを、信じてた」

なんだその理屈。浮気をしようとしまいと、好きにすればいい。でも、その原因を妻になすりつけるのは、話を聞いているだけでも不快になる。それを受け入れていたなんて、和香さんというひとは、たしかに自己肯定感が低かったようだ。

「和香が妻としてすべきことができてないからだって親にも言われたらしいよ。そんなふうにずっと、和香は親にとってなにもできない子だと言われてきてたんだろうな」

和香さんの両親が和香さんのことをあまりよく言っていなかったな、と思い返す。すぐひとを信じる、おとなしくてまわりに流されやすい、やさしすぎるのに我が強いひと、だったっけ。

「家にいると、ダメな人間に思えてくるって言ってた」

前を向いて運転しながらも、清志郎は目を細めて言った。和香さんとの思い出を愛《いと》おしく思っているのが、横顔を見ているだけで伝わってくる。

「だから、歩空と寧緒も、両親に任せてたんだよな」

家事も苦手ならそれも方法のひとつだろう。

でも、考えたくもない想像が浮かぶ。

「歩空くんと寧緒ちゃんが和香さんの実家で暮らしていたときも、同じようなこと言われてたのかな」

独り言のようなわたしの台詞《せりふ》に、清志郎はなにも言わなかった。

あまりに無言が長く続いたので、話は終わりかと窓の外を見つめる。見慣れたのどかな景色が流れていて、ガラスにはうっすらと清志郎の横顔が映っていた。

そこで、ハッとして振り返る。

「まさか、だから、連れ帰ったの？」

清志郎はやっぱりなにも言わなかった。

それが、答えだ、と思った。

ずっと気になっていた。歩空くんと寧緒ちゃんを育てることに不安を感じた、というのはわかる。なのに無断でふたりを引き取ったのがわからない。

「オレの、わがままだよ」

しばらくしてから清志郎は短く答えた。

「気がついたら、ふたりの手を引いて車に乗り込んでた」

「……まさか、そんなに、ひどかったの？」

「あ、乃々香が想像するようなことはないよ。和香も手を上げられたことはないし、やりたいことは一通りさせてもらえてたみたい。ただ、過保護なだけで」

その説明に、ほっと胸を撫《な》で下ろした。

「オレはさ、そういうところがあるじゃん。気がついたら自分勝手に動いちゃうっていうか。和香にも、そういうところをよく常識がないって、言われてたんだよな。思い返したらやっぱりオレみたいなのは親にはなれないのかも」

ふはは、と明るい笑い声が痛々しく聞こえてくる。

「乃々香は、どう思う？」

「なんでわたしに訊くの。っていうかなにが」

「なんだろうなあ」

さっきまで口数が少なかったのに、突然ヘラヘラしはじめる。

「わたしは、子どもはやっぱり決定権がないんだな、と思うだけ」

「うん。オレも、そう思う。だから、その結果をよかったことにするのは、おとなの義務なんだろうな」

そうなのかな。そうなのかもしれない。なのに、釈然としないのはなぜだろう。

「オレは、そんな和香を、守りたかった。一緒にふたりを守りたかった」

「……まるで、同情みたいな言い方だね」

わたしのときのように？

そんな意地の悪い思いが浮かんで口をついて出た。それに、清志郎は気を悪くする様子を見せずに「どうかなあ」と肩をすくめる。

「同情する気持ちが微塵《みじん》もなかった、てわけじゃないけど。でも、和香だから、オレはそう思って、だから、一緒にいたいと思ったんだ」

へえ、と素っ気ない返事をすると、清志郎はわたしを一瞥《いちべつ》する。そして再び前を向き、

「でもさ」と失笑を浮かべた。

「ひとりになったら、不安になる」

自信のない声は清志郎のものではないみたいだった。

「ふたりで守っていたものを、これからはひとりで守らなきゃいけない。ふたりの未来が、オレにかかってる。今までは和香がいてくれたけど、これからはオレひとりだ」

だから、どんなことにも不安がつきまとうのだろう。ゲーム機を買うかどうかでさえ。

そんな不安を抱えながら、あの夏の日から今日まで清志郎はふたりと過ごしてきた。

わたしはなにも、気づかなかった。もちろん、清志郎がそれを必死に隠してきたからだろうけれど。

「清志郎の好きにしたらいいんじゃない？」

冷たい言い方になってしまう。

でも、心の底から、わたしはそう思う。

その言葉は清志郎にはまったく響かなかったようで、彼は「そうはいかないよ」とらしくない返事をした。

好きにすること以外知らなかったくせに。和香さんと結婚し、歩空くんと寧緒ちゃんという家族ができて、清志郎はかわったのだろう。

それがいいことかどうかは、わからない。

ただ——わたしにとって今の清志郎は、清志郎じゃないみたいだ、と思うだけだ。

「清志郎は好きなようにしてきたじゃん。ふたりと一緒にいたいならいたらいいし、ゲーム機だって買ってあげたいなら買えばいい」

「やりたいことだけやってもさ。やりたいことを幼いときにたくさん我慢してきたおかげで、手に入れられるものってあるんだろ」

和香さんのことを話しているのがわかる。おそらく、和香さんもゲーム機を買ってもらえなかったに違いない。

「じゃあ清志郎は、我慢なく——相談もなく高校中退したり海外に行ったり——好きに生きてきて、なにも手に入れられなかったの？」

助手席の背もたれに体重をかけて呆《あき》れたように言った。

わたしには理解はできないし、自分だったらいやだな、と思うけれど、我慢が必要という意見を否定する気はない。そういう教育方針のひともいるだろう。

それでも、清志郎の口から聞くと、それは違うように感じる。

「大事なものを手放すのは、強さだとオレは思った。その強さは、和香があの両親に育てられたからだと、思う」

「わたしには、その和香さんの強さは必要のないものだと思う」

これまでの日々でわたしの体内に残った無数の傷痕のように。

「乃々香は、和香を知らないから」

被《かぶ》せ気味に否定された。

反射的に清志郎に顔を向けるけれど、彼は相変わらず前を向いたまま動かない。ただ少し、運転するスピードがあがったような気がした。

「……なんなの。清志郎自分の言動が矛盾だらけなの自覚ないの？　清志郎がどれだけ考えてるか知らないけど、結局どれもこれもふたりを振り回してるだけじゃん。わたしから見たふたりは、清志郎と一緒にいたいように見えるよ」

「わかってるよ！」

ぐんっと体が前のめりになるほど急ブレーキを踏まれた。その衝撃で、清志郎が声を荒らげたことに対しての反応が遅れる。

思わずまわりを見回すと、いつのまにか家の前に着いていた。

「歩空と寧緒がオレと一緒にいたいと思ってくれているのはうれしいよ。でもそれは、オレといると楽だからかもしれないだろ」

たしかに清志郎は子どもたちを叱ることはない。今でこそゲーム機をどうしようか悩んでいるけれど、基本的にはやりたいことを止めることはないだろう。そういうことができる性格ではない、と思う。でも。

「……それのなにがいけないの？」

「子どものいない乃々香には、わかんないんだよ！」

清志郎がハンドルをぎゅうっと握り締めているのが、手の甲でわかる。

歯を食いしばり、目を瞑《つむ》りながら珍しく大きな声を出す清志郎に、苦く笑う。

和香さんのことも知らないし、子どもを産んだことはもちろん育てたこともない。そもそもわたしは比較的放任主義の祖母と母親に育てられた。

「そうだよ、わかんないよ」

シートベルトを解除して、吐き捨てるように言う。

「わたしなんかにはわかんないだろうね、清志郎の気持ちは」

自分がなにを言ったのか気づいたようで、清志郎が弾《はじ》かれたように顔を上げる。

「子どもがいたら、たしかにわたしの発言は今と違うかも」

　自分が守らなければいけない自分ではないひとの人生があるのだ。その責任の重さは、抱えたひとでなければ理解できないだろう。でも、責任があって、真剣に考えて出した判断が正しいとは限らない。考えれば考えるほど、迷い間違う可能性だってある。

　今の清志郎は、わたしの目にそう映っている。

「でも、たとえ子どもがいたって、わたしに清志郎の気持ちはわかんないよ」

　まっすぐに、清志郎の目を見て言った。

　清志郎の瞳《ひとみ》がゆらりと揺れる。

「だってわたしは清志郎じゃないし、清志郎と同じような経験をしてたとしても、清志郎の気持ちはわかんない。わたしにはわたしの気持ちしかわかんない」

　わからないことが悪いことだなんて、わたしは思わない。

　誰にもわたしの気持ちなんてわからないと思っていた。

　この坂道の上の家の中で、小学生のわたしはドアを閉じて引きこもっていた。

「なにも知らないわからない、わかろうともしていない清志郎のおかげで、わたしはそれでいいんだって思ったんだよ」

「オレ？」

　ドアに手をかけて背を向けようとすると、清志郎が戸惑った声を発した。ちろりと視線を向けると、目を瞬《しばた》かせてわたしを見ている。

「自分勝手な清志郎と遊んだ時間が楽しかったから。それに助けられたから」

あのころのわたしは、わたしを理解してくれるひとを欲していた。でも、そんなひとはいないことも知っていた。共感されてもうれしくないし、同情なんかはもっといらない。だからひとりでいたかった。

そんなわたしに手を差し伸べてきたのは、わたしとはなにもかもが違う清志郎だ。わたしのことを、清志郎は一度も否定しなかった。だって知らないから。もっとこうしたら、と言われたことはあっても、拒否すれば仕方ないなと無理強いはしなかった。そのくせ、めんどくさい、というわたしの言葉だけは華麗にスルーし、坂道をのぼってわたしの家にやってきて、しつこいほど何度もチャイムを鳴らす。そして、手を引いて清志郎が行きたいところにわたしを連れ出した。

あのとき、清志郎が誰にも寄り添わずに清志郎としてそばにいてくれたことに、わたしは自分で思った以上に救われていた。

そんな過去の清志郎を、今ももとめるのはおかしいのかもしれない。

でもやっぱり、わたしは。

「だから、わたしは勝手な、無責任なこと言うよ」

ドアを開けて、外に出る。そしてくるりと振り返り、腰を折って車内を覗《のぞ》き込んだ。

清志郎が呆然《ぼうぜん》とわたしを見ている。

「清志郎は自分勝手でめちゃくちゃでまわりを振り回すんだよ。でも――尻込《しりご》みして逃げ出すようなことは一度もしなかった。無難な方法を探すこともしなかった、最善を考えることもしなかった、そのくらい、無茶苦茶だった」

「……な、そ、そんな、そこまで？」

「そこまでだよ。ひどいんだよ。でも、そこが清志郎の唯一の長所だよ！」

ふんっと鼻息を鳴らして清志郎を見下す。

ええ――……と清志郎はショックを受けた顔を見せる。どうやら今まで自覚がなかったらしい。それ以外にいいところが自分にあると思っていたのだろうか。

「今の清志郎は、欠点のかたまりだね。わたしにとっては」

そして、ドアを閉めた。

わたしは子育てなんかしたこともないし、和香さんでもない。わたしでしかないから、わたしが思うことを口にすることしかできない。

そう思うと鼻の奥がツンとした、気がした。

＋　＋　＋

真面目なひとは、時間厳守をする。というか、約束の三十分前行動をする。

でもそのせいで――わたしも歩空くんも寧緒ちゃんも、茶の間での会議に参加する羽目になっている。もちろん、目の前には和香さんの両親だ。

「勢揃いだな」

おじさんが、ぐるりと茶の間を見回して言った。

わたしへの嫌みのように感じるのは、被害妄想がすぎるだろうか。

本来ならわたしは歩空くん寧緒ちゃんと出かけたことにして茶の間のそばの部屋で聞き耳を立てて過ごす、という計画だったのに、隠れる前におじさんとおばさんが家に来て見つかってしまった。歩空くんと寧緒ちゃんも同席するようにとおじさんが言うと、ふたりがわたしの服を掴《つか》んで離さなかったため話し合いに参加することになった。

漸さんのようにお茶を出したりお菓子を準備したりするならまだしも、わたしは完全に部外者だ。なんとなく先週会ったときよりも、わたしを見るおじさんとおばさんの目が冷たい気がするのは、邪魔だと思っているからだろう。

部屋の隅に三人ならんでちょこんと座り、ちゃぶ台を囲んでいる清志郎とおじさんおばさんを見つめた。漸さんは審判のようにあいだにいる。

おじさんはグラスに口を付けてから、ちょうど二時になったのを見計らったように、

「じゃあ早速だが」

と話を切り出した。歩空くんと寧緒ちゃんが、小さく体を震わせる。

「転入手続きなどの準備がいるから、時期を決めたほうがいいだろうな」

「え？　いやいや、え？」

ふむ、と頷《うなず》いたおじさんに、さすがの清志郎も慌てた様子で身を乗り出した。

話し合いじゃなかったのかよ、と内心で突っ込みつつ、わたし以上に驚いている清志

郎の姿に安堵《あんど》もした。

昨日、一緒に家電量販店に出かけて帰宅してから、清志郎とはひとことも話をしていない。それまで以上に清志郎は口数が少なくなり、なにかを考え込んでいた。漸さんに話しかけられても上の空で、歩空くんや寧緒ちゃんにも同じだった。

「ののちゃん……」

か細い声がそばから聞こえてきて視線を下ろすと、歩空くんが眉《まゆ》を下げてわたしを見ていた。ふたりの肩に手を回し、ぽんぽんとやさしく撫《な》でるように叩《たた》く。

いつからわたしは、ふたりに対して自然に接することができるようになったのだろう。今まで、自分の世話だけで精一杯だったのに。

極力ひととの関わりを減らして快適で楽な日々を送っていたのに。

「何事も早い方がいいだろう」

子どもたちの様子を気にせずにおじさんは話を続けた。と思ったけれど、おじさんの視線が一瞬ふたりに向けられるのがわかる。

「環境がかわるのはさびしいかもしれないが、今の学校に慣れる前に済ませてしまったほうが子どもたちにとってもいいはずだ」

「待ってください」

「こんな特殊な環境で育てることが、子どもたちのためになると思ってるのか」

「待ってください」

「これを機に、親権についても——」

「話を進めないでください！」

清志郎の声が聞こえていないかのようにひとりで話し続けるおじさんを、清志郎が大声で止める。それが不快だったのか、おじさんは眉間《みけん》に皺《しわ》を寄せた。

「じゃあなにを話すつもりなんだ」

「だから」

「子どもたちのことを思えばどうするのが一番いいのか答えは出てるだろ」

おじさんの迷いのない言葉に、清志郎が言葉を詰まらせる。

「子どもたちのためを思うなら、もう少し対話する姿を見せたほうがいいと思いますけどね、僕は」

そう言って、漸さんがおじさんのグラスにお茶を注いだ。

「おとなは子どもの手本にならないと」

じろりと睨《にら》むおじさんにも怯《ひる》むことなく、漸さんはにこりと微笑む。

「部外者は黙っててくれないか」

「話し合いの場に第三者は必須《ひっす》ですよ。子どもたちのためを思うなら、誰の前でも恥ずかしくないおとなの話し合いをぜひどうぞ。そこに口出しはしませんから」

おじさんは漸さんの圧に負けたようで、腕を組みため息をついてから、「なんだ」と偉そうに清志郎に訊《たず》ねる。一応話だけは聞いてやろう、って感じだ。

清志郎は安堵の息を吐き出してから姿勢を正した。そしてゆっくりと口を開く。

「歩空と寧緒は、オレが、育てます」

「だめだ」

間髪を容《い》れずにおじさんは拒否する。

「オレが育てます。もちろん、お義父《とう》さんとお義母《かあ》さんと二度と会わせない、というわけではないです。でも、オレが育てます」

「お前なんかに育てられるか！　血のつながりもないくせに！」

「血はつながってなくても、オレの子どもです」

きっぱりと答える清志郎は、昨日、車の中で見た清志郎とはまったく違っている。

歩空くんと寧緒ちゃんはほっとしたように頬を緩ませていた。ふたりがこんなにも清志郎を慕うのは、父親だと思っているのもあるだろうけれど、それ以上に和香さんの両親とあまり暮らしたくないのかな、と感じる。

「お前なんかに子どもが育てられるのか！　わがまま放題で育ったやつが、子どもを教育できるわけがない！　しかもこんな意味のわからない連中と暮らして！」

「――そうかもしれません」

清志郎の声に、なぜかわたしの手に力が入り、全身が緊張でかたくなる。心臓の音が、体中に響く。

「自分に自信がなかったのは間違いないです。おふたりに育ててもらった方が子どもたちのためなんだと思いました」

「なら！」

「それが強さだと思いました。自分の感情を押し殺して子どもたちを優先することが。でも――そんな強さではなく別の、オレにしかできないことで、守りたいんです！」

おじさんの言葉にかぶせるように、清志郎が言った。決して激しい言い方ではないのに、部屋の中に響き渡る。その直後、わたしたちのまわりにある空気が、ぴんと張り詰める。まるで、時が止まったかのようだった。

そして、しばらく間を空けてから、清志郎は再び口を開く。

「たしかにオレは、常識とかわかんないし、楽しければいいって考えです。子どものためを一番に考える親にはなれないのかもしれない。なんとかしようとしても、考えれば考えるほどわかんなくなって、自信はなくなるし不安は大きくなるばっかりです」

そこで清志郎は一度話を止めて気持ちを落ち着かせてから、「和香と一緒に暮らしてるときも、和香に何度も叱られたし、お義父さんやお義母さんにもいろいろ注意されましたよね」、と情けなさそうに笑った。でも不思議と、頼りなさはない。

「でも、そんなところがオレの長所だって、言ってくれるひとがいたから」

ふ、とわたしの口から息が漏れる。清志郎がわたしを一瞥《いちべつ》し、口の端を引き上げた。

「もしかしたら、こんなオレだからこそ救うことができていたのかもしれないって思ったから」

昨日のあの会話で、わたしの伝えたかったことは全部、清志郎に伝わっていた。けれど、わたしは清志郎を勇気づけるために言ったわけじゃなかった。ただ、もどかしくて、それが本当に歩空くんと寧緒ちゃんにとって大事なことなのかは、わからないまま口にした台詞《せりふ》だ。

でも、わたしの言葉が、清志郎を守れたような気がして、胸が熱くなる。昨日とはうってかわってスッキリとした表情をしている清志郎を見ていると、目頭が熱くなる。

わたしのそばにいてくれた清志郎に、はじめてわたしは手を差し伸べられたのかもしれない。そして、わたしはずっと、そうしたかったのだと気づく。

かわいそうなわたしではなく、大丈夫なわたしで、彼のとなりにいたかった。

わたしはやっぱり——清志郎が好きなんだ。

喉《のど》が萎《しぼ》んで苦しくなり、力を入れると眉間に皺が寄る。それに気づいた清志郎は苦く笑って、再びおじさんと目を合わせる。

「それで思い出したんです。和香がよく言ってたこと」

和香さんの名前に、おじさんとおばさんが小さく反応する。同じように歩空くんと寧緒ちゃんも。そして、わたしも。動じなかったのは、漸さんただひとりだ。彼は涼しい顔でちゃぶ台を見つめていた。

「なんとかなるから、って根拠もないくせに自信満々に答えてたオレを、好きだって言ってくれたんです。常識がないよね、って笑って、なんとかしてよね、って言ってオレを頼ってくれて、それで——最期の日まで、和香はオレに笑ってくれてたんです」

清志郎の目元が、やさしくなる。

和香さんも清志郎には散々振り回されたに違いない。けれど、たくさん清志郎に救われたはずだ。和香さんの世界は、清志郎のおかげで、もしくは清志郎のせいで、色や形がめまぐるしく変わったんじゃないかと思う。

「ダメよ！」

おじさんが黙ったからか、かわりに声を出したのはおばさんだった。キンと耳に響く高い声で叫んで、歩空くんと寧緒ちゃんのほうを見る。

「ふたりとも、私たちと一緒に暮らすのは、いやだったの？　この男のところのほうがいいの？　そんなはずないわよね？　どうなの」

「ぼく、は」

歩空くんが寧緒ちゃんの手を握って声を震わせた。

「いろんなところに、一緒に行ったし、一緒に遊んだじゃない」

「そ、そうだ。私たちと一緒なら、苦労はさせないぞ」

おじさんが応戦してきて、歩空くんは視線を彷徨《さまよ》わせた。どう答えればいいのかわからないようで、おじさんとおばさんを見ては、清志郎を見て、俯《うつむ》く。その繰り返しだ。

自分が、どちらかを選ばなければいけない。その重みを感じているのだろう。

「歩空くん」

そっと呼びかけると、歩空くんは涙でにじんだ瞳《ひとみ》をわたしに向ける。

「なにも言いたくないなら、言わなくていいよ。決めなくてもいいんだよ。決めるのは、おとなのすることだから。それに納得できないなら、文句を言ってもいい」

目の前にいるのは歩空くんなのに、なぜか、自分の幼い姿が重なる。

あのころの自分に、言いたいことしたいことがあったわけではない。漠然と不満を抱いていただけだ。そして、口にしても仕方のないことだと受けいれていた。でも本心では、なにかを、叫びたかったのかもしれない。その〝なにか〟は、おとなになったわたしには、もうわからない。

「ただ、言いたいことが、伝えたいことがあるなら、伝えてもいいと思う」

歩空くんは数秒黙って考え、こくりと力強く頷《うなず》いた。

「おじいちゃんとおばあちゃんのことは、好き。寧緒ちゃんも、好きだよね？」

「――ほら！」

寧緒ちゃんが「うん」と答えるよりもさきにおばさんが目を輝かせて叫んだ。

「ご飯もおいしかったし、いろんなところに連れて行ってくれたし、ぼくらのためにっていろんなことをさせてくれて、買ってくれた」

おじさんも満足そうに頭を揺らせている。

「でも、パパのことも、好き」

「寧緒も」

「でも、おじいちゃんとおばあちゃんがママのこと悪く言うのは、いや。パパはいつも、ママのことを褒めてくれる。だから、パパのこと悪く言うのもいや」

ぽろりと、歩空くんの瞳から涙がこぼれた。

「だから、ぼくが、パパと暮らしたいって、言ったんだ」

ああ、だから、清志郎はふたりを連れ出したのか。

きっと、そのときのふたりは今のように顔を歪《ゆが》ませていたんだろう。だから、清志郎は後先考えずに、ただふたりを笑顔にしたくて行動に出たんだ。

大丈夫だ、と満面の笑みで、ふたりに手を差し出したに違いない。

「パパはちょっと、変だけど。でも、パパが好き」

言いたいことを言い切れたのか、歩空くんはわっと泣きだした。

「そっか」

そのあとで聞こえてきたのは、清志郎の小さな声だった。泣いてはいなかったけれど、涙を必死に呑《の》み込んで、歪《いびつ》な笑顔を貼りつけていた。

「じゃ、結論でましたよね」

黙って話を聞いていた漸さんが、冷静に言い放つ。

「ダメだ！」

案の定、おじさんは顔を真っ赤にして拒否した。

「大丈夫ですよ、お義父《とう》さんお義母《かあ》さん！　定期的にちゃんと会いに行きますから！

まだまだ未熟なオレをこれからも助けてくれたら嬉《うれ》しいです！」

歩空くんの言葉に感動した清志郎は、いつもの笑顔を取り戻した。

「子どもは家族のもとで暮らしたほうがいいに決まってるだろう！」

「オレも家族じゃないですか」

「私はお前を認めていない！」

えー、と清志郎はショックを受けた顔をした。茶化しているのだろうか。

「お前がこの女と再婚したら邪魔になって追い出すに違いない！　そうなる前に私たちが引き取った方がいい！」

この女、と指をさされて目を瞬《しばたた》かせる。わたしのことを言っている、よね。

「……ののちゃん、パパと結婚するの？」

「しません」

寧緒ちゃんに訊《き》かれてあたふたしていると、はっきりと清志郎が断言する。

「なんで言い切れるんだ！」

「オレには、和香がいるので」

照れたように清志郎が言う。まるで今も、和香さんが生きているかのように。現在進行形で、彼女のことを好きなように。

いや、違う。清志郎にとっては、今もかわらない気持ちなんだ。いなくなった和香さんを、清志郎は今も、大事に想っている。

突き放された。間接的に、わたしと清志郎のあいだに、なにひとつとして、特別なものはないのだと、思い知らされた。そんなものを求めたつもりはなかったのに。ただ好きだと思っただけなのに、どうしてわたしはこれほどの衝撃を受けているのだろう。

「ダメだ！　もし仮にこの女とはなんの関係がなかったとしても、ダメだ！　こんな家でまともに育つわけがない！」

呆然《ぼうぜん》としながら、おじさんの叫びを聞いた。

「不倫相手との子どもを孕《はら》んだだらしない女に育てられた子なんか！」

それがわたしのことを言っているのだと気づくまで、数秒かかった。

「この辺じゃ知れ渡っていることなんだろ！　ネットに情報だって出ていたくらいだ。この町でどう思われているのか簡単に想像がつく」

どうやらおじさんはいろいろ調べたようだ。

先週はなにも言わなかったので、今日までのあいだに検索したのだろう。ああ、そうか。今日はわたしに対してどこか冷たいなと思ったのは、そういうことか。

なにか言い返すべきだろうか、と考えたけれど、母親のことは事実だし、なにを言っても伝わらないだろうなと諦《あきら》めた。

今まで何度も経験してきたことだ。みんな似たようなことばかり言うのだからいい加減飽きる。母を知り、わたしを知っているひとならばまだしも。なにも知らないひとほど、なにもかも知っているかのようなことを言う。

「しかも親とは一緒に暮らしてなかったような、不幸な生い立ちだ。そういうひとは同じことを自分の子に繰り返す」

なぜ、土足でひとの家庭環境に口を出してくるのだろう。不幸だと哀れんでいるのならば手を差し出すなりなんなりすればいいのに、そんなことはしない。

そして、まわりまでも不幸にするかのようにわたしの人生を決めつける。

気持ちはわからないこともない。仕方のないことだ。どうにかこの話を適当に終わらせよう、と口を開く。けれど、なぜか声を発することができなかった。チリチリと、どこかが痛んで苦しい。

――『言いたいことが、伝えたいことがあるなら、伝えてもいいと思う』

さっき歩空くんに言ったセリフが蘇《よみがえ》る。

わたしは、なにか別の言いたいことがあるのだろうか。自分のことなのに、わからない。ただこれまでの痕跡《こんせき》としてそこにあっただけのひっかき傷が浮かび上がる。

声が、喉《のど》に詰まっている。それをどうにかしようとすると――なにかを叫び出したい衝動に襲われる。たぶんそれは、おとなのわたしにはわからない〝なにか〟だ。

「なにかあったら傷つくのは子どもたちなんだ」

「そんなしなくていい苦労をこれ以上する必要はない」

「私たちと暮らせば、お金の心配も家に家族がいる環境も与えられる」

「この家にいたら子どもたちがいやな思いをする可能性が高いだろ」

「この家でふしだらなことがあるかもしれない」

　このひとたちはただただ、歩空くんと寧緒ちゃんのことを想っている。それはわかる。彼らの言うことは間違っていない、とも思う。世間一般的には正しいだろう。

　言い返したくとも、そのとおりです、という言葉が真っ先に出てくる。言いたくないのに、その言葉しか思いつかないのが、悔しい。でもね、と否定したところで、認めるようなことを口にしてしまえば、他は全部ただの言い訳だ。

　だからといって、そんなことないです、とも言えない。

　だって、そんな保証どこにもない。その責任をわたしは負えない。

　手のひらに爪が食い込むほど強く拳《こぶし》を作って歯を食いしばっていると、

「おっさん、帰れ」

　と、清志郎の低い声が茶の間に響いた。

「和香の両親で、和香も家族を大事にしてたから、和香のことは我慢できる。けど、乃々香のことはべつ」

　すっくと立ち上がった清志郎は、おじさんとおばさんを見下ろす。怒りを孕んだ声が、しんと静まりかえった空間を包む。

「今すぐ帰れ。乃々香を悪く言うひとは、この家にいちゃいけないんで。昔から、オレはそう決めているので。乃々香を悪く言うなら、この家に二度と来るな」

なんだそれ。

「ふ、ふはは、なに勝手に決めてんの、清志郎」

体から力が抜けて、笑い声が漏れる。意味がわからなすぎて笑うしかない。涙が浮かぶのも、そのせいだ。

「オレが決めたんだ。この坂道をのぼるものはオレが認めたやつだけだって」

「知らないよそんなこと」

もしかして、昔から何度も誰かを追い払っていたのだろうか。そんなの、ちっとも知らなかった。本当に勝手だ。わたしになにも言わずにそんなことをしていたなんて。

「だって乃々香は怒んねえんだもん。ならオレが怒るしかないだろ」

「なに意味のわからないことを！　とうとう本性を見せたのか！」

「うっせーな。さっさと帰れっつってんだろ」

清志郎は怒ることはない。口悪くひとを罵《のの し》ることもない。

でも、今目の前にいる清志郎は、わたしのために怒っている。いや、違うな。わたしを悪く言うことに、ただ自分がムカついているだけだろう。

そんな清志郎だから、わたしは清志郎がそばにいて安心するんだ。

同情でも哀れみでもない、自分勝手な清志郎だから、好きなのだ。

バカだ、とつぶやき笑う。笑いながら涙を拭《ぬぐ》うと、目の前に小さなふたつの影がわたしを守るように立ちはだかった。

「ののちゃんは、ぼく、ぼくらが、守るんだ！」と歩空くんが声を震わせる。

「ひどいこと言ったらだめって、おばあちゃん言ってたのに！」寧緒ちゃんも叫ぶ。

孫たちの反抗に、おじさんとおばさんがタジタジになった。

「ぼくらは！　パパやののちゃんや、ぜんくんと、ここにいるから、だから、ののちゃんやパパやママのこと悪く言うなら、この家にいたらいけないの！」

ふたりがそう言ってくれるのは、清志郎にわたしのそばにいてあげてと、そう言われたからだろう。

どちらが正しくて間違っているか、ではない。

どちらが正義でどちらが悪か、でもない。

そんなことは関係なく、ただ、わたしの前に立ってくれる。

わたしのためであり、自分たちのために。

この家は、こんなにあたたかかっただろうか。


清志郎も歩空くんも寧緒ちゃんも一歩も譲らず、結局、おじさんとおばさんは帰るしかなくなってしまった。誰も見送りをせず挨拶《あいさつ》もしないまま、ふたりは怒りを滲《にじ》ませながらもどこかさびしげな背中を向けて出て行った。

「……なんか、これでよかったのかな……」

話し合いの予定だったが、ただ追い出して話を終わらせただけのような。しかも無関係のわたしの話が引き金になっている。わたしのせいでこの子たちのこれからの人生が大きくかわってしまったんじゃないかと考えると、怖くなる。

ふたりにとっては祖父母にあたるひとたちなのに、本当にいいのだろうか。この先二度と会えないかも、と思ったけれど、あのひとたちのことだからまた家にくる可能性のほうが高そうだな。

あのひとたちの和香さんや歩空くん寧緒ちゃんへの愛情は確かだっただろう。

今ごろあのひとたちは、なにを思っているのだろう。

やっぱり清志郎やわたしのせいだと思うのだろうか。

「ま、もうどうでもいいか」

とにかく、二度と関わり合いたくない。わたしが言われた言葉を思い返して、わざわざ憤りを蘇らせるなんて馬鹿馬鹿しいことだ。大好きな歩空くん寧緒ちゃんに拒否されたあのひとたちを見てスカッとしたから、今はその気分に浸っていたい。

「じゃあ、これからみんなで出かけるか！」

突然、ぱんっと手を叩《たた》いて、清志郎が弾んだ声で言った。

「ドライブしながら行き先考えるかー」清志郎が車のキーを捜しはじめる。

「まあそれもいいんじゃないか？」漸さんはちゃぶ台のグラスを片付けはじめる。

「ドライブ？　海？」いつの間にか泣き止んでいる寧緒ちゃんが明るい声を出した。

「じゅ、準備しなきゃ」歩空くんが焦り出す。

なんでそうなるのか、さっぱりわからない。

ぽかんとしていると、漸さんがわたしを見て片頬を引き上げた。ただそれだけで、なにも言わずに再び前を向く。すると今度は清志郎がわたしを見る。

「ほら、乃々香も行くぞ」

大きな手のひらをわたしに差し出して、彼は白い歯を見せる。

わたしはいつだって、清志郎には敵《かな》わない。どんな気持ちも、清志郎がそばにいるとまっさらな気持ちになってしまう。

「ねえ、清志郎。家電量販店に行ったら？」

清志郎の手に自分の手を重ねて、体を起こす。ぐいとわたしを引き上げながら、

「そうだな。買い忘れたものがあるかも」

と清志郎は噴き出した。

「ねえ、寧緒は、これからもパパと一緒？」

駆け寄ってきた寧緒ちゃんに「そうだよ」と清志郎が答えると、寧緒ちゃんは満面の笑みで「よかったあ」と言って歩空くんに「ね、よかったね！」と呼びかける。

「これで、パパを守れるね！」

清志郎を守る、という発言に、わたしも漸さんも、そしてもちろん清志郎も「え？」と瞬《まばた》きをする。

「オレが、寧緒と歩空を守るんじゃないのか？」

「ちがうよ。寧緒とお兄ちゃんが、パパを守るんだよ。だってパパ、ママがいなくて悲

しいんでしょ？　さびしそうだもん。ね？」

「うん。だから、ぼくらは、パパを守るって約束したんだよ」

歩空くんと寧緒ちゃんは誇らしそうな顔をしていた。

そうか、ふたりはわたしを守ることで、清志郎を守ったのか。

「親が頼りないと、子どもは立派に育つこともあるもんな。よかった」

漸さんがくつくつと笑って歩空くんの頭を撫《な》でる。

清志郎が「なんだよそれ」と情けない声で言うのを聞きながら、わたしもずっと、守られるよりも守りたかったんだな、と声に出さずに呟《つぶや》いた。

あのころのわたしには、なにもできなかった。おとなになってやっと、ほんの少し、清志郎に力をわけることができたけれど、清志郎にもらったものに比べたら小さいものだ。

だから、わたしの初恋も、二度目の恋心も、儚《はかな》く空《むな》しく、誰にも知られないまま消えていくしかないのだろう。

玄関の先の引き戸を開けると、秋の枯れた匂いが鼻腔《びこう》を擽《くすぐ》った。

5 帰宅は坂道をスキップで

Kotomori's house is at the top of this hill.

恋心と十月になっても汗ばむしつこい夏のような暑さは、似ている。

無理やりすぎるか、と自分に突っ込んで失笑する。馬鹿馬鹿しいことを考える余裕ができるくらい仕事が落ち着いてきた、ということだ。先週までは正直それどころじゃないほど毎日納期に追われていた。

とりあえず数日は焦ることなく仕事ができるだろう。と思ったら、清志郎への燻《くすぶ》った感情がぐわっと押し寄せてくる。

「不毛すぎるでしょ。さっさと切り替えなきゃな」

頬杖《ほおづえ》をついて目を瞑《つむ》った。

清志郎を好きになったことは今さらどうしようもない。でもこの気持ちを抱き続けるのは時間の無駄だ。さっさと諦《あきら》めてこの気持ちを切り離さなければいけない。

でも、その方法がわからない。今まで付き合ったひとと別れたあと、わたしはどうしていたっけ。付き合っているあいだにもう冷めていたことがほとんどだ。

漸さんが用意してくれたおにぎりを頬張りながらそんなことを考える。具は昨日の晩ご飯の残りであるきんぴらごぼうだ。

最近、漸さんはいつもわたしのためにおにぎりを用意してくれている。あればありがたいなと、食べる。なくても気にならない。でも、いつの間にかあるのが当然のように思っている。

そんなふうに、いろんなことがかわった。

やたらと来客が多いことにも慣れて、チャイムを億劫《おっくう》に感じることも減っている。

先週はまた和香さんの両親がやってきた。ただ、清志郎にそのまま追い返されていたけれど。あのふたりと話し合うのはなかなか大変なようだ。一度怒ってから清志郎はいろいろ吹っ切れたのか、話を聞き流すことをしなくなったのもある。

漸さんの知り合いのおばさんたちもちょくちょく家に来る。なにやらスーパーで出会ったひとたちのようで、食材やらなんやらを持ってきてくれるのだ。

あとは歩空くんと寧緒ちゃんの友だちだ。寧緒ちゃんは迎えに来てくれた友だちと外に遊びに行くことが多いが、歩空くんはよく竜くんと家でゲームをする。やっぱり歩空くんもゲーム機が欲しかったんだろう。

たった三ヶ月ほどしか一緒に暮らしていないのに、これが日常になってしまった。

「これでいいのかなあ……」

漠然と、不安のような、納得がいかないような、そんな気持ちになる。苦手が克服されたわけではないが、それほど不満はない。でも、わたしはこんな生活を送りたかったんだっけ、と首を傾げたくなる瞬間がある。

ゴチンとデスクに額をのせると、スマホの着信音が鳴った。手を伸ばして画面を見ると、珍しく母親と表示されている。

「はい？　どうしたの」

「あ、乃々香ー？　そっちはどうー？」

アナウンサーらしいハキハキとした声の母親に、「お母さんは元気そうだね」と返す。

「で、どうしたの突然電話なんて。またスクープ写真でも撮られたの？」

「そんなんじゃないわよ。もう何年も静かに過ごせてるんだから昔のこと持ち出して嫌みなこと言わないでよ」

何年も、ねえ。この前のゴシップは三年前の大物俳優とのスキャンダルだった記憶がある。さすがにもうわたしの許《もと》まで記者が押しかけてくることはなかったが。そしてその後三年間で母親は十歳以上年下のＩＴ企業経営者と十五歳年下のダンサーとも交際していて、のろけを聞かされた覚えがある。

「近々東京か名古屋に来ないか聞きたかったの。仕事の用事とかないの？」

「今のところそんな用事はないけど」

「じゃあ遊びに来てよ」

「なんで。やだよ用事ないし、交通費だってばかにならないんだから」

「交通費はお母さんが出すからさあ。久々に一緒にご飯でも食べようよー」

母親からご飯に誘われたことは何度かあるが、それは名古屋に住んでいたときのことだ。まさか田舎に戻ってからも同じような呼び出しをされるとは。

交通費をもらえるなら名古屋に数日戻るのはそれほど悪い話ではない。メールや電話、オンラインでの打ち合わせよりも、顔を合わせることのほうが話がスムーズに進むことがある。ホテルを取らなくてもマンションがあるし、デスクトップPCも以前使用していたものが残っている。

「また考えて返事するよ」

それでもすぐに答えは出せないのでそう濁すと、「それじゃいつになるかわからないでしょ」と電話越しに母親が懇願するような声を出した。やけに食い下がる。

「なんでそんなに急《せ》かすの。理由があるなら言ってよ」

いやな予感を覚えて訊《き》くと、母親が言葉を詰まらせるのがわかった。

しばらく沈黙が続き、意を決したように母親が「その」とか細い声を出す。

「結婚、しようと思ってるの。それで乃々香に紹介したいなって」

そういうことか、と納得する。それ以上の感想は特に浮かばなかった。

「わかった。でも、すぐには決められないからまた連絡する」

冷静にそう伝えると、母親は渋々と言った様子で「連絡してね」と電話を切った。

結婚、か。なるほど。そうきたか。

今までそういった話は出なかったので、結婚する気がないのだと思っていた。

母親は、とにかく恋多き女性だ。父親との不倫騒動がでる前にも何人かの男性と噂になったらしい。そして、わたしを産んだあとも、定期的に世間を騒がせた。

報道番組のメインキャスターを降ろされ、ゴールデンタイムの番組にすら呼ばれなくなっても、どこにいても、母親は見る人を惹《ひ》きつけるなにかを持っている。干されてから深夜バラエティのMCやナレーション、ラジオなどの仕事をこなし、まわりに落ちぶれたとか消えたと揶揄《やゆ》され続けたけれど、ここ数年でかなりテレビの露出が増えている。それはやっぱり母親の魅力と実力のおかげだろう。

そんな母親を、わたしは好きだ。一緒に暮らしていなくとも、ときどき会う母親の表情や態度から、愛されているのは理解していたし、愛してくれる母親のことを、わたしは大好きだと心の底から言える。

母親が、世間一般的な母親とは違うことは理解している。父親がいないこと。不倫をしたこと。驚くほどのスピードで恋人がかわること。子どもを祖母に預けてひとりで自由気ままに過ごしていること。それが母親らしくないと世間に言われていても、わたしは母親が幸せならそれでよかったし、今も構わない。

「母親と離れておばあちゃんと暮らしておいてよかった気もするしなあ」

ふふっと笑って呟《つぶや》く。本人もそう思ったんだろうな。

「でもなあ……」

はああああっと大きなため息をついて机に突っ伏した。

結婚に反対する気持ちは当然ない。

ただ——その相手に興味がない。

わたしのことを思って一緒に食事をしようと言っているのもわかるけれど、正直どうでもいい、というのが本音だ。学生のころならまだしも、今はおとなで、同じ家に暮らしているわけでもないのだから、好きにしたらいいと思う。

事後報告されたら複雑だっただろうけれど、事前に顔を合わせたいとは微塵《みじん》も思わない。対面の相手、しかも母親の彼氏とご飯を食べるなんて絶対気疲れする。なんでそんな時間を過ごしに何時間もかけて出かけないといけないのか。

ああ、いやだ。想像するだけで無理。

かといって拒否をして結婚に反対していると思われるのもいやだ。

となると、答えはひとつだ。必要なのはわたしが腹をくくること。

すうはあと深呼吸を繰り返し、一旦《いったん》このことを忘れて落ち着こうと自分に言い聞かす。

そこに、ポーン、とチャイムが鳴り、

「乃々香ー！　ちょっと手伝って！」

元気な祖母の声が外から聞こえてきた。

弾《はじ》かれたように顔を上げて、あたふたする。

なんで、祖母の声が？　幻聴？　なんで？　旅行は一年ほどの予定ではなかったのか。

というか帰ってくるなら連絡くらい先にしてくれてもいいのでは。

「乃々香！」

再びチャイムが鳴ると同時に祖母の苛立《いらだ》った声がする。

慌てて立ち上がり玄関を開けると、

「やっと出てきた。荷物が多いから、運ぶの手伝ってちょーだい」

わたしの顔を見た祖母は呆《あき》れたようにタクシーを指差した。タクシーの荷台の前に、運転手らしき男性と——以前家に押しかけてきた安西さんが立っている。

「ほら、手伝ってくれ！　これ持ってけ！」

そして、偉そうに指図された。


「無事会えたんだー！　すげーな！」

口の中にご飯を入れたまま清志郎が言った。

ちゃぶ台には、わたしと清志郎、歩空くんと寧緒ちゃん、そして祖母と安西さんがいる。漸さんはもちろん、今日も台所だ。

祖母と安西さんの荷物を家に運んでいる途中に寧緒ちゃんが、それからしばらくして歩空くんが帰ってきた。ふたりは初対面の祖母に驚いていたけれど、あっという間に仲良くなり清志郎と漸さんが帰ってくるまで祖母と安西さんと四人で過ごしていた。

急ぎの仕事が入ったこともあり、祖母が帰ってきた理由は今、晩ご飯の時間まで訊くことができなかった。でもなんてことはない。途中で立ち寄っただけらしい。

「帰ってきてばあちゃんと安西さんいるからびっくりしたー」

「キヨはほんっとかわんないね」

興奮気味の清志郎に、祖母が呆れて笑う。

「ばあちゃんもかわってねえよ」

「なんだそれは！　志津子さんはかわったぞ！　昔はそりゃあもう美人でな！」

「褒めてるつもり？」

安西さんがフォローのつもりで言った言葉に、祖母がじろりと睨《にら》んで口を挟んだ。安西さんは祖母に弱いようで「ち、ちがう！　そうじゃないが！」と慌てふためく。その必死の発言すらもまったく言い訳になっていない。

清志郎と祖母は連絡を取り合っていたけれど、顔を合わせるのは清志郎が海外に突然飛びたったとき以来だという。

「おばーさん、きれいだよ」

「寧緒のおばあちゃんより、きれい」

「あら、キヨの子どもにしてはいい子たちだね」

祖母は歩空くんと寧緒ちゃんにすっかり好印象を抱いたようだ。ふたりからの褒め言葉に頬を緩ませる。

「でも褒めるときに誰かの名前を出すもんじゃないよ」

「そうなの？　なんで？」

「ひととひとを比較することほど品のないことはないからだよ。自分とひともね。そういう些細《ささい》なことで、すれ違いってものはうまれるんだよ」

ふーん、と寧緒ちゃんは首を傾げながら言う。そして、よくわかっていないのだろうけれど、「わかった」と頷《うなず》いた。祖母は今はそれでいいとでも言うように目を細める。

揚げたての天ぷらを持ってきた漸さんが「足りますか？」と祖母と安西さんに訊く。

「揚げ物は重くて避けてたけど、カラッと揚げてるからいくらでも食べられそうだわ」

「ならよかったです」

自分の作った料理はおいしそうに食べてほしい、と言っていたからか、祖母の賛辞に漸さんはめずらしく柔らかな笑みを浮かべた。

「あんたも食べなさいよ。揚げ出しなんてしなくていいんだから」

「いえ、ぼくは結構です」

祖母は即座に拒否した漸さんにちょっと驚いた顔をした。けれど、漸さんの物言いになにかを感じたのか「じゃあせめて台所で食べなさいよ」「あんたのお腹が鳴ったらご飯が不味《まず》くなるんだから」と素っ気ない口調ながらも漸さんの気持ちを汲《く》む。

これが年の功、というものだろうか。尊敬の眼差《まなざ》しを祖母に向けると「失礼なこと考えてるだろ」と睨まれた。

「で、ふたりは結局どうやって会えたの？」

「倉敷《くらしき》の駅で安西があたしを待ち伏せしてたんだよ。気持ち悪いだろ」

肩をすくめた祖母に、安西さんが顔を真っ赤にして「気持ち悪くはねえだろう！」と眉《まゆ》を下げながら叫んだ。うるさっと耳を塞《ふさ》いだ祖母に、また安西さんはムキになる。言い合いをしているけれど、祖母も安西さんも楽しそうだ。

祖母は、沖縄に行って雨が降ると北上する、ということを繰り返していたらしい。安西さんは過去の天気予報を調べながら追いかけて、ときには聞き込みまでして祖母を捜し出したのだとか。ストーカーのようだけれど、祖母はそれを待っていた。倉敷で安西さんの姿を見つけたときも、内心では喜び舞っていたはずだ。

それからはふたりでのんびりと各地を転々としていたらしく、帰宅したときにやたら荷物が多かったのはそれらのお土産のせいだった。安西さんが調子に乗ってあれこれと買ったらしい。自分の家族はもちろん、わたしたちのためにも。

「おばあちゃん、これからはずっとここにいるの？」

「しばらくは。荷物を置きに立ち寄っただけなんだけど、すぐに出て行くのもしんどいしね。安西は家に帰りなよ」

「帰るけど、もう勝手に出てかないでくれよ！」

「それはわかんないけど」

またそういうことを言うだろー！　と安西さんが叫ぶ。

「でもばあちゃんが戻ってきたってことは、オレらと漸は、どうすんの」

清志郎が疑問を口にする。それに対して祖母は「好きにすればいい」と答えた。

「部屋はあるし、あたしもまたそのうち出かけるだろうし。ああ、漸、あんたも今までどおり好きにしたらいいよ。ご飯が勝手に出てくるなんてありがたいことだしね」

「それを聞いて安心しました。誰かと台所に立つのいやなんで」

「あんたはっきり言うね」

漸さんの返事に、ぶはは、と祖母が豪快に笑う。

「乃々香も、好きにしたらいいよ」

「え？」

「あたしが旅行に出てるあいだだけだって話だったしね。それに今後あたしが出かけてもキヨと漸がいるならそれでいいし」

そういえば、そういう話だったっけ。あたしがこの家に戻ってきたのは、祖母に留守のあいだ家にいてくれと言われたからだ。

「でも、一年の、予定だったし」

「別に一年が数ヶ月になったって誰も文句は言わないよ」

「仕事先に、連絡もしなくちゃだし」

「そんなのなんとでもなるだろ」

「また手続きしなくちゃいけないのも、面倒だし」

なぜ、わたしはこんなことを口にしているのだろう。

嘘じゃない。わざわざ引っ越してきたのだ。また荷物をまとめて引っ越しをしなくちゃいけないのは面倒臭い。区役所に転出届や転入届も出している。同じことをこの短期間で繰り返すのは、面倒くさい。

でも、本当にそれだけが理由だろうか。

「まあ、好きにすればいいけど。あんなにいやがってたのに」

祖母の言うとおり、わたしはこんな不便な土地で暮らしたくはなかった。おまけに他人と同居だなんて、予定にもなかったことだ。

ひとりでいたい、と思っていたのに。またひとりで暮らせるのに。

手続きの面倒くささより、今の生活のほうが遥《はる》かに面倒くさいのに。

「乃々香、オレたちと一緒にいたいんだろー？」

清志郎の言葉に、

「なんでわたしが清志郎と……！」

と反射的に反論する。

もちろん、わたしがムキになったことに、清志郎は気づかず「えー？」と口を尖《とが》らせた。寧緒ちゃんは「一緒にいたくないの？」とショックを受けたような顔をして、歩空くんはしょんぼりと肩を落としている。

「いや、そ、そういうわけじゃなくて」

あわあわとふたりの誤解をとかなくては、と言葉を必死に探す。そんなわたしを見て、となりにいた祖母が「キヨはキヨ〝たち〟って言ったけどね」とぼそっと呟《つぶや》いた。

「なによ」と祖母を睨《にら》む。

「べつに」と祖母が素知らぬ顔をする。

視線を感じて顔を上げると、漸さんがやれやれと言いたげに首を振っていた。

清志郎たち、と清志郎、って言い間違えただけじゃん！


安西さんが帰ったあと、部屋に閉じこもったわたしのもとに、祖母がやってきた。チェアの背後にあるソファにドサリと座り「物好きにもほどがある」と足を組む。

チェアを左右に揺らしながら「血筋なんじゃない？」と言えば「あんたは血筋にどれほどの力があると思ってんの」と馬鹿にされた。

「キヨは、あんたに惚《ほ》れないよ」

「乃々香も懲りないね」

ひとの恋情に金属バットをフルスイングしてくる。

唇を嚙《か》んで、わかってるよそんなこと、と言葉に出さずに言い返す。

清志郎は、今なお、和香さんだけを特別に思っている。同じだけ、歩空くんと寧緒ちゃんのことも。そこに、かつて幼馴染《おさななじみ》で、ただ同居しているだけのわたしが入り込む隙はない。わたしだってそれを望んでいるわけでもない。

お互いに黙っていると、一階から子どもたちの笑っている声が聞こえてくる。かすかに、外から虫の鳴き声も。まだまだ暑いと思っていたけれど、季節は確実に秋に向かっている。この家に引っ越してきて、ひとつの季節を過ごした、ということだ。

まだ、とも思えるし、もう、とも感じる。

「結婚したらあの子たちの母親になるんだよ」

歩空くんと寧緒ちゃんの母親、という言葉が背中にずしりとのしかかる。清志郎と結婚したいという発想がなかったからか、そんなこと考えたことがなかった。そうか、そうなるのか。わたしが、母親に。

責任の重みに頭がくらりと揺れる。

「……いや、そんなの望んでないし」

そもそも清志郎とどうにかなりたい、という想いすら抱いていない気がする。そういうのとは、違う。でも、実際のところ自分でもよくわからない。

「ま、好きにしたらいいけどね」

祖母がため息まじりに言った。好きにしたらいいと言いつつ、不満そうだ。そして、

「べつにあたしは呆《あき》れて好きにしろって言ってんじゃないよ」と言葉を付け足した。

「乃々香は、傷ついたり悲しんだりしても、自分でなんとかできる子だからね」

誰かに頼ったところでどうしようもないことがほとんどだと知っているからだ。

「必要なことは相談したり報告したりするくせに、気持ちだけはなにも言わない意地っぱりでもあったけど」

「だって、自分の気持ちは自分で管理すべきでしょ」

「だからって黙ったまま言われっぱなしもどうかと思うけどね」

文句を返しているわたしに、なにを言っているんだろう。意味がわからず肩をすくめると、祖母は「あんたはなんでそんなにあたしに似たんだか」と顔を顰《しか》めた。

「結婚なんか今の時代してもしなくてもいいけど、時間を無駄にするんじゃないよ。好きでいるだけでいい、って前向きになれるほど乃々香は欲のない子じゃないだろ」

素直でも一途でもないわたしは、祖母の言うとおり、さっさと好きでいることをやめたいと思っている。なにがなんでも手に入れたい、とも思わない。

でも、胸に、冷たい風が吹く。

これは、さびしさだ。でも、なににたいしてのさびしさなのだろう。

「年を取ると心配性になっていやだね。あたしがあのときああ言ったからって、今後なにがあってもあたしに責任押しつけないでよ」

「そんなことしないよ。なにを言われてもわたしの人生なんだから」

なにを言ってるんだと呆れると、祖母は「あんたはそういう子だね」と笑う。

「お母さん、結婚するつもりらしいよ」

突然話が変わったにも拘《かか》わらず、祖母は驚いた様子を見せずに、「へえ」と言った。

「このまま結婚しないのかと思ったけど、やっぱりあの子は結婚したかったんだね。ま、これまで約束守ったから好きにしたらいいんじゃないか。いずれ別れても、今のあの子なら、なんとでもなるだろ」

「え？　約束ってなに」

「乃々香が独り立ちするまであたしの許可なく結婚はするなって、誓約書を書かせたんだよ。もし結婚するなら乃々香と二度と会わさないってね」

「なにそれ。そんなことしてたの？」

全然知らなかった。あの母親がその約束をちゃんと守ったことも、正直信じられない。

「あの子は誰かと一緒にいないと不安になる子だったからね。結婚したら乃々香を引き取って育てるとか言い出しかねないし、それがまともな男ならまだしも、あたしに紹介もできない奴だったら最悪だろ。いい男だったらなにも言わないけど」

祖母が母親にそんなことを言っていたなんて。

「最悪のケースになったらあたしがいやな気持ちになるだろ」

祖母らしい返事に噴き出してしまう。

「おばあちゃんは、安西さんと結婚するの？」

「するわけないだろ、面倒くさい」

はん、と鼻で笑って否定する祖母は、心からそう思っているようだった。

「乃々香も同じだろ」

よっこらしょ、と祖母がソファから立ち上がる。

「キヨは、家族を求めるタイプだろうね。だから」

わたしと清志郎は、交わることがない。

祖母は続きを口にしなかったけれど、心の声が背中から聞こえた。

階段を降りていく祖母の足音に耳をむけて、静かになってからデスクに突っ伏す。

頭の中に霧が立ちこめていて、なにも考えられない。しばらくその状態で過ごしていると、PCからメール受信を知らせる音が聞こえてきた。体勢はそのままで右手を動かし確認する。

差出人は大手メーカー子会社のデザイン会社の営業で、内容をまとめると、年末リニューアルオープンするアパレルショップの内装デザインの依頼だ。結構な収入になりそうな仕事内容に、体を起こしてじっくりと内容を確認する。

〝納期まで日数がないこと、そしてスピーディな対応を求められていることから、リニューアルオープン作業完了まで弊社でのデザイン業務をお願いできませんでしょうか〟

最後はこの文章で締めくくられている。

確かに納期まで日数がない。最短で一ヶ月、最長でも二ヶ月だ。仕事内容を考えればたしかに離れた場所でやりとりするよりもそばにいたほうがいいだろう。

だからってクライアントの会社で仕事はあまりしたくない。気疲れするし、四六時中この仕事だけするわけにはいかないのだ。守秘義務のある他社の仕事もある。

どうしようか。

お金は欲しい。生きていくのにお金は必要だ。でも、できれば動かずに済む方法で稼ぎたい。フリーの快適さに慣れてしまった今、出社して誰かと同じ空間の中で仕事をするのは、気が重い。いやなものはいやなのだ。最悪断っても生きていけるくらいには稼いでいる。

でもなあああああ……。内装デザイン、好きなんだよなあ。

しばらくむうぅっと考える。そして、

「ちょっと落ち着こう」

と腰を上げた。このまま勢いで返事をするのは、どっちを選んでもすっきりしなそうだ。いっそお風呂《ふろ》に入るのもいいかもしれない。

階段を降りて、先になにか飲もうと冷蔵庫からお茶を取り出した。そこに、

「お、乃々香」

短パンだけの半裸の清志郎が現れる。お風呂上がりなのか、首にはバスタオルがかけられていて、髪の毛も濡《ぬ》れている。

「な、なにしてんの、そんな恰好《かっこう》で！」

「いやあ、暑くってさあ。お風呂は今ばあちゃんが入ってるぞ」

暑いからって半裸でうろつくのはやめてくれ。

「漸さんは？」

「部屋。映画観るから話しかけるなって言われた」

歩空くんと寧緒ちゃんの声が茶の間から聞こえてくるので、ふたりはゲームをしているのだろう。

「でもよかったな、乃々香。ばあちゃん帰ってきて。さびしかっただろ？」

「……べつに」

「ぶはは、なんでだよ」

なぜ笑っているのかわからないんだけど。笑うと清志郎の頭が揺れて、髪の毛から滴が数滴、落ちる。

「乃々香らしいなあ。乃々香は強いよなあ」

「そういうことでもないと思うけど。慣れなんじゃない？」

もしくは性格だ。そりゃあ祖母が元気で帰ってきたことはいいことだ。怪我をしていたり病気をしていたりしなかったのはよかったと思う。でも、さびしかったのか、と言われると、そうでもない。だって祖母が家にいないのは当たり前だから。この家に引っ越した理由も祖母が出かけるからだし。

強い弱いではないよ、と呟《つぶや》いて、清志郎に手を伸ばした。

「頭、拭《ふ》きなよ。いくら暑いからって、こんなに濡れてたら風邪ひくよ」

タオルをつかんで清志郎の頭にかぶせ、背を伸ばし軽く頭を拭いてあげた。

「あと、わたしはさびしい日々を過ごしてたわけじゃなかったし」

「たしかに。オレも子どもたちも漸もいるもんな。他にもいろんなひとが来たし」

清志郎は腰を折ってわたしに頭を近づける。彼の顔が、わたしの目の高さになる。

「でも、乃々香はたぶん、オレがいなくても同じようなことを口にするだろうな。どんな状況でも、さびしかったわけじゃない、って」

「さあ、どうだろ」

そうだろうな、と自分で思ったけれど曖昧《あいまい》に答えた。

「前に、乃々香はオレに助けられたって言ってくれたけど、それはすげえうれしかったけど、本当は違うんだよ」

「清志郎がどう思ってても、わたしがそう思ったならそれが正解じゃん」

「そうかもしれない、けど、オレは助けたわけじゃないんだよ。ただ、応援してたんだ。かっこいい乃々香が、堂々と幸せに突き進んでいくのを」

なんだそれ。思わず、手を止める。

「はじめは、オレが守ってあげようと思ってた」

「わたしが、かわいそうだったから？」

「そう言われるとそうかもしれないし、そうじゃないかもしれないし、よくわかんねえな。あのころは乃々香のことそんなに知らなかっただろ」

それはそうだ。わたしがひとりでいるのをかわいそうに思って声をかけたとしても、清志郎はずっとそう思っていたわけじゃない。でなければ、清志郎はわたしに〝大丈夫だろ〟と言うことなくずっとそばにいてくれただろうから。

あの言葉に傷つくくらいには、清志郎への好意を抱いていたし、清志郎もそれに気づいていたはずだ。

でも、わたしは結果的に〝大丈夫〟だった。

「ほら、オレって末っ子じゃん。お兄ちゃんに憧《あこが》れてたのもあるんだろうな。だから乃々香の世話を焼いていたかったんだよ。でも、オレは乃々香に守られてた」

「わたしが？」

彼はこくんと頷《うなず》いて姿勢を正した。

「乃々香が、オレをそのまま受け止めてくれたから、お兄ちゃんになりたいっていうオレの願望が満たされてたんだよ」

「今も昔も、わたしは清志郎にあれこれ世話焼かれてる感じだけどなあ」

「そりゃあ、乃々香は今も昔も、無茶はしないけど無理はするからな。おまけにその無理もそれなりに自分で管理してるから、なんとなく口出したくなるんだよ」

意味わかんないよ、と失笑すると、

「つまり、オレはいてもいなくてもいいってことだよ」

と清志郎が言う。

「……なんで、そんな話をするの？」

「え？　なんでって、なんで？」

「……いや、なんでもない」

本気でわたしの質問の意味がわからないと言いたげに目をぱちくりさせた清志郎を見て、がくりと項垂《うなだ》れる。そうだ、清志郎を深読みするのは無意味なのだ。

つまり、ただ、清志郎はそう思っただけ。そう思っていただけ。

それを、たまたまこのタイミングで口にしただけ。

それ以上に残酷なことはないのだと、彼は知る由もない。清志郎はいつだってそうだ。ドがつくほどのお人好《よ》しでやさしいくせに、誰よりも残酷なことをする。

わたしを置いて、突然いなくなったときのように。

朗らかな微笑みで突き放す、今のように。

でも、悔しいことに清志郎の言っていることは、間違っていない。

「パパー？」

「ん、どしたー？」

茶の間から寧緒ちゃんの声が聞こえて、清志郎はすぐにそちらに向かった。

「……メールの返信しなきゃな」

ぽつんと呟いて、茶の間から聞こえる清志郎と彼のふたりの家族の明るい声に背を向けた。

＋　＋　＋

「名古屋に？」

「うん。来週──明後日《あさって》から」

先週には決めていたけれど、報告したのは諸々のスケジュールが決まった二日前の夕食の時間だった。清志郎はただただ驚いたように言う。驚いただけで、ショックを受けている様子はない。わかっていたことだ。なのに、ぽたんとさびしい気持ちが雫《しずく》になって胸に落ちる。

「ののちゃん、いなくなるの？」

「え、なんで！」

熱々のグラタンを口に運ぼうとしたその手を止めて歩空くんが大きな声を出し、続いて寧緒ちゃんも叫ぶ。

「いや、仕事でしばらく家を空けるだけだから」

慌てふためくふたりを慌てて宥《なだ》めると、「いつ戻ってくるの？　どのくらい？」と不安そうに訊《き》かれて、「二週間から、一ヶ月かなあ……」と曖昧に答える。

「結構長いこと行くんだなあ」

「まあね。もしかしたらもうちょっと延びるかもしれないけど」

「仕事とはいえ、乃々香がそうやって出ていくの珍しいな」

「仕事なんだからそのくらいするよ」

連絡をもらったときはしばらく悩んだけれども、清志郎との会話のあとでしばらくここから離れるためにもちょうどいい、と引き受けた。

とはいえ、クライアントの会社で作業するのは断り、以前住んでいたマンションで仕事をするつもりだ。幸い、快く受けいれてもらえた。わたしが普段使っていた家具はほぼないが、一ヶ月ほど生活するのにはなんの問題もない。

「さびしいけど、まあ、長くて一ヶ月だもんな、頑張れ！」

「……ありがと」

清志郎の言葉に嘘はないだろう。素直にそう思える今のうちに、わたしは気持ちの整理をつけるべきだ。祖母の帰宅に、母親の再婚、そして仕事。すべてのタイミングがぴたりと重なったのも、運命なのではないかと思えてくる。

本当は、仕事が終わったら戻ってくるとは決めていない。そのまま名古屋で独り暮らしを再開させるのもいいかもと少し思っている。まあ、それはおいおい、だ。今は、これでいい。引っ越しするとなると準備が必要だしな。

「んじゃあ、明日《あした》は乃々香のために豪華な晩御飯だな」

清志郎が台所に向かって言うと、話を聞いていた漸さんが顔を出す。

「そんなのしなくていいよ。おにぎりでいい」

「作り甲斐《がい》がないな、相変わらず」

だっておにぎりのほうが楽じゃん。いろんな味があるので、食に興味のないわたしでも、たまに意外なおかずが入っていると「お」と思うことがあるし。

「乃々香なら、名古屋でも大丈夫だよ」

「そうだね」

清志郎の言葉に、わたしは目を逸《そ》らして答えた。

宙で止まったままのフォークを口に運んで咀嚼《そしやく》する。じゃがいもと鶏肉とマカロニの入ったグラタンは、子どもたちに合わせた味付けになっているので、ホワイトソースの味がしっかりする。塩胡椒《こしよう》控えめで、やさしい感じだ。これまで食べたグラタンがどんな味か、と言われても思い出せないので比べようがないけれども。

口を動かしながらそっと視線を一周させる。

祖母がいて、安西さんがいて、清志郎と歩空くんと寧緒ちゃんがいる。そして時折漸さんがやってくる。

この光景も明日までか。

明後日からのわたしは、狭い部屋にひとりきりでご飯のようなものを食べる。

そこになんの感慨深さもなかったので、やっぱりわたしは〝大丈夫〟なひとなんだな、と自分で思った。

＋　＋　＋

月日はあっという間に進んでいくのを、改めて実感する。

「じゃあ、データは明日の夜にはお送りします」

立ち上がりぺこりと頭を下げると、クライアントでありわたしよりも十ほど年上の片《かた》

岡《おか》さんは「いつもありがとうございますー」と目尻《めじり》に皺《しわ》を刻んで目を細めてから、

「今日はこれからデートですか？」

とわたしの服装をちらりと見て言った。顔を合わせたときから意外そうな表情をしていたのでいつか言われるだろうとは思っていた。

「昔の知り合いとちょっと」

「あー、昔の恋人とかですか。いいですねぇ」

違うけれど、否定をすれば「じゃあ誰ですか」と訊かれるだろう。そう思い曖昧《あいまい》な笑みを浮かべてなにも言わずに「では、また連絡します」とさっきよりも深く頭を下げて打ち合わせコーナーを後にする。

普段はデニムやスキニーというカジュアルな恰好《かっこう》をしているわたしが黒にグレーのラインが縦に入ったアシンメトリーのワンピースにパンプスという落ち着いた服を着ているのが気になるのはわかる。わたしだってできればこの姿で打ち合わせなんてしたくなかった。けれどTPOを無視するわけにはいかない。なんせ今日は高級ホテルでイタリアンだかフレンチだかの料理を食べなくてはいけないのだ。

スマホで時間を確認すると共に、目的地までの電車の時間を調べる。たしかカレンダーアプリにホテル名をメモしておいたはずだ。

「……もう二週間か」

日付を見て、独りごちる。

福井から名古屋に戻ってきて、今日でちょうど二週間だ。もうそんなに経ったのか、と思う。けれど、まだそれだけしか経っていないのかと思うくらい、わたしは名古屋に馴染《なじ》んでいる。

家の中に誰もいないことにさびしさを覚えることもないし、食事の時間に静かなことも気にならない。もちろん、漸さんのご飯が恋しくなることもない。カップラーメンでもレンチンのピラフでも、十分に出来立てのあたたかさを感じられる。

そして、清志郎がいないことも、わたしはなにも気にならなかった。

思い出さないわけじゃない。ただ、思い出すと懐かしい、と感じるだけだ。家を出るたびに急な坂道がないな、と思うのと同じレベルで。たった二週間でそんなふうに思う。わたしは想像していた以上に薄情な人間だったようだ。

そのことを、祖母も清志郎も、知っていた。

いつしか、こんなふうに考える日もなくなるんだろうな。

そう思っているけれど、このまま名古屋に戻るか、福井の田舎に帰るか、どちらにするかはまだ決められないでいる。

どっちにしても一度はあの家に帰らなければいけないからだ。そうすれば、必ず清志郎に会うことになる。そのときわたしは、さびしさに向き合わなくちゃいけないだろう。

このまま名古屋に居続けるのが、たぶん一番いい。なにもかもを曖昧なまま、目をそらしてずるずると身を任せるように過ごしたほうが、きっと楽だ。

「……でも、やっぱりこっちはこっちで、ひとが多くて疲れるな」

誰にも聞こえないだろう音量で呟《つぶや》き、ため息をつく。

来客はないが、クライアントと物理的距離が近い分顔を合わす機会が増える。そうなると、会話をする時間とネタが増える。たとえば、今日のように。

特に片岡さんは仕事をするにはレスポンスが速いし決断力もあるのでやりやすいけれど、なんせよく喋《しゃべ》る。コミュニケーションの一環だろうけれど、私生活に踏み込んだ質問をしてくるのがしんどい。呑《の》みに行こうご飯に行こうとよく誘われるので断るのも一苦労だ。そこに、邪《よこしま》な気持ちがないことはわかっている。仕事仲間として、親しくなりたいひとなのだろう。が、わたしは仕事とプライベートは完全に切り離したい。

「今からもっと疲れる時間を過ごさないといけないのに、行く前から疲れた」

足が重い。平坦《へいたん》な道だというのに、福井の家の前にあるあの坂道をのぼるよりもしんどく感じる。

――『この坂道をわざわざのぼってやってきた相手くらいは、一度迎え入れてみたら？』

不意に、漸さんに言われたセリフが蘇《よみがえ》った。

「漸さんは今晩、なにを作るつもりなんだろう」

口をついて出てきた言葉に自分で驚く。今まで彼のご飯をおいしいとは一度も思うことがなかったのに、これから憂鬱《ゆううつ》な時間の中でよくわからない料理を食べるより、漸さんの作ったおにぎりが食べたくなる。

わたしがそんなことを考えたと知ったら、漸さんは自慢げな顔をするだろう。

なんて、現実逃避をしている場合ではない。腹をくくって力強く足を踏み出す。

母親の結婚相手との対面をなんとかやり過ごさなくては。

目的地までは電車で数駅で、ホテルはそのすぐそばにあった。エントランス横のエレベーターに乗り込んで、レストランのある五十二階まで上がる。店の前にいたスーツの男性に名前を伝えると、お連れ様がお待ちです、とわたしを案内してくれた。約束の十分前だったのに、母親と結婚相手はすでに来ていたらしい。

窓際のテーブルに座っていた一組の男女が、わたしに気づいて顔を上げる。

「あ、来たきた！　乃々香、お疲れ」

「お待たせ。遅れてすみません」

手を振る母親に挨拶《あいさつ》をしてから、母親の隣に座っている男性を見て頭を軽く下げる。

「僕たちがはやく着いてただけだから気にしないで」

わたしを見上げて微笑んだ男性は、母親よりもいくつか年上に見えた。落ち着いた雰囲気を醸し出しているけれど、妙な色気がある。

「初めまして、如恵さんとお付き合いさせていただいている、松木《まつき》と申します」

「娘の乃々香と申します」

丁寧な口調に合わせて挨拶をすると、「そんな堅苦しい挨拶しないでよ」と母親が先に注文していたらしいシャンパンに口をつけて呆《あき》れながら言った。

「如恵さんの子どもにしたらしっかりしてるね」

「ちょっと、どういう意味よ」

松木さんの言葉に、母親がムッとした顔をする。

「さあね」

肩をすくめた松木さんはちらりとわたしを見て微笑んだ。

ふたりの仲睦《なかむつ》まじいやりとりに、むずむずする。祖母と安西さんのやりとりよりも見ていてこっぱずかしい。

母親と松木さんは、一年ほど前のとあるパーティで出会ったのだという。松木さんはとある会社の副社長をしているようで、会社のパーティで友人に頼まれて司会を務めたのが母親だったのだとか。

ふたりが仲良く話している姿をぼんやり眺めながら、いつの間にかわたしのグラスに注がれていた白ワインをちびちびと飲む。

母親は恋人の前ではこうなるのか。距離が近いし、母親はボディタッチが多く体も若干松木さんに傾いている。こうして見ると、母親のほうが松木さんに惚《ほ》れているんだろうとわかる。祖母が母親のことを〝誰かと一緒にいないと不安になる子〟と言っていた理由がなんとなくわかった。目の前にいるのは、母親という名前の恋する女性だ。

わたしが今まで見たことのない弾《はじ》けるような笑顔はかわいらしかった。

幸せそうでなによりだ――とは思う。

ただ。

「僕は結婚願望がまったくなかったんだけどね、如恵さんがどうしてもって」

「そういう言い方すると私が迫ったみたいじゃないの」

「迫ったじゃないか。違ったっけ？」

もう、と頰を膨らませる母親に、松木さんはどこか誇らしげな顔をした。

なんとなく、その表情は好きじゃない。

「如恵さんが僕に結婚のメリットデメリットを語ってくれてね」

「デメリットなんかないわよ。そばに私がいるんだから」

「ま、本人はそう言ってるけど。仕事以外なにもできないのにね」

「ちょっとー。そんなことないでしょ」

「料理もできないし掃除も下手だろ。仕事だけ、って言っても、それも一度問題を起こしてるから完璧《かんぺき》とは言い難いかなあ」

ねえ、と同意を求められて返事に困った。

なんでわたしに訊《き》いてくるのか。その〝問題〟に大きく関わっているわたしに、なんて返事を求めているのか。

ははは、と引きつった笑いを返すだけに留《とど》めて、運ばれてくるコース料理に手を伸ばす。

――このひと、好きじゃないな。

なにかをされたわけでもないのに、そう思った。

出された料理は、どれも繊細な盛り付けをされていた。余計なことを考えないように、フォークとナイフに神経を集中させる。食べている、というよりもお皿の上の料理を片付けている、という感覚だ。シャンパンやワインも同じ感覚で、いつもよりもペースがはやくなっているのがわかる。けれど、ちっとも酔いそうにない。

「ほら、如恵さん、そうじゃないって」

母親のフォークの持ち方に松木さんが注意をする。

「零《こぼ》しても綺麗《きれい》にしようとしないで、マナーが悪いよ」

目の前に落ちたパンくずをちょっと払っただけで、松木さんが母親にため息をつく。

「仕方ないな、如恵さんは」

そのあとに、優しく微笑む。

松木さんの発言を聞くたびに表情筋が死んでいく。けれど、母親はなんとも思っていないどころか気にかけてもらうことがうれしいのか、えへへへへと笑っていた。

幸せそうに見えたふたりの姿が、どんどん歪《いびつ》に見えてくる。

目をそらしてそっと窓の外に視線を向けると、煌《きら》びやかな夜景が広がっていた。福井の二階の部屋からでは、決して見ることのできない光景だ。それを見ていると、感覚が鈍ってくる。ふたりの声が遠くなる。

この状態でこの時間をやり過ごそう。でないと、自分の手には負えないなにかをしでかしてしまいそうだ。

そう思ったけれど、話を振られたら反応せざるを得ない。

「乃々香さんはフリーでデザインの仕事をしてるんだっけ。すごいね」

すごいかどうかはわからないけど、とりあえず「どうも」とお礼のようなものを返す。

「乃々香はもうこっちに戻ってくるの？」

「え？　あ……うん、まあ、たぶん」

「こっちのほうが便利でしょ、戻ってきたら？　それにそばにいたらまたこうして一緒にご飯食べたりできるじゃない」

そう言われると一気に福井に戻りたくなる。

「僕はそうそう時間が取れないから、それは難しいかもしれないな」

「そっか、そうよね、忙しいものね」

「もちろん、如恵さんのためなら頑張って時間作るつもりだけどね。今日みたいに」

松木さんの台詞に、母親はうれしそうに頬をゆるませた。

「でも、どうしても無理なときもあるからさ。あ、ちょっとごめん」

話している最中に電話が鳴ったようで、松木さんは胸ポケットからスマホを取り出し席を立った。その仕草が、なんか偉そうに見えるのはなぜだろう。

「忙しいのに、乃々香に会うならって時間作ってくれたの」

別にわざわざそんなことしなくてもよかったんだけど。母親がどうしても会って欲しいとお願いしたのだろう。

お願い、か。願わなければ時間も作ってくれないうえに、恩着せがましいセリフを口にするってどうなんだろう。母親のためならとかやさしい口調で言っていたが、わざわざ言わなくてもよくないか。

仕事を与えてやってるんだぞ、とやたらと優位に立とうとした話し方をするクライアントの営業みたいだ。そういうひとと仕事をするのは一度だけだ。いやな思いを我慢してお金を稼ぐよりも、苦手な営業でもしてストレスなく仕事ができるひとと出会えるチャンスを探すほうがいい。

おとなだからだ。母親も、祖母も、そうしていた、はずだ。

「あのひとと、結婚するの？」

「そうよ？」

迷いなく答える母親が、わからない。

いろんなこと知ってるひとよ。それに仕事もできるしかっこいいでしょ。一緒にいると守られてるみたいで安心するの。頼りになるのよね。

母親がいかに松木さんが素敵かを語ってくれても、正直わたしにはモラハラ気質のありそうなひととしか思えなかった。

あのひとは母親を見下している。言葉の端々にそれが表れている。あのひとと結婚して母親が幸せになるとは思えない。結婚は考え直したほうがいいのでは。

そんな言葉を呑《の》み込んで「そっか」とだけ言った。

わたしは今日、はじめて松木さんに会ったのだ。そんなわたしが、母親のこの先の人生に影響を与えるようなことをするわけにはいかない。

もしも松木さんがいいひとだった場合、わたしは母親の幸せを奪うことになる。わたしがいい印象を受けなかったとか反対していたことを松木さんが知ったことで、うまくいくはずだったふたりの仲が拗《こじ》れる場合もある。

――そんなことになっても、わたしには責任取れない。

なにも言わずにこの先ふたりが結婚して失敗に終わったとしても、わたしの生活は今とかわることはない。母親もそのほうが自分の決断の結果だと受けいれやすいはずだ。

「なに、どうしたの」

黙っているわたしに、母親が不安そうに眉《まゆ》を下げた。「なんでもないよ」と首を左右に振り、話題を変えるために白ワインを注文する。そこに、松木さんが戻ってくる。

「ごめんごめん、ちょっとトラブルがあって」

「大丈夫だった？」

「会社に戻った方がいいけど……如恵さんと乃々香さんと会ってるのにそんなことできないから、明日の朝に処理することにしたよ」

イスに腰を下ろした松木さんはやさしく微笑む。けれど、本当にやさしいなら、大丈夫、の一言で終わらせるのでは。案の定母親は「私たちのためにごめんね」と申し訳なさそうな、けれど自分を優先してくれたことがうれしそうな顔をしている。

そして、今度は母親がお手洗いに席を立った。

そのタイミングを見計らっていたかのように、

「僕は、父親になる気はないから」

と松木さんが言う。

「え？　あ、はあ。そうですか」

「娘って言われても、乃々香さんはもう三十近い立派な女性だしね。失礼でしょ」

「そうですねえ……」
三十、とわざわざ口にするところが失礼かなあ。
「如恵さんの娘だって聞いて、ちょっと不安だったんだけど、すごくしっかりしていて安心したよ。大変だっただろうに、乃々香さんは如恵さんよりおとなだね」

ワイングラスをくるくると器用にまわした松木さんの指先は、憎らしいほどきれいだった。けれど、清志郎の大きな手のほうがわたしは好きだ。毎日料理を作る漸さんの手のほうがいい。わたしを守るように立っていた歩空くんと寧緒ちゃんの小さなふくふくの手とは、比べるのもふたりに失礼なほどだ。

「松木さんは、なんで母と結婚しようと思ったんですか？」

「如恵さんがどうしても僕と結婚したいみたいで、しなかったらかわいそうだなって思ったから、かな。ほら、如恵さんってひとりじゃなにもできないでしょ。そこが如恵さんの魅力的なところだけどね」

わたしの母親は、かわいそう、なのだろうか。

たしかにすぐに恋人を作っては別れてを繰り返す、困った部分もあるけれど、不倫して世間からバッシングされて仕事も干されて、なおかつ未婚でわたしを産んだけれど。

でも、そんな母親は本当になにもできないひとなんだろうか。

「乃々香さんも、気丈なフリしてるけど、実はいろいろ抱えてるんじゃない？」

「わたしが、不倫の子だからですか？」

思わず笑ってしまった。不思議なことに松木さんはそれがわたしの強がりに見えたのか、口の端を微《かす》かに引き上げて、

「乃々香さんなら、いつでもなんでも相談にのるよ」

と言ってから、「娘としてではなく」と言葉をつけ足した。

このひとは、わたしを不倫の子として見ている。そして、母親のことも不倫をした女としてしか見ていない。そんな〝かわいそう〟なわたしたちに、同情して、快感を得るひとなんだろう。かわいそうで、でも、それがわたしたちにとって拭《ぬぐ》えない逃れられない業だと思っている。

――『小戸森さんのお母さんって不倫してたんでしょ』

――『不倫くらいなんでもないだろ、小戸森さんには』

――『不幸な生い立ちだ。そういうひとは同じことを自分の子に繰り返す』

これまでわたしが出会っていやな気持ちになったひとたちと、同じだ。数え切れないほど経験したことだ。そんな言葉にいちいち反応するのはムダなことだ。

怒っても伝わらない。怒るなんて面倒くさい。無視するのがいい。

そう思って、聞き流していた。増える傷を直視しなければ、痛まないから。

なにもしないほうが楽だ。無駄な行為で自分の感情を消費したくない。

でも。

言い返しても、無視しても、傷にはなんの違いもない。

痛みがなくなるわけでも、小さくなるわけでもない。

諦《あきら》めて、受けいれて、心を殺していただけなのかもしれない。

──『今すぐ帰れ。乃々香を悪く言うひとは、この家にいちゃいけないんで』

──『だって乃々香は怒んねえんだもん。ならオレが怒るしかないだろ』

『この坂道をのぼるものはオレが認めたやつだけだ』

そんなわたしを、ずっと守ってくれるひとがいた。

今、目の前にいるこのひとは、これまで出会った、わたしや母親が不幸でいてほしいと思っているひとだ。

そんなひとが、これからずっと母親のそばにいることになる。

ワイングラスに手を伸ばす。さっき注文したばかりの、まだ一口も飲んでいない綺麗《きれい》な白ワインが、揺れる。

それは、宙に綺麗な弧を描いた。

「っ、な、なにするんだ！」

松木さんの顔面に向かって。

空になったワイングラスをくるくるとさっき松木さんがやっていたように回す。そして、「ワインをぶっかけました」とにっこり笑って答える。

「な、なにを」

「ムカついたからだよ」

叩《たた》きつけるようにテーブルにグラスを置くと、思いのほか大きな音が響き、店内にいたひとたちの視線がわたしに集まる。

体の芯《しん》が震えている。血液がものすごい勢いで体中を流れている。

「あんたに相談するようなことなんかひとっつもないんだよ！」

立ち上がって松木さんを見下ろしながら叫んだ。

清志郎が自分勝手に怒ってくれたように。自分の言い分だけを押しつけていたように。

相手の気持ちも先のことも無視して振る舞っていたように。

思うがままに。

「わたしはあんたを、受けいれないから」

――わたしは、怒ってもいいんだ。

――守ろうとしたっていいんだ。

「あんたみたいな傲慢《ごうまん》なひとと紙切れだけであっても繋《つな》がるなんてごめんだね」

「お、お前がなんて言おうとあいつが決めた、僕に頼んだことだ」

乃々香さん、がお前にかわった。母親のこともあいつ呼ばわりだ。

「これだから、ちゃんと育てられていない奴はいやなんだ。常識がない」

「ちがう」

「自分の家庭環境が普通だと思ってるのか」

わたしと母親のこれまでの日々をすべて知っているわけでもないくせに。

「親の愛情に飢えているから反対してるだけだろう」

「ちがう」

「自分では気づかないものなんだよ、そういうのは」

母親はもちろん、祖母もわたしを愛してくれていた。さびしさはあっても、飢えを感じたことは一度もない。わたしは、ちゃんと愛情に包まれて育てられた。わたしの中では、これ以上ないほどに。まわりと比べる必要なんかないのだ。

でも、その言葉はいつだって伝わらない。同じ環境で育っても、わたしのように思わないひともいるだろう。それが、すべてだと思いこんでいる。だから、わたしのような例を否定する。ちがうと何度伝えても、嘘だと決めつける。

でも、これは〝わたし〟の話だ。

だからわたしは。

「ちがうって言ってるでしょ！　うるさいなあ！」

——怒ってもいいんだ。

伝わらなくてもいい。そのことにもどかしさを感じる必要もない。相手に悪意があろうとなかろうと、関係がない。

だって、わたしは傷つき、怒っているのだから。

ただ今の感情を吐き出せばいいんだ。

「初対面のくせに知ったかぶって語らないでよ気持ち悪い！」

「き、きもちわるい？」

「なんなの、わたしの生活監視でもしてんの？　ストーカーなの？」

「そんなわけないだろ！」

「だったら知ったかぶって偉そうに語らないで。その口閉じて黙って」

しばらく静まりかえっていた店内が、少しずつざわつき始める。なにが起こったのかわからず戸惑っていたひとたちが状況を把握しだしたのだろう。

「お客様、他の客様にご迷惑になりますので……」

恐る恐ると言った様子でウェイターが近づいてきてわたしと松木さんに声をかけてきた。そこで松木さんはまわりの目に気づいて「あ、ああ」と低い声で頷《うなず》く。

ふーっと深呼吸をしてから、松木さんはハンカチを取り出して白ワインで濡《ぬ》れた顔を拭《ふ》きはじめた。

「僕以外にあいつと結婚しようと思う男がいると思うのか？」

さっきよりも落ち着いた口調だけれど、やたらとゆっくりなのは必死に感情を抑え込んでいるからだろう。

「もしかして、母親を奪われるかもしれないって心配してるのか？　たしかに今までの如恵さんの行動から不安に思うのもわかる。でも僕がちゃんと彼女に自分の子も大切にするように伝えるから」

「なに言ってるんですか」

「じゃあなんでこんなことするんだ。もしこれで僕が結婚するのをやめたらどうするんだ。如恵さんが悲しむぞ」

そうかもしれない。

「いい歳して母親の恋愛に口を出して、母親の幸せを奪うのか」

わたしのしていることは、そうなるかもしれない。

「その責任は取れるんだろうな」

「取るわけないでしょ、バッカじゃないの」

松木さんは自信満々に言い放つ。そしてそれを一蹴《いっしゅう》する。

わたしだってこんなことしたかったわけじゃない。母親の恋愛にこれまでなにも言わなかったのは、好きにすればいいと思っていたからだ。母親が恋愛することで毎日を笑って過ごせるのなら、それが一番いい。母親が大事だから幸せでいてほしいと思う。

でも。今はそんなことどうでもいい。だってわたしがいやなのだから。

こんなひとが母親のそばにいるなんて、いやなのだ。

「いい歳して自分よりも年下に責任押しつけないでくださいよ」

――清志郎なら、きっと大きく口をあけて同じようなセリフを口にするだろう。

「母もいい歳なので、自分でなんとかするんじゃないですか？　大丈夫ですよ」

なんの根拠もないけれど。

自分で引っかき回したくせに、なんの責任も取らない清志郎ならそう言って自信満々に笑って見せるだろう。清志郎はそういうひとだから。自分のことでもないのに自信だけはあって、大丈夫、と笑う。大丈夫じゃなかったときですら、清志郎にとっては大丈夫、という結論を出すことも多い。

まさか、わたしが清志郎と同じことをするなんて。

「わたしが、あなたを、嫌いなの。だから、結婚は認めない」

松木さんの背後にこちらを見て立っている人影に気づいて視線を向ける。

そこには、呆然《ぼうぜん》とした母親がいた。

「あいつはかわいそうにな。今まで女手ひとつで育てた子どもがお前みたいな薄情なやつなんてな。でもあいつは僕がいなきゃなにもできないから、子どもより僕を――」

呆《あき》れながら話を聞いていると、松木さんの頭上にワインが降り注いだ。

「な、ぶは、な、なに、なんだ」

つかつかと近づいてきた母親が、テーブルの上のボトルワインを摑《つか》んで、松木さんの頭の上でひっくり返したからだ。さっき頼んだばかりの高そうなワインが、ごぽごぽと音を出して下に落ちていく。

からっぽになると、母親は「もったいない」と残念そうに眉《まゆ》を下げた。そして、

「乃々香のどこが薄情なのよ。乃々香よりあんたなんか選ぶはずないでしょう」

と目を開けられないでいる松木さんに言ってからボトルを頭に載せた。絶妙なバランスで立った姿に、ぶふっと噴き出す。あまりに間抜けで、まわりにいたひとの何人かも笑って震えている。

「じゃ、ごちそうさま」

店を後にしたわたしの足取りは、雲の上を歩いているみたいに軽かった。

結局、母親の結婚話はなくなった、のだろう。

帰り道、母親は「なんなのよあいつ！」と一時間ほど前はべったりくっついて褒めちぎっていた相手への暴言を吐き続けた。モラハラ野郎、とか過去の武勇伝がしつこい、とか、忙しいアピールウザい、とか。

「お母さんは、かわいそうだね」

「なにそれ！　どういうことよ！」

「タチの悪い男にしか惹《ひ》かれないのは、かわいそうでしょ」

わたしの父親といい、松木さんといい。過去に付き合っていたひともなんらかの問題行動を起こしていた。あまり深く考えていなかったけれど、母親はそういうひとが好きなのだろう。かわいそう。

だから、また母親がロクでもない男性と一緒にいたいと言い出したら、わたしは同じようにワインをぶっかけてやろう。

母親がなんと言おうとも、わたしは自分勝手に、無責任に、母親を守ることにする。

その後母親はむしゃくしゃするから飲み直すと言って、ひとりで行きつけのバーに向かった。誘われたけれど、わたしはとにかく家に帰りたかったから断った。

「あああああー……疲れた」

部屋に入るなり、着替えもせずにソファに倒れ込む。

もういやだ。これ以上一歩も動きたくない。ベッドに行きたいけれど、それをするために立ち上がる気力もない。

「お腹、すいた」

メインの途中までは食べていたので量として充分だったはずなのに、なぜこんなに空腹なのか。なぜ、物足りないと思うのか。

「……なにが、足りないんだろう」

お腹がすいたわけじゃないのに、なにかを食べたい。

そんなことを考えていると、瞼《まぶた》が重くなってきて微睡《まどろ》みに引きずり込まれる。

わたししかいない部屋の中には、冷蔵庫のモーター音と、掛け時計の秒針が動く音、そして車がどこかを走り去る音だけがある。それらは、静かなときにしか聞こえない、静寂の音だ。

ひとりだ。わたしは、ひとりだ。

さびしい、とは思わない。

ただ、今までとは違った意味で、ひとりだ、と感じた。

＋　＋　＋

ピンポーン、とチャイムが鳴った。

家のチャイムってこんなんだったっけ。ポーンっていう古臭い音じゃなかったっけ。いや、あれは福井の家の音だ。じゃあ、この音は？

真っ暗な世界の中で考えていると、再びピンポーンとチャイムが鳴って、瞼が開く。

視界には、真っ白の天井とシーリングファンが映る。

ああ、マンションのチャイムか、とすぐに気づいて体を起こそうとすると体がギシギシになっていた。昨日、ソファで横になってそのまま眠ってしまったようだ。今日一日体がだるいまま過ごす羽目になるだろう。最悪だ。せっかくの休日なのに。

いや、それよりもさっき、チャイムが鳴っていなかったっけ。

「まあいいか」

荷物なら宅配ボックスに入れておくだろう。とりあえず二度寝するか、と再び目を瞑《つむ》ると、ピンポーン、とまたチャイムが鳴った。

なんか、前にもこんなことがあったな。

——鳴らしたのは、清志郎だった。

はっとして飛び上がりインターフォンのカメラを確認する。


「漸さん、か……」

「失礼な言い方だな」

二度目のチャイムにドアを開けると、大きな荷物を持った漸さんが立っていた。さっきカメラで確認したから知っていたのに、実際に彼の姿にがっくりしてしまう。

「で、どうしたの。っていうかなんで家知ってるの」

家の中に招くと、漸さんは「お邪魔します」と丁寧に頭を下げて入り、脱いだ靴をきれいに揃えて並べる。

「どうやってここまで来たの。わざわざ電車で？」

リビングに案内してソファに座るように促すと、「バイクで」と短い返事をして大きなリュックからなにかを取り出す。

「バイク？　何時間かけてきたの」

「まあ、そこそこ？　でもバイクを運転するのは趣味だから別にどうってことない」

休日の昼間、たまにバイクで出かけていたのは知っていたけれど、どこに行って、なにをしているんだろう、とはじめて疑問に思った。

三ヶ月一緒に暮らしていても、わたしはなにも聞かなかった。自ら近づくのを避けていた。

昨日、母親の結婚を勢い任せでぶち壊したことから、これまでの自分がいろんなことに制限を掛けていたことに気づき、なおかつそれをあっさりと受けいれている自分がいる。体を覆っていた透明の膜が、剝《は》がれ落ちたような気分だ。

「これ、清志郎とばあさんから」

漸さんがリュックから取り出したのは、いくつかのタッパーだった。中身は蒸された野菜や、炒《いた》め物、煮物と様々だ。

「……清志郎と祖母からって……作ったの漸さんでしょ」

「作ったのは俺だけど、持って行くように言ったのはふたり。歩空と寧緒もか」

最後に、大きな紙の箱を目の前に置く。なにが入っているのかと蓋《ふた》を開けると、不揃いのおにぎりが二十個以上並んでいた。歩空くんと寧緒ちゃんが握ってくれたのだとひとめでわかった。

「ばあさんが、そろそろ乃々香さんのお腹が空いてきたころじゃないかってさ」

「だからって多過ぎ」

「せっかくだし食べたら？」

冷めてても食べられるぞ、と漸さんがタッパーの蓋をあけた。お腹も空いていたし、箸《はし》を準備することなく素手で卵焼きをつかんで口の中に放り込む。甘い卵焼きだ。ほんのりと醬油《しょうゆ》の味がする。卵焼きってこんなに味がするものだったっけ。

「残飯みたいなのしか食べてないんじゃないか？」

「残念ながら昨日はホテルのコースディナー食べたよ。途中で母親とわたしの出生にムカつくこと言い出した母親と結婚する予定だったひとにワイン浴びせて帰ったけど」

「へえ、やるじゃん。乃々香さん、怒れるようになったんだ」

「清志郎みたいなこと言わないで」

感心したような表情と口調に、そっぽを向く。漸さんに気づかれるくらいに、わたしは〝怒ることができない〟でいたらしい。

「じゃあ、用事は済んだから」

「え、もう帰るの？」

弾《はじ》かれたように顔を上げて訊《き》いてしまう。引き止めるような反応に、羞恥《しゅうち》で顔が赤くなる。漸さんもわたしの反応が意外だったのか、目を見開いてわたしを見下ろしていた。

「帰るけど、帰ってほしくないの？」

「そういうわけじゃない、けど。ただ、さっき来たばっかりだから」

わたしのしどろもどろの返事に、漸さんがにやりと笑ったのがわかった。

「ま、あれだけ騒がしい家に住んでたらさびしくなるもんなんじゃないか？　特に、乃々香さんは家に引き籠《こ》もりがちだし」

さびしいわけじゃない。静かだな、と思うだけだ。でもそれを口にするのに抵抗を感じ、唇をぐっと噛《か》み俯《うつむ》いていると、漸さんがさっきまで座っていた場所に腰を下ろした。

「なんか腹減ったから、おにぎりもらうぞ」

返事を待たずに漸さんはおにぎりを取り、頰張る。

漸さんがご飯を、目の前で食べた。

「お、おおおおお……」

思わず拍手をすると、「やめろ」と睨《にら》まれてしまった。

漸さんは口を閉じてしっかりとおにぎりを嚙んでから、飲み込む。喉《のど》が上下して、そのあとでわたしの出したお茶に口につけた。そして、息を吐き出す。

「だ、大丈夫？」

無理をしているのではないかと恐る恐る聞く。ちろりとわたしに視線を向けた漸さんは、なにも言わずに再びおにぎりの箱を見つめた。

「こういうご飯は、嫌いじゃなかったな。重箱みたいなお弁当を持って外で食べるときは、あんまり礼儀作法みたいなのを気にしなくていいから」

「ああ、そうかも。手で摑《つか》むしね」

「ひとと食事することも大丈夫か大丈夫じゃないかで言えば、大丈夫だよ。食べたら死ぬわけじゃあるまいし、パニックになるほどのトラウマがあるわけでもないんだから」

そうかもしれない、けど。ふたつめのおにぎりに手を伸ばさないのは、大丈夫じゃないからなのでは。表情もどこか憂鬱《ゆううつ》そうに見える。

「ただ、やりたくないから、しないだけ」

持ち上げられた彼の視線が、わたしを捉《とら》える。

「大丈夫だからって、やりたくないことやる必要はないだろ。やらなくて済むならそのほうがいいに決まってる」

そう言って、漸さんは「ごちそうさま」と手を合わせた。

「漸さんは……なんで、あの家に住んでるの？」

「安いのと、台所が広いのと、タイミングがよかったから——あと、おもしろいからかな。子どもたちにご飯作るのも楽しいし、家のせいか、清志郎のせいか、退屈しない」

たしかに。

「じゃあ、ご飯も食ったし帰るわ」

「ああ……うん。ありがとう」

立ち上がった漸さんに続いてわたしも腰を上げる。玄関に進む彼を追いかけて見送ると、くるりと振り返った漸さんがわたしの顔をじっと見つめてきた。背が高いな、と改めて思う。一重だと思っていたけれど、実は奥二重だったことを今知った。

「どうしたの？」

「あの家の全員、誰も、乃々香さんを待ってないよ」

言葉だけを聞いて、胸にヒビが入ったような衝撃を受ける。

なのに、彼の声色も表情も、不思議なほどあたたかくて、ひび割れた部分がとろりと溶かされていく。

「待ってないのは、乃々香さんが自分で選ぶことだから。待ってないけど、乃々香さんが帰ってこなくても大丈夫だけど、期待はしてる、かもしれない」

「……漸さんは？」

どうして漸さんの気持ちを知りたいと思うのかはわからない。ただ、やさしい笑みを浮かべながら辛辣《しんらつ》なことを言う漸さんの中身を見たくなった。

わたしの正面に立つ漸さんは、少しだけ考えるように首を傾けた。そして、

「俺は――どっちでもいい」

といつもどおりのそっけない返事をする。

「でも、清志郎に振り回される乃々香さんを見るのは結構好きだな」

「どういう意味」

「そのままの意味。清志郎に振り回されるたびに、乃々香さんがかわっていくから、なんか、爬虫類《はちゅうるい》の脱皮動画見てるみたいな気分になる」

たとえがちっともうれしくない。なのに、自分の脱皮姿を想像して、あの家で清志郎たちと過ごした日々を思い返して、たしかに脱皮をしていたのかも、と思ってしまった。

「じゃあ」

漸さんはそう言ってドアを開けて出ていった。

わたしの意思とは関係なく、ドアが開き、閉まる。ひとを招き入れるときはわたしがドアを開けなければいけないのに、ひとが出て行くときはなにもせずに閉まる。

ひとりきりになってローテーブルに並んでいるタッパーとおにぎりの箱を広げた。海苔《のり》の巻かれている小さなおにぎりを手にして頬張ると、口の中に広がる味と一緒に清志郎や歩空くん寧緒ちゃんの騒がしい声が蘇《よみがえ》る。白胡麻《しろごま》と鰹節《かつおぶし》のまじったお米は、ぼそぼそと口の中で解《ほど》けていく。これは、寧緒ちゃんが作ったものだろうか。もしくは歩空くんか。ふたりはどんな表情で、どんな会話をしながら握ったのだろう。

小さな手で、一生懸命作ってくれたのだろう。

わたしを守ろうと広げた歩空くんの手と、わたしに縋《すが》りつく寧緒ちゃんの手。

わたしに『ののちゃんを守る』と胸を張って立ち向かってくれたふたり。

わたしよりも小さな体なのに、ふたりはとても、頼もしかった。

ふたつめのおにぎりは綺麗《きれい》な三角形だったので、漸さんが握ったものだろう。同じような大きさのおにぎりは、どれも均一に整えられている。きちんとしたそれは、漸さんと似ている。そこにあるだけで、ひとつだけで、完成されている感じ。清志郎がめちゃくちゃしても、ふたりの子どもが泣いていても、わたしが怒っていても、あの家に突拍子もない来客があっても、漸さんがいると整う感じだった。

清志郎がわたしの生活に押し入ってきて、漸さんがそのための扉を少し開ける手伝いをしてくれた。そして安西さんが来て祖母の恋愛を知り、歩空くんが喧嘩《けんか》して、わたしは同級生と再会した。それは、これまで抱えていた不満にちゃんと目を向けるきっかけになったと思う。和香さんの両親が来たときは、泣いてしまったのを思い出す。そして——清志郎が思った以上に自分勝手だったことを知った。

おにぎりを一口食べるたびに、聞いた声や見た映像が蘇る。これまで食べたおにぎりの味は覚えていないのに、不思議だ。

次のおにぎりを手にしようと思ったところで、タッパーとタッパーの間に封筒が挟まっているのに気がついた。中に入っていた三枚の便箋《びんせん》の一枚目には、笑っている女の子が八十点のテストを持っている絵が描かれていた。寧緒ちゃんが描いたのだろう。

「寧緒ちゃんテスト頑張ったのか」

一緒に住んでいたら、帰宅して開口一番「褒めて！」とテストを見せてくれたんじゃないかと思った。二枚目の便箋には、歩空くんから「名古屋はいい天気ですか？」「福井は雨です」と書かれていた。一生懸命考えたんだろうなと思うと、笑みが溢《あふ》れる。そして三枚目には、清志郎の文字で「ういろう食べたい」と書かれていた。

誰も、わたしの心配はしていない。仕事で一時名古屋にいるだけなので心配されるような状況ではないし、初めて独り暮らしをするわけでもないのだから、当然のことだ。

「さびしくはないんだよなあ」

昔も、今も。

「ちょっと――つまらない、だけ」

この家には、わたししかいない。しつこくチャイムを鳴らす来客もないし、ヘッドフォンをしないと我慢できない騒音もない。食事の時間も決まっていないし、無理やり食べさせられることもない。

イライラしたり、おろおろしたりもしない。

些細《ささい》なことで喜んだり悲しんだりときめいたりすることもない。

それは快適で、楽ちんで――つまらないのだ。

大丈夫だからこそ。

――『乃々香はもうかわいそうじゃないから、大丈夫だろ？』

清志郎が好きだったあのころも、また好きになった今も、わたしはわたしの生活を送ることができる。期待したって無駄だから、そうするしかない。そうなるしかない。

――『大丈夫だからって、やりたくないことやる必要はないだろ。やらなくて済むならそのほうがいいに決まってる』

なら、わたしのしたいことは？

歯を食いしばった。胸の中を一陣の風が通り過ぎる。木枯らしのようなそれが、わたしを虚《むな》しくさせる。

わたしは、自分の未来にも、責任を持たずに〝今〟に手を伸ばしたい。

目の前に、清志郎の大きな手が差し出された気がした。

「……っああ、もう！」

勢いよく立ち上がり、スマホを捜す。昨晩から一度も取り出していないので、どこにあるのか思い出せず、鞄《かばん》の中身を床に全部広げた。でも、ない。ジャケットか、ワンピースか。ポケットを探ってやっと出てきたスマホを掴《つか》み、アドレス帳を開く。漸さんの名前を見つけてすぐに通話ボタンを押した。

「なに？　忘れ物？」

「帰る！」

数回目の呼び出しで、漸さんが出る。と同時に叫んだ。

「今から帰る！　わたしも漸さんと一緒に帰る！　戻ってきて！」

「は？　なんで？　無理」

「わたしも一緒に乗せてって！」

なんで、わたしがこうしてひとりで過ごさなければいけないのか。

誰のせいでもない。わたしが選んだことだ。無理をしていたわけでもないし、我慢していたわけではない。でも。

「帰りたい……！」

絞り出すように声を上げると、視界が弾《はじ》けた。

わたしはひとりでも大丈夫だ。これまでも、これからも、生きていける。母親がいなくても、父親を知らなくても、見知らぬひとに同情されたり蔑《さげす》まれても、悪意のないナイフで傷を刻まれても。清志郎がいなくっても。

だからって、ひとりでいなきゃいけないわけじゃない。

清志郎への想いを断ち切ることもできるだろう。でも、好きな気持ちを捨てることに、なんの感情も抱かないわけじゃない。思いが実らない苦しさもあるだろう。だからって、芽生えたものを自分の手で摘み取らなくちゃいけないことは、決して楽ではない。

そこに、わたしはさびしさを感じるのだ。

ひとりになることなんかよりも、ずっとずっとさびしい。

それは、そばにいないことよりも、遠くなってしまうような気がする。

いやなことを回避して、与えられた環境の中でおとなのわたしは器用に過ごしていた。ストレスはなかった。そうなるように努力もした。

でも、つまらない。

わたしはずっと、幸せで、満たされていて、そして、つまんなかったんだ。

いまなら、あの家に清志郎がいる。清志郎と一緒にいるときの、話が嚙《か》み合わないあのイライラが恋しい。むかつきたい。わたしはものすごい馬鹿なのかもしれない。

「家に、帰りたいの！」

早く戻ってきて！　と叫ぶと、漸さんが電話越しに噴き出した。

――『好きにしていいし、無理することはない。けど、乃々香はひとりじゃないから諦《あきら》めんなよ。そうすれば、もっと自由だ。いつだってどこにでも行ける。そのためにも、誰でも入れるように、心は開いておけよ』

　蘇った清志郎の声に、うるさいばか、と心の中で突っ込んだ。

＋　＋　＋

　バイクのふたり乗りに必要なものは、人数分のヘルメットである。

　そして、漸さんは自分の分のヘルメットしか持っていなかったし、買うから連れてって、と言ったけれど「いやです」と断られた。なので、わたしは自分の足で、電車とバスを乗り継いで福井に戻る羽目になった。冷静になれば、バイクで福井に帰るとか絶対しんどいので、漸さんが断ってくれてよかったと心底思う。それでも次の日には電車に乗り込んでいた自分の行動力はなかなかだなと、妙に誇らしくなる。

「ありがとうございます」

　ぶしゅーっとバスの乗車口が開き、運転手さんに挨拶《あいさつ》をしてから降りた。荷物は、リュックひとつ。残りの細々したものは段ボールに詰めて今朝コンビニから発送した。

　母親に連絡すると「物好きね」と以前と同じようなことを言われ、祖母に連絡すると「ちょうどよかった、明日《あした》から出かけるから」と言われた。

おとなっていいな。思い立ったら好きなようにすぐ行動できるんだもんな。いろいろどうでもよくなった今のわたしは、無敵モードだ。

坂道を見上げると、青空が広がっている。

振り返ると、まだ空高くにある太陽がわたしに照りつけている。

相変わらず、勾配《こうばい》がきつい。この坂道をのぼらないといけないなんて、つくづく辺鄙《へんぴ》な場所に家があるものだ。数歩進むだけで、息が切れ切れになってくる。

なのに、足が、体が、軽い。

「乃々香！」

背後からわたしを呼ぶ声が聞こえてきて、振り返る。と、同時に手を握られた。

「清志郎」

「家まで競走する？」

「しない。わたしが死ぬわ」

ぶはははは、と清志郎が豪快に笑い、わたしの数歩前に出た。そして、わたしの手を軽く引いて歩きだす。

「あ、ののちゃん！」

家の前で、寧緒ちゃんがぴょんぴょんと跳ねているのが見えた。となりには歩空くん、そして漸さんがいた。

三人が、この坂道の上で、わたしを待っている。

「よっしゃ、競走するか、乃々香」

「いや、だからしないって！」

走り出した清志郎に引きずられる。

あたふたと駆け出したそれは、まるでスキップみたいだった。

＋　＋　＋

目が覚めるとすでに昼を過ぎていた。平日なので、歩空くんも寧緒ちゃんも清志郎も漸さんもおらず、誰の気配もない。

台所にはラップで包まれたおにぎりがよっつ並んでいた。

ひとりきりの静かな家の中で、冷めたおにぎりを頬張る。誰もいない中で食べるおにぎりは、おいしい、というよりも、満たされる、って感じがする。

さ、仕事するか、と残ったおにぎりを手にして二階に上がろうと足を踏み出したとき。

——ポーン、ポーンポーン。

今日もまた、坂道をのぼってきたひとを知らせるチャイムが鳴った。

本書は書き下ろしです。
この作品はフィクションです。実在の人物、団体等とは一切関係ありません。

小戸森《こともり》さんちはこの坂道《さかみち》の上《うえ》

櫻《さくら》いいよ

令和5年 5月25日　初版発行

発行者●山下直久

発行●株式会社KADOKAWA
〒102-8177　東京都千代田区富士見2-13-3
電話　0570-002-301（ナビダイヤル）

角川文庫 23665

印刷所●株式会社暁印刷
製本所●本間製本株式会社

表紙画●和田三造

ISBN 978-4-04-112952-4　C0193

◇◇◇